DU CÔTÉ DES INDIENS

Au théâtre comme au cinéma, Isabelle Carré est l'une des plus grandes comédiennes françaises. Elle se lance dans l'écriture en 2018 avec un premier roman très remarqué, *Les Rêveurs*, qui remporte un extraordinaire succès et est couronné, entre autres, du Grand Prix RTL-*Lire*, du Prix des lecteurs *L'Express*-BFMTV et du Grand Prix de l'héroïne *Madame Figaro*.

Paru au Livre de Poche :

LES RÊVEURS

ISABELLE CARRÉ

Du côté des Indiens

ROMAN

GRASSET

ISBN : 978-2-253-07999-6 – 1re publication LGF

À Bruno, mon mari

L'imagination est un vêtement trop grand que les enfants mettent longtemps à remplir.

Stephen KING

Adrenalin Mother,
With your dress of comets
And shoes of swift bird wings
And shadow of jumping fish,
[Thank you for touching,
Understanding, and loving my life.
Without you, I am dead.

Richard BRAUTIGAN

mar. 3 oct. 2017 à 8 : 52
Chérie, je suis parti vite.
Mais ce soir, je rentrerai
tôt. On pourra aller voir
Detroit, il passe encore.
Tu dois être réveillée.
Écoute la fin de
l'émission si tu peux...
Le sujet t'intéressera.
Bonnes répétitions.

La radio était trop forte, comme chaque matin. Il la maintenait allumée en permanence. Le silence devait lui faire peur pour qu'il l'allume dès son réveil, à peine posé le pied par terre. Je m'y étais plus ou moins habituée. Certains jours, il m'arrivait même de l'imiter, de la mettre à plein volume, ou de l'écouter toute la nuit pour combattre une insomnie, peu habituée au vide désormais.

Nous habitons une rue minuscule, aucune voiture ne la traverse. La plupart du temps, on croirait vivre en rase campagne plutôt qu'en centre-ville. Sans la musique, les nouvelles, et ces bavardages incessants, la quiétude envahirait l'appartement, nous laissant presque aussi isolés qu'au milieu d'un lac gelé.

De temps en temps, un livreur passe en scooter, et déchire ce silence. Plus rarement, les klaxons se déchaînent lorsqu'une camionnette prend notre ruelle pour une impasse, et décide d'y stationner la matinée entière. Sinon, rien, les talons des femmes qui claquent sur les pavés le samedi soir, et c'est tout. J'ai parfois l'impression d'habiter nulle part, d'être absente moi aussi.

Un rayon de lumière grise traversa la pièce, si faible qu'on aurait pu penser que le soleil venait de se lever, ou qu'il était déjà cinq heures du soir. Je m'installai à la table de la cuisine, sans allumer le plafonnier, préférant laisser au jour une chance de s'éclaircir. Un homme d'une cinquantaine d'années racontait au journaliste la fin de son enfance. Au fil de son récit, je compris que le passage à l'âge adulte constituait le thème principal de l'émission. Pour lui, cela avait été brutal, sans transition. À dix ans, il avait découvert que son père trompait sa mère avec la voisine du dessus. « Tous les soirs, je redoutais que l'ascenseur monte trois étages plus haut, avec mon père dedans… »

L'homme soufflait dans le micro comme s'il avait fourni un gros effort physique, l'émotion l'empêchait d'en dire autant qu'il l'aurait souhaité. Il bégaya un instant, avant d'ajouter deux ou trois détails confus. Puis le journaliste se dépêcha de conclure sur une citation de John Irving. « Notre enfance est toujours volée. Le monde adulte peut endommager le monde de l'enfance à tout moment : pas seulement le corrompre, mais encore nous arracher à lui. »

Le générique de l'émission suivante démarra sous les applaudissements, un divertissement avec des chroniqueurs survoltés. La voix de l'homme ému continuait de résonner dans ma tête. Tandis que s'accomplissait la routine du petit déjeuner, le thé trop infusé, les tartines à surveiller pour éviter qu'elles ne ressortent carbonisées, les tasses sales à glisser dans l'évier… j'imaginais le garçon, du haut de son mètre vingt, fixant la cage d'escalier, et je pouvais voir avec lui son enfance s'envoler dans l'ascenseur. La mienne s'était brisée autrement, mais semblait réapparaître, puisque, d'un seul élan, toutes mes pensées l'avaient suivi dans la cabine étroite. Premier, deuxième, troisième palier… au cinquième étage, je l'avais définitivement rejoint.

L'ascenseur

Installé par terre dans l'entrée avec un manga qu'il parcourait distraitement, Ziad guettait son arrivée. Il crevait d'impatience, sautait des pages. Son genou tressautait malgré lui, entraînant sa jambe et tout son corps dans un mouvement nerveux, répétitif. Sur le chemin du retour, il avait évité de justesse un motard au carrefour. C'était sa faute, en sortant de l'école, il s'était élancé depuis le haut de la rue, profitant de la pente pour gagner en vitesse, imaginant décoller au bout, persuadé que rien ni personne ne l'arrêterait. D'habitude, il s'attardait au moins une heure sur la dalle avec ses camarades. Mais cet après-midi-là, il n'avait même pas pris la peine de les saluer, trop pressé de rentrer chez lui. C'était son anniversaire, et dans son cartable, bien rangées entre deux cahiers, ses dernières évaluations attendaient d'être commentées. Il avait une telle hâte de les lui montrer… Pendant des mois, son père avait insisté pour qu'il s'applique et progresse enfin. Le début d'année avait été décevant, Ziad en convenait lui-même. Heureusement, il avait redressé la barre, et le bulletin qu'il tenait entre ses mains le remplissait d'une confiance nouvelle. Il en avait eu mal au ventre des jours durant, mais aujourd'hui, il en était certain, ses efforts seraient récompensés. Il ne lirait plus la déception dans les yeux de son père.

Un air glacé s'échappait de la porte d'entrée, le sol, sous ses jambes, était froid et humide. Il aurait pu s'asseoir plus confortablement, aller se chercher un coussin, une couverture, mais Ziad refusait de s'éloigner ne serait-ce qu'une seconde, préférant avoir des crampes et les pieds gelés plutôt que courir le risque de ne pas être au rendez-vous…

À tout moment, la porte pouvait s'ouvrir sur eux.

Du deuxième étage où l'appartement familial se trouvait, on entendait les allées et venues des locataires sous le porche, dans la cage d'escalier, et si on tendait l'oreille, on pouvait saisir la sonnerie du code, juste avant que ne résonne le claquement sourd de la porte cochère. Avec le temps, Ziad avait pourtant appris à s'en méfier. Lourde, trop épaisse, mal entretenue, la porte se bloquait souvent et restait grande ouverte sur la cour. D'autres fois, au contraire, comme sous l'effet d'une tempête, poussé par le vent, le battant se refermait d'un coup sec en faisant trembler l'immeuble, peut-être même la rue entière et tout Courbevoie.

L'après-midi s'achevait lentement, Ziad était las de retourner ce grand sablier imaginaire dans sa tête. Il fut soulagé d'entendre les voisins du dessus monter les escaliers en soufflant, signe que ses parents n'allaient pas tarder à rentrer. Monsieur et Madame Da Costa étaient âgés, et bien qu'elle fût en surpoids, ils désertaient l'ascenseur à cause de leur caniche nain claustrophobe. L'ascension était pénible, interminable, mais préférable aux plaintes de l'animal. Ils s'arrêtèrent sur le palier pour faire une pause. Le chien détecta aussitôt la présence du garçon derrière la porte, et colla sa truffe contre le paillasson. Il le respira un moment, semblant apprécier l'odeur de gâteaux au beurre qui s'en dégageait, avant de reprendre, encouragé par ses maîtres, sa laborieuse progression.

Ziad venait de finir son goûter. D'un doigt mouillé, il ramassait les miettes autour de lui, en les comptant. Il les rassembla en ligne droite, puis en cercle, il y en avait dix-sept. Sa mère aussi aimait compter les choses, même si elle s'en défendait. Ils avaient tous deux honte de l'avouer, mais comment s'en passer ? C'était un jeu captivant, le plus sûr moyen de garder son calme. Une petite énumération dans les moments critiques, et on respirait mieux. Au milieu des déceptions, des chocs, il existait une possibilité d'apprivoiser les débordements. L'inattendu n'avait qu'à bien se tenir, lui aussi se contenait, se mesurait, comme le reste. Il suffisait pour s'en convaincre de lire le journal : le moindre crime, les injustices, quelles qu'elles soient, rejoignaient inévitablement de jolies courbes de statistiques ou finissaient bien sagement rangés dans une colonne. En réalité, tout s'additionnait, se maîtrisait, toujours…

Ziad changea encore une fois la disposition des débris sucrés, imaginant que sa mère accompagnait son arithmomanie, répertoriant avec lui les miettes oubliées.

Elle n'allait pas tarder à débarquer, les bras chargés de courses. En général, elle arrivait la première.

Il n'aimait véritablement que certains aspects de sa personnalité, les autres, il aurait préféré ne pas les voir : son orgueil, la façon qu'elle avait de flotter, toujours ailleurs, et cette distance qu'elle leur imposait à tous, sans jamais le reconnaître.

Pour autant, son amour pour elle n'en était pas diminué ; la tendresse qu'il éprouvait pour le côté si généreux, presque timide, de son caractère, était infinie. Il se répétait chaque jour qu'il devenait urgent de lui témoigner sa reconnaissance, son affection. Sa mère vieillissait, et bien qu'elle n'ait pas atteint la cinquantaine, il s'inquiétait de la voir disparaître sans en avoir eu l'occasion. Mais comment s'y prendre ? Il ne pouvait s'adresser qu'à son être tout entier, sans rien différencier, et la ferveur de ses sentiments, dès qu'il y pensait, n'était plus aussi grande. Mieux valait donc se taire et lui parler dans sa tête, lui envoyer mentalement d'interminables discours, en espérant que quelque chose d'eux lui parviendrait. Et puis, il collectionnait ses foulards, les tee-shirts emplis de son odeur, qu'il cachait avec délectation sous son oreiller. Cela lui suffisait, lui apportait un réconfort facile, immédiat. Aussi souvent qu'il le souhaitait.

En grandissant, il découvrit qu'elle était malheureuse. Son père rentrait de plus en plus tard, une expression contrariée sur le visage, au point que cette triste figure était devenue son masque ordinaire.

Confusément, lui venait la nostalgie du couple qu'ils avaient formé les toutes premières années. Il se souvenait d'un monde encombré de jeux, de formes géométriques aux couleurs primaires. L'atmosphère était douce et paisible, les journées passaient vite alors… il n'aimait pas les voir s'achever, sauf lorsque sa mère se penchait sur lui, pour lui dire bonsoir : c'était aussi agréable que de se prélasser dans un bain chaud en écoutant des chansons tristes. Chaque soir, il avait l'impression de respirer un air brillant, plein de lumière. Une lumière de fête.

Dix ans… il bomba la poitrine à l'évocation de ce nombre parfait, magique, il allait enfin ajouter un second chiffre à son âge, lui qui les aimait par-dessus tout, appréciait tant leurs jolies symétries.

En le voyant souffler ses bougies, leurs cœurs s'attendriraient à nouveau, et son bulletin ferait le reste ! Il en souriait d'avance.

Il lui sembla que la voix de son père se rapprochait, puis s'éloignait dans la rue, achevant probablement une conversation au téléphone. Bertrand hurlait toujours dans l'oreillette, et adressait plein de reproches à son interlocuteur, paraissant déplorer son absence : *pourquoi ne pas l'avoir rejoint, pourquoi ne pas se parler autour d'un bon café ?* De toute évidence, personne n'osait lui dire qu'il s'époumonait pour rien ; le temps où plusieurs abonnés se croisaient sur la ligne était révolu. Seul Bertrand, comme atteint de surdité, continuait de crier.

Dans la cuisine, l'horloge venait tout juste de sonner dix-huit heures, Ziad ouvrit la porte, et, tel un groom, se posta sur le palier. C'était inespéré de le voir arriver si tôt, lui qui, depuis une heure déjà, faisait le siège de l'entrée… Bertrand avait fini par raccrocher, et attendait l'ascenseur en insistant sur le bouton d'appel. Il n'y avait que deux étages à monter, mais contrairement aux voisins du dessus, lui n'était affublé d'aucun chien stupide. Fatigué par ses journées pleines de colères téléphoniques, il appréciait que personne n'exigeât de sa part le moindre effort supplémentaire. Quand enfin la cabine arriva dans un bruit de trombone, Bertrand s'y s'engouffra. Ziad l'entendit farfouiller dans sa sacoche, y ranger le portable qui ne captait plus, et chercher ses clés, tout au fond. Du haut des escaliers, il résista de toutes ses forces au désir de lui signaler sa présence : « Papa, ne t'inquiète pas, je t'ouvre ! Je t'attends ! Je te vois à travers le grillage ! » En se penchant, il pouvait observer la cabine approcher, suspendue à ses longs cheveux noirs caoutchouteux. Ziad voulait surprendre son père en ouvrant la porte d'un seul coup. Mais l'ascenseur lui passa sous le nez, et, à sa grande stupéfaction, continua tranquillement son ascension.

Il s'est trompé, il a appuyé sur la mauvaise touche, pensa aussitôt Ziad. Il ne va pas tarder à redescendre… Une fois de plus, il se retint de crier : « Papa, tu fais quoi ? Papa ! Je suis là, je t'attends… » Les minutes s'écoulaient lentement, comme au Scrabble quand les mots comptent double. Pourquoi son père tardait-il à réapparaître ? Les courroies élastiques de l'appareil s'étirèrent encore un peu, imitant de gigantesques chewing-gums. Puis une porte s'ouvrit là-haut, avec des rires étranges, chargés d'excitation, qu'on étouffait. Il va réaliser son erreur, se répéta Ziad, osant seulement grimper quelques marches, sans parvenir à capter d'autre son que celui des gosses qui jouaient encore dans la cour malgré l'heure tardive, et la voix exaspérée de la gardienne qui gueulait sur son chat.

Mais son père s'était volatilisé dans les derniers étages de l'immeuble, et ne semblait pas pressé d'en revenir.

Après un instant de torpeur, Ziad, le cœur battant, se décida à grimper jusqu'au cinquième, là où l'ascenseur avait recraché Bertrand deux secondes plus tôt. Sur le tapis épais de la cage d'escalier, il progressait prudemment, sans bruit. On aurait dit une panthère en chaussettes marron ou carrément l'homme invisible, son corps ne produisait pas le moindre craquement, même le cabot hystérique du quatrième ne put repérer sa présence. Arrivé en haut, il colla en tremblant son oreille contre la porte. Le rire de son père se mêlait à celui, plus léger, d'une femme. Il resta un long moment immobile, indécis sur la marche à suivre, avant de retourner simplement d'où il était venu. Sa vue s'était un peu brouillée, il retrouva, malgré tout, les mêmes pas précautionneux sur le tapis rouge, les mêmes gestes au ralenti. C'était le même garçon de dix ans qui descendait l'escalier... Et pourtant il ne pouvait se défaire d'une sensation curieuse, affolante, celle d'en avoir une centaine de plus. À chaque palier, il les sentait charger ses frêles épaules, comme un manteau trop grand et trop lourd. En franchissant le seuil de l'entrée, il eut la certitude d'être transformé pour toujours.

Le soir, l'enfant souffla ses bougies en silence, déterminé à garder pour lui cette affligeante découverte. Mais une fois couché, et certain que plus personne ne viendrait le déranger, il se laissa aller, s'autorisant enfin à pleurer, avant de s'endormir, épuisé.

Les après-midi suivants, au retour de l'école, il se mit à réciter avec ferveur toutes sortes de prières. Il fermait soigneusement la porte de sa chambre, s'asseyait au pied de son lit. Il ne joignait pas les mains, ne baissait pas la tête, ne se prosternait pas, ne fermait pas les yeux. Au contraire, il essayait d'apercevoir un peu plus de ciel. Entre les immeubles escarpés, ce n'était pas une mince affaire. Au début, il avait du mal à se concentrer, son esprit s'égarait, dérivait loin, très loin de Dieu. Qu'Il fût accompagné d'anges ou de djinns, entouré de saints ou de prophètes ne changeait rien au problème, les pensées de Ziad s'envolaient du côté des copains, du goûter… et, d'un seul mouvement héliotropique, finissaient invariablement par se tourner vers les visages de son père et de sa mère. *Putain ! Qu'est-ce qui leur est arrivé ?!* La question lui faisait peur. Il s'inquiétait de la voir revenir si souvent, l'énigme s'étalait chaque jour devant ses yeux, comme un trou noir, à des années-lumière d'une simple équation à résoudre. S'il n'y prenait garde, il s'enfoncerait dans cet abîme, plus profondément encore qu'à l'énoncé d'un exercice de maths – tout en les redoutant, il affectionnait particulièrement ceux qui commençaient par « étant donné » : étant donné une baignoire d'une contenance de 140 litres, sachant que le robinet d'eau chaude débite 15 litres par minute et que le remplissage de la baignoire prend 3 minutes de plus avec deux robinets, pouvez-vous calculer le débit d'eau froide ? À peine avait-il déchiffré la consigne, qu'il se retrouvait propulsé à 180 kilomètres-heure sur une de ces bretelles d'autoroute superposées aux échangeurs-spaghettis multidirectionnels. À l'intérieur de son cerveau, tout devenait flou à force de suivre une piste, et puis une autre, jusqu'au black-out.

Une vue dégagée l'aidait à éviter les embouteillages. Accroupi près de la fenêtre de sa chambre, il se tordait pour apercevoir un bout de ciel gris chargé de pluie, quelques nuages déchiquetés, et parfois un rectangle parfait d'un bleu immaculé. Il se souvenait vaguement de sa grand-mère se couvrant la tête d'un voile blanc, avant de s'incliner sur son petit tapis. Et voilà qu'aujourd'hui il avait besoin, comme autrefois sa Jedati, du secours d'un être d'expérience, d'un conseiller dont la réputation n'était plus à faire.

Il savait que, depuis des siècles, des millions de croyants organisaient des processions, se trempaient le corps dans des piscines d'eau bénite, ou payaient des fortunes pour tourner autour de la Kaaba, dans l'espoir de trouver la paix suprême… Mais prier n'avait jamais fait partie des pratiques familiales, alors il tâtonnait. Il se sentait insuffisant, empêtré, presque aussi mutique qu'avec une fille, plus gauche et maladroit qu'à la chorale d'anglais.

Quand son coin de ciel ne suffisait pas, il s'accrochait à une autre image, toutes ses suppliques allaient cette fois au patriarche du tableau de Michel-Ange. S'il lui avait suffi de toucher du doigt Adam pour transmettre à son âme l'étincelle de vie, le pouvoir de l'illustre vieillard devait être immense. Empêcher un ascenseur d'aller plus haut serait pour lui un jeu d'enfant.

Ziad avait d'abord regretté son choix, mais il se félicitait, à présent, d'avoir préféré suivre l'exposé sur les mythes, plutôt que sur les planètes. Il gardait ainsi, à portée de main, une représentation précise de son interlocuteur. En rentrant de l'école, il ouvrait son cahier à la bonne page, observait l'image, et implorait :

« Mon Dieu, fais qu'il s'arrête au deuxième, ce soir, juste ce soir. S'il te plaît Allah, fais que mon papa appuie au bon étage… »

Puis, comme toujours, il faisait ses devoirs en attendant leur retour. La nuit finissait par tomber, il se postait près de l'entrée. La porte cochère claquait fort dans la cour, et résonnait dans tout l'appartement, était-ce le signal de son arrivée ?

Généralement, tous les voisins rentraient plus tôt, excepté celui du premier, qui ne montait que vers deux heures du matin, chantant ou injuriant un adversaire imaginaire, parce qu'il avait trop bu. Il n'était sobre que le dimanche – s'abstenait-il ce jour-là parce que lui aussi croyait en Dieu, ou craignait-il en fin de semaine une remontée exponentielle de sa mélancolie ?

Ziad entendait les portes se refermer les unes après les autres.

Et, au moment où il avait cessé d'y croire, l'ascenseur s'envolait de nouveau dans les étages, puis redescendait en grinçant, grave, presque douloureux, comme si la machine épuisée avait du mal à respirer, avant de s'arrêter net, dans un cri métallique. La clé pénétrait dans la serrure. Son père s'était enfin décidé à rentrer.

Les rousses surtout

C'était au début du printemps. Et alors que les arbres avaient retrouvé leurs feuilles, d'un vert si tendre qu'on avait envie de les manger, Ziad fut obligé de constater que ses prières ne lui étaient d'aucun secours. Les disparitions se produisaient même de plus en plus souvent, jusqu'à deux ou trois fois par semaine.

Après les vacances de Pâques, l'ascenseur s'arrêtait rarement au bon étage, la plupart du temps, il montait plus haut.

« Chéri, qu'est-ce que tu fais, ferme cette porte, bon sang ! Papa m'a prévenue qu'il serait là plus tard, ce soir. Tu t'es brossé les dents ? »

Et la vie continuait, comme si de rien n'était. Comment pouvait-elle rester aussi calme ? Il aurait aimé lui ouvrir les yeux, lui crier que son mari n'endurait pas autant de dîners d'affaires qu'il voulait le leur faire croire, qu'il ne subissait pas davantage d'interminables réunions, mais poursuivait en douce son ascension vers les paliers supérieurs ! Il n'en revenait qu'après de longues heures, affublé d'une nouvelle tête, les joues rougies par une émotion indéfinissable.

Sa mère aurait dû comprendre, poser au moins quelques questions sur ces foutues absences. Et s'inquiéter un peu de ce si joli voisinage.

Au cinquième habitait une belle femme rousse, d'une trentaine d'années, qu'on ne croisait que seule, toujours pressée, encombrée. Elle traversait le hall à toute vitesse, passait devant les autres locataires sans les voir. Elle se faufilait derrière la grille de l'ascenseur, qui se dépliait en grinçant, et, du coude, poussait le bouton numéro 5, avant de filer, telle une comète, dans les étages. Son père l'aidait parfois à monter ses sacs. Leur histoire avait d'ailleurs probablement débuté comme ça, d'une manière aussi banale… Bertrand avait voulu s'emparer des courses. La voisine était timide, cet homme prévenant, en costume trois-pièces, la rendait nerveuse. Elle en avait répandu leur contenu sur le sol. Ils s'étaient dépêchés de ramasser ensemble les légumes étalés sur le carrelage de l'entrée. Elle s'était aussitôt excusée de sa maladresse, une tomate s'était écrasée sur sa chaussure cirée. Se hâtant de trouver un mouchoir dans sa poche, elle s'était agenouillée pour réparer les dégâts. La situation était embarrassante, et avait fini par les faire rire tous les deux.

« Figurez-vous que je viens de les acheter…

— Oh, mon Dieu, des chaussures neuves en plus !

— Elles en verront d'autres… Grâce à vous, les voilà baptisées !

— Vous en avez aussi sur les chaussettes, et le bas du pantalon.

— Oui, je crois que votre pochette de Kleenex n'y suffira pas... Inutile de tout nettoyer.

— Mais si ! Montez, et laissez-moi arranger ça ! Qu'au moins, chez vous, vous ne mettiez pas de la tomate partout... »

Chaque jour, Ziad se fabriquait de nouveaux scénarios, cela lui donnait le sentiment de maîtriser les choses car, il en était certain, au milieu des centaines d'hypothèses tout droit sorties de sa prodigieuse imagination, l'une d'entre elles était la bonne.

Dès que l'occasion s'en présentait, il observait cette mystérieuse voisine. Et même s'il la croisait rarement, à force, il pensait la connaître. Elle se cachait toujours derrière de grosses lunettes de soleil – peu importait qu'il fasse presque nuit ou que la journée fût grise. Les cheveux lâchés, le teint très pâle, elle ressemblait à un fantôme de cinéma. Ou à une présentatrice météo, à cause de sa prédilection pour les commentaires sur la pluie et le beau temps. Le silence semblait la gêner, en groupe ou en tête à tête, en consultation chez le médecin, lors d'un dîner... et si celui des chauffeurs de taxi l'oppressait sûrement, que dire du silence à plusieurs dans un ascenseur ? Elle cherchait toujours quelques banalités à échanger : « Ils ne devraient pas couper le chauffage si tôt cette année, il fait un froid glacial pour un mois d'avril, n'est-ce pas ?... » Bertrand acquiesçait, en fixant d'un air absent un prénom tagué sur la paroi, la bite gravée au canif par Michel, son meilleur ami depuis le CP, ou le cœur à côté de l'alarme.

Mais ce soir-là, Ziad l'aurait parié, son père ne regardait qu'elle. Ses yeux étaient rouges, elle reniflait encore un peu. L'ascenseur, bloqué dans les étages, tardait à arriver. Il remarqua aussitôt qu'elle avait pleuré. Face à sa confusion, il n'osait la questionner, elle s'excusait, bafouillait, s'excusait encore. Avant de fondre en larmes, elle parvint à lui expliquer d'une voix étranglée : « Ma mère a eu un accident. Avant-hier, elle me racontait ses projets, elle rêvait d'installer une véranda, une petite véranda dans son jardin, et deux jours plus tard, je me retrouve face à un légume, incapable de prononcer le moindre mot. Dès qu'elle essaie de parler, sa bouche se déforme, je vois bien qu'elle fait de son mieux, mais rien ne vient, à part des gémissements, de drôles de cris, une bouillie de sons incompréhensibles… Et il y a une heure à peine, l'hôpital m'appelle pour m'annoncer qu'elle est morte. Pourquoi tout va si vite ? On n'a même pas le temps de la nommer, de s'habituer à la maladie que c'est déjà fini. »

Bertrand l'écoutait, bouleversé. Il ne trouvait rien à dire. Il devait réagir, improviser quelque chose, tenter une parole, un geste, pour la rassurer… Mais comment la réconforter ? Il se prépara mentalement : dans deux étages, il essuierait la larme énorme qui coulait de son œil droit et rendait sa joue si brillante. Et au suivant, il la prendrait dans ses bras.

Ziad considéra cette nouvelle situation, laissant aux images le temps de se former dans sa tête… la voisine défaite, son père tétanisé, le regard triste, empli de compassion. Décidément, il préférait la version des tomates. Moins mélodramatique. Il n'aimait pas évoquer la mort, même si, en réalité, il y pensait tout le temps.

Il se concentra donc de nouveau sur la sauce tomate qui dégoulinait du pantalon de son père sur les dalles du hall d'entrée, aussi épaisse et rouge que le sang des Indiens d'un western-spaghetti.

Puis, il les imagina s'engouffrant tous les deux dans la cabine, collés contre les parois. Ils se tenaient à distance – comme on peut l'être dans un ascenseur qui ne tolère que trois personnes. Ils avaient toujours une forte envie de rire, mais faisaient de leur mieux pour se contenir, veillant à ne pas montrer leur joie. Dans un sursaut, l'ascenseur s'était arrêté au cinquième étage. La jeune femme l'avait fait entrer chez elle, et conduit directement dans la salle de bains. Elle l'avait invité à s'asseoir sur un tabouret minuscule pour s'emparer de ses chaussures. Bertrand l'avait observée les passer l'une après l'autre sous le robinet, se retenant de crier : « Attention, l'eau rentre à l'intérieur, vous êtes en train de les bousiller ! » Elle s'appliquait, voulait bien faire. Il ne restait aucune trace de sauce, mais elle avait continué à les frotter vigoureusement avec une éponge qui mousse. *Demain, c'est sûr, le cuir sera cartonné.*

L'air sérieux, concentrée, comme si elle était en train de mener un combat décisif, elle s'était ensuite attaquée aux taches d'eau avec un sèche-cheveux, alors il les lui avait retirées des mains, pour l'attirer doucement contre lui : « Je crois qu'elles sécheront mieux toutes seules. » Et la voisine était devenue aussi rouge que ses tomates écrasées, en se laissant embrasser.

Évidemment, c'était assez déroutant de voir son père séduire une autre femme, même en pensée. Mais Muriel Péan – c'était le nom qu'on pouvait lire sur sa boîte aux lettres – était belle. Et Ziad commençait à devenir réceptif à la beauté des femmes, la chose en lui s'était déclenchée au début du dernier trimestre, et ne cessait de grandir jusqu'à vouloir prendre toute la place.

Il avait, depuis lors, la désagréable impression d'être coupé en deux. Une partie de lui-même demeurait en colère – cette histoire le dégoûtait, le révoltait plus qu'il n'aurait su le dire – tandis qu'une autre prenait plaisir à se détacher du réel, pour mener sa propre vie. En classe, sur son lit, avant de s'endormir, les rêves se déployaient en 3D au-dessus de lui, pour l'emporter au loin… et c'était son tour alors de séduire toutes les femmes, les rousses surtout. C'était à lui, à présent, que s'adressaient leurs caresses, leurs mots d'amour… Il pouvait voir leurs corps, les toucher, il ne se lassait pas de sentir leur souffle, cette musique incomparable était si douce à son oreille…

« J'ai marché dans une flaque.

— C'est malin ! Elles sont trempées… Je les mets sur le balcon, elles sécheront plus vite.

— Merci. Il dort mon garçon ?

— Oui, depuis longtemps !

— Ah, pardon. Il est si tard que ça ?

— Oui. On t'attendait plus. Il y a une assiette pour toi dans le frigo. Fais ce que tu veux, mais moi je vais me coucher…

— Je traîne un peu, et je te rejoins.

— N'oublie pas d'éteindre.

— Quoi ?

— Avant de te mettre au lit, éteins ! N'oublie pas, s'il te plaît…

— J'oublie pas. »

Ziad osait à peine respirer derrière la porte entrebaillée. Dans l'interstice, il pouvait voir le dos de sa mère sur le balcon, qui déposait les chaussures mouillées. Quand elle se redressa, il aperçut un bout de son visage qui contemplait la nuit. Aurait-il vu juste avec son histoire de tomates ? Elle marmonna une phrase qu'il eut du mal à saisir : « Il fait un froid de canard ce soir, tu trouves pas ? » ou bien plutôt :

« Regarde où tu mets les pieds la prochaine fois ! » avant de quitter le salon, comme à regret. Depuis sa cachette, il la regarda refermer doucement la porte de sa chambre.

Son père éteignit la lumière sans attendre, puis s'écroula en soupirant dans le canapé du salon. Il ne bougeait pas d'un pouce, on aurait dit une statue de cire qui contemplait le vide. À quoi pensait-il ? La pénombre l'aidait peut-être à se souvenir de la blancheur de sa peau, de ses cheveux roux si brillants, de sa respiration, de la caresse de ses mains, du poids de son corps dans ses bras, des détails surtout, la place des grains de beauté… Avait-il déjà observé sa mère avec autant d'attention ? S'était-il réjoui de chaque découverte, le point marron dans le vert de l'œil gauche, tandis que de l'autre côté il tirait sur le jaune, les ongles lisses et doux, roses comme l'intérieur d'un coquillage… ? « Il faut que je retourne la voir, je dois remonter au cinquième étage, le plus vite possible, si je veux être capable d'enregistrer tout ça, de fixer son image dans ma mémoire. » Voilà ce que signifiait peut-être le sourire le plus triste qu'il ait jamais observé sur les lèvres de son père. À moins que ses pensées d'homme amoureux n'aillent plus loin encore, et n'imaginent, un jour, la rejoindre pour de bon… Il pourrait s'endormir à ses côtés alors, tout contre son corps chaud, au lieu de somnoler misérablement sur ce canapé.

Bil alwan

Il est seul dans l'ascenseur. Quand il se tourne vers la glace, un garçon de dix ans, l'air inquiet, lui fait face. Ziad passe deux doigts sur son front pour essayer de le détendre, les petits plis au milieu des sourcils s'effacent aussitôt. Ses yeux sont doux, pensifs. « J'aurais vraiment besoin d'aller chez le coiffeur », constate-t-il en s'efforçant de plaquer en arrière les boucles brunes, désordonnées, qui lui chatouillent le cou et les oreilles. Lorsqu'il s'aperçoit que l'ascenseur ne s'est pas arrêté au bon niveau, son corps entier se crispe. *J'ai pourtant appuyé sur le numéro 2, j'en suis certain !* D'ailleurs le bouton est encore lumineux. Mais il semblerait que la machine n'obéisse plus, elle continue son ascension, dépassant encore d'autres étages…

« Pas de problème, se raisonne-t-il, qu'elle m'emmène tout en haut ! Ensuite, je redescendrai à pied, plus question de grimper là-dedans ! »

Et il monte, comme si l'immeuble ne possédait pas cinq mais dix, vingt étages. *Je vais traverser le plafond, démolir le toit, m'envoler… Jusqu'où on va monter comme ça ? Qui a programmé cette saloperie de capsule ? Pour quel bled, quelle planète ?*

En se penchant sur le côté, il découvre que la cabine ne tient plus à rien, les câbles de suspension ont disparu, la matrice s'est arrachée. Face à ce vide vertigineux, jaillit bientôt la possibilité qu'il pourrait tomber… Et à peine a-t-il imaginé sa chute, qu'elle se produit. Après un choc violent, il tombe. Comme un insecte ballotté dans une boîte d'allumettes, il se recroqueville tout au fond, tantôt appuyant les mains contre les parois, tantôt protégeant sa tête, cherchant à prendre le moins d'espace possible. Il sait que ces gestes sont inutiles, qu'il va s'écraser dans sa cage… Une bouillie, un tas de chair dans une immense flaque de sang, voilà ce qu'il restera de lui, tout va se casser, ses os, son crâne. Il supplie le ciel de l'aider, pour que quelque chose se produise, qu'on reparte en sens inverse ! Tout à l'heure, il tremblait de peur et d'angoisse, c'était terrible de s'élever ainsi, indéfiniment, mais préférable à la violence de la chute, préférable à la mort. Il implore Dieu : « Sauve-moi ! Aide-moi à sortir d'ici… » Pleurer ne servirait à rien, d'ailleurs les larmes refusent de couler. Prisonnières de ses yeux fermés, elles enflent derrière ses paupières jusqu'à déborder. *Je vais me réveiller, ce n'est qu'un mauvais rêve ! Mais maintenant c'est fini, je VEUX sortir d'ici bordel ! Je veux ouvrir la porte, j'ouvre la porte, et j'ouvre les yeux… !*

D'un mouvement brusque, sous l'impulsion de sa seule volonté, il se redresse dans son lit et retrouve sa chambre, ses affiches autour de lui. Il regarde, soulagé, les images familières, ses posters de Naruto, d'Antoine Griezmann et de Mbappé, les cartes des pays qu'il rêve de visiter, le Brésil, l'Argentine, le

Canada… Il s'aperçoit qu'il tremble, ses cheveux sont trempés, comme son oreiller.

Il connaît bien ce rêve, il l'a déjà fait plusieurs fois cette semaine. Il y a des variantes, parfois c'est enivrant de voir le bleu du ciel, de traverser les nuages. D'autres fois, le cauchemar s'arrête au choc de la cabine qui percute le toit… Mais le plus souvent, tout s'effondre. La descente est rapide, brutale, et juste avant d'atteindre le sol, inévitablement, il se réveille en sursaut. Dans sa chute, il se blesse, se cogne à la grille et aux parois, puis renonce à se protéger. Inutile d'appeler à l'aide, il est impuissant, telle une barque minuscule perdue dans la tempête, la mécanique des événements, la force des choses le dépasse, il est nu, sans réponse face à elles, incapable de se battre, de réagir. Il ne pense même pas à enfoncer le bouton d'arrêt, ou à tirer sur la sonnette d'alarme.

Au réveil, il y a toujours de drôles d'ombres qui rôdent autour de son lit, il sent qu'on l'observe, les formes bougent. Certaines s'approchent, si près… Le plus sûr est alors de les ignorer, même si elles le cernent, le pressent, attendant leur rétribution. De quelle dette doit-il s'acquitter ? Il l'ignore. Il sait seulement qu'elles ne partiront pas sans l'avoir réclamée. Il se répète les conseils de Wendy : « Ne chassez pas une ombre, c'est peut-être celle de Peter Pan ou d'un Enfant perdu ! » Mais il ne peut s'empêcher d'y voir autre chose, des présences obscures, jalouses de ne posséder que de pauvres contours et de le voir, lui, si vivant. Il hésite, tétanisé par la peur, n'osant faire aucun mouvement, aucun geste qui pourrait attirer leur attention, attiser leur colère. D'une voix tremblante, pour se rassurer, il chante la berceuse de sa grand-mère :

Arsomo baba, arsomo mama, bil alwan, bil alwan… Je dessine un drapeau, en haut de la falaise, je suis un artiste, je suis un artiste… Arsomo baba, arsomo mama…

Après un temps qui lui semble infini, il trouve enfin le courage de leur échapper. Il calcule son élan pour les prendre par surprise. En faisant de grands moulinets avec ses bras, il se précipite dans le couloir jusqu'à la chambre de ses parents. La porte est fermée comme d'habitude, il n'ose pas tourner la poignée, il risquerait de les réveiller. De toute façon, il sait bien qu'on lui dira de regagner la sienne : « Ne t'inquiète pas, ça va passer, pense à quelque chose d'agréable, qu'est-ce qui te ferait plaisir ? Imagine que tu es en vacances, au bord de la mer, et tu verras, tu vas te rendormir très vite… »

Ziad préfère attendre devant la porte. Rester là, sur le seuil, comme un factionnaire. Le gardien trop zélé de leur sommeil.

Au bout d'un moment, la fatigue de la nuit commence à avoir raison de lui, alors il s'assoit contre un mur. Malgré la distance, il perçoit la respiration plus forte de son père. La joue collée contre la porte, il se laisse bercer par son souffle régulier. Et il se dit qu'il devrait pouvoir traverser cette porte. Sa volonté d'être avec eux est si grande, elle devrait transpercer les murs, tous les obstacles ! Il doit bien exister un moyen de les rejoindre. Il imagine faire partie de la famille des *Indestructibles*, il serait Jack-Jack, le plus puissant des Parr, à qui rien ne résiste ! Aucun monstre, aucune paroi, pas même celle d'un coffre-fort. Si seulement il pouvait se retrouver de l'autre côté, tout irait mieux, la chaleur de leurs corps effacerait instantanément la peur, comme par magie. Il maintient sa tête, devenue trop lourde, dans ses mains, et quand ses yeux n'arrivent plus à fixer quoi que ce soit, sans même s'en rendre compte, dans une position étrange, d'un seul coup, il s'endort.

Dès qu'il entend le réveil sonner, il se redresse, sa nuque est endolorie, il a une terrible crampe au bras, mais il court à toute vitesse dans sa chambre, pour se glisser sous les couvertures, faire semblant de ne pas l'avoir quittée.

Depuis le début de l'année, il va tout seul à l'école, il n'a qu'un carrefour à traverser, et puis une suite de rues toutes droites. Il connaît le chemin par cœur, il dépasse la boulangerie, le Grec, il s'achètera un kebab au retour. Les gens qui marchent devant lui le freinent. Il déteste ceux qui vont lentement et l'obligent à piétiner, à attendre qu'un infime espace se libère pour les doubler enfin. Il les regarde, furieux. N'ont-ils aucun respect pour les autres, les gens comme lui, pressés d'arriver ? *S'ils continuent, je leur balance des coups de pied aux mollets, et même je les pousse sur la route.* Comme dans ce jeu gratuit, téléchargé sur sa tablette, où il faut jeter le plus de gens possible d'un immense toboggan. Il le ferait s'il en avait la force. Il les bousculerait pile au moment où passe une voiture, *deux connards de moins ! Quatre ! Et puis vingt… un vrai carnage !* Il évite aussi le regard des couples qui le croisent, le frôlent sur le trottoir en l'ignorant, ceux qui se tiennent par la main, ou pire, ceux qui s'embrassent sur un banc, les bandes de potes qui fument aux terrasses des cafés, les mères qui s'accrochent à leurs poussettes et les pères qui portent fièrement un bébé en bandoulière…

Il n'a que dix ans, mais il sait déjà qu'il ne ressemblera jamais à ces promeneurs réjouis qui déambulent, le nez au vent, la gueule enfarinée. Il sent bien qu'il appartient à une autre catégorie. La sienne est peuplée de solitaires, une seconde humanité honteuse et tourmentée. Il n'ira pas rejoindre les élèves qui jouent dans la cour, attendant la sonnerie pour regagner leur classe, ce ne sont que des petits enfants, il n'en est plus un. L'année de ses dix ans a sonné la fin d'une autre récréation, celle de l'insouciance. La page s'est définitivement tournée, et il n'aime pas le nouveau chapitre qui est en train de s'écrire. Il ne sait pas encore que dans quelques mois son père s'en ira d'une tout autre manière, ni combien il lui manquera. Pour l'instant, il n'éprouve pour lui que colère et incompréhension. Pourquoi préfère-t-il vivre sa vie sans eux, trois étages plus haut ?

Il est en retard. Quand il arrive, le portail est déjà fermé et les élèves, rassemblés devant l'école, écoutent distraitement les dernières recommandations de la maîtresse. Ils prendront le RER, se recueilleront devant le tombeau de Napoléon, et arpenteront ensemble les couloirs du musée…

Ziad se glisse discrètement dans la file, espérant que son partenaire négligera, à son exemple, de lui tenir la main.

Dans les wagons du métro, le roulis l'endormirait s'il ne luttait contre la fatigue de la nuit. Il sent encore la moquette du couloir, incrustée sur sa joue. Il se promet de ne plus céder à la peur, désormais les ombres dans sa chambre n'auront qu'à bien se tenir. À partir d'aujourd'hui, elles n'existeront plus, tout simplement. Et s'il suffisait de le décider ? L'espace d'un instant, il se sent tout-puissant, capable non seulement de modifier son propre destin, mais aussi de diriger des événements qui ne le concernent pas et de mener chacun dans la bonne direction. Il se met à compter les gens sur les strapontins, les gens debout, les hommes en blouson, ceux en manteau, en jean ou en pantalon, et puis les stations bien sûr, avec leurs correspondances. Le plan du RER, placardé sur le mur, lui fait penser à une immense toile d'araignée en couleur, dans laquelle le monde entier serait pris. Il suffirait qu'un seul être humain bouge, souffre ou panique, pour que les autres en perçoivent aussitôt les vibrations, en soient affectés d'un bout à l'autre de la toile, avec la même intensité. L'image s'anime devant ses yeux, se soulève, pareille à une voile gonflée par le vent. Les lignes rouges, jaunes, vert clair et vert foncé s'emmêlent en 3D, s'enroulent les unes aux autres. Devant la beauté de cet enchevêtrement, aucun doute n'est permis : la solitude n'existe pas, pour personne. Un lien puissant relie les gens. Et si le sentiment inverse surgit parfois, c'est qu'avec le temps ils ont oublié le lacis qui les unit, et la toile s'est altérée. Dans quelle mesure se régénérera-t-elle ? Quand retrouvera-t-elle sa constitution originelle ?

Interroger les plus grands scientifiques, les meilleurs climatologues, philosophes ou historiens ne servirait à rien.

Ziad le sait déjà, l'état du monde, pour quelque temps encore, restera un mystère.

Une seule certitude : on ne pourra pas revenir en arrière. Même dans les Survivals, ses jeux vidéo préférés, on s'achète des potions protectrices, des points de vie par centaines, les armures se réparent toutes seules, mais les erreurs ne s'effacent pas si facilement.

Continue de jouer, lui souffle une voix intérieure, *et quoi qu'il arrive garde tes V-bucks.*

L'autre guerre

Dans les couloirs glacés du métro, ses camarades traînaient ou se bousculaient en riant. Il aurait tant aimé partager ses pensées avec l'un d'entre eux, parler à quelqu'un de la solidité du lien… L'odeur de détergent synthétique laissée par le passage de l'autolaveuse lui piqua les yeux et eut vite raison de son enthousiasme. Un homme gisant par terre, enroulé dans du papier journal, acheva de dissiper l'illusion. Deux poignes énormes, aux doigts gonflés et rouges, émergeaient des décombres, semblant appeler à l'aide. Accrochées à un Caddie renversé sur le côté, seules ces mains vérolées, marquées par le gel et le froid, rappelaient aux passants indifférents que, malgré les apparences, il était toujours un des leurs.

Dans la cour des Invalides, un hommage national à un chanteur décédé trois jours plus tôt se préparait. Plusieurs groupes d'enfants assistaient aux répétitions, comme à une pièce de théâtre. Les militaires en uniforme portaient tous des fusils qui avaient l'air faux, de simples jouets, qu'ils maintenaient sur le côté, tout en essayant de suivre une musique qu'un haut-parleur posé à même le sol crachait péniblement. Le son était à peine audible. Le décor, en revanche, avec ses perspectives parfaites, ses pierres de craie jaune et ses colonnes d'une autre époque, en imposait. Combien d'hommages avait-on rendus ici sur cette triste musique de trompettes ? Combien d'hommes, recouverts du drapeau tricolore, avait-on déjà transportés cérémonieusement sur ce brancard d'armée ? Il s'y projeta, brandi par quatre militaires en tenue d'apparat, face à une foule digne, recueillie, et prit un plaisir honteux à imaginer son père, inconsolable, s'incliner au premier rang.

Sous la coupole, le tombeau de l'empereur ressemblait à un gigantesque instrument de musique, retourné sur le dos. Et Ziad ne put s'empêcher de penser à l'homme au tricorne à l'intérieur du cénotaphe, broyé sous le poids du couvercle en marbre rouge veiné de blanc. L'Ogre qui, durant deux décennies, avait fait trembler le monde entier, se trouvait maintenant en dessous, réduit à l'épaisseur d'une feuille de papier. Difficile de croire, en effet, aux assertions du guide : « Après vingt ans passés sous terre, lors de l'exhumation, le cadavre aurait été retrouvé intact. Le fait que le corps ait été protégé par une gaze et pas moins de quatre cercueils, dont un en fer-blanc, expliquerait aujourd'hui encore sa bonne conservation… » Ziad en était persuadé, celui qui pensait « sauver les peuples malgré eux » n'était plus qu'une crêpe. Le Tyran s'était bien battu, mais sans sa couronne de laurier, ses quatorze décorations, son aigle et ses abeilles, il était comme tout le monde à présent. L'image du soldat déchu lui rappela un chapitre des *Misérables*, on y croisait des gens dont les âmes fanaient comme des fleurs, *des fleurs tombées dans la rue, attendant qu'une roue les écrase.*

Son groupe s'installa ensuite devant un plan-relief en bois, métal et soie de la bataille du pont de Lodi. Tandis que la gardienne du musée, munie d'un stylo infrarouge, éclairait la maquette afin d'expliquer aux enfants la guerre et ses stratèges, les fayots levaient la main, encouragés par la maîtresse. Ziad se taisait, il pensait à d'autres guerres. Et si, attentive à ne perdre aucune de ses ouailles, la conférencière l'interrogeait malgré tout, il n'oserait sûrement pas lui confier la sienne.

Lorsque tous les garçons, en guise de conclusion, reconnurent leur chance, puis se félicitèrent de vivre en temps de paix, Ziad ne put retenir un mouvement d'impatience. Certes, ils n'étaient pas obligés de s'arracher les dents, de se mutiler ou de simuler des malformations pour échapper à la conscription, ou pire encore de s'engager comme « volontaires » à seize ans pour fuir la pauvreté ; pour autant, Ziad en était convaincu, les conflits des cours d'histoire, les guerres qu'on apprenait à l'école ne se déclaraient pas que dans le passé ou le dimanche soir à la télé, elles ne se déroulaient pas uniquement à l'autre bout du monde, à l'occasion d'affrontements ethniques, séparatistes ou intégristes, elles se livraient aussi dans de jolis appartements, entre frères et sœurs, maris et femmes, avec ceux qu'on avait pourtant coutume d'appeler affectueusement « les Proches ».

Le soir même, il interrogea son père à ce sujet. Le dîner s'était bien passé, mais quelque chose sonnait faux et cette hypocrisie lui pesait. Les yeux dans son assiette, Ziad commença par émettre prudemment quelques généralités – il ne voulait pas attirer les soupçons de sa mère. Il parla donc de ses camarades de classe, comme si tout cela ne les concernait pas.

Bien sûr, les disputes, le divorce touchaient plus de la moitié de sa classe, tandis qu'eux n'avaient jamais abordé le sujet, et ne l'aborderaient probablement jamais. « C'est d'accord, Papa, mais au fond, pourquoi seriez-vous différents des autres couples ? Mes amis sont presque tous des gars inquiets, et je les comprends ! Les adultes sont tellement bizarres…

— Quand j'avais ton âge, répliqua Bertrand en le regardant droit dans les yeux, "ces adultes bizarres", comme tu dis, s'expliquaient sans filtre devant les enfants, ils déballaient leur linge sale, comme si les gamins étaient sourds. Plus les problèmes étaient graves, plus les parents en parlaient. Toutes ces histoires, croyaient-ils, étaient trop difficiles à comprendre, beaucoup trop complexes pour leurs cerveaux d'enfants. Alors au milieu des cris, les plus petits faisaient semblant de s'intéresser sérieusement à autre chose, comme on l'attendait d'eux. Nous étions devenus des experts en la matière ! Nous regardions ailleurs, un air niais sur le visage. En réalité, ces scènes nous déchiraient. Bien entendu, nous étions parfaitement conscients des drames quotidiens qui se jouaient sous nos yeux. Et nous avons profité, malgré nous, de cet enseignement édifiant pour devenir matures avant l'heure. Comme ces fruits qu'on fait mûrir trop vite... » Pour illustrer son propos, il mâcha la poire qu'il avait longuement découpée en parlant, avant de recracher un morceau à la fois blet et trop ferme d'un air dégoûté.

« Tu as de la chance, aujourd'hui plus personne n'agirait ainsi. »

Peut-être, mais il y a tant de choses qu'on ne dit pas, et que je perçois quand même, votre tristesse, et cette énorme lassitude... Sans parler de l'ascenseur... Je sais, moi, que vos silences peuvent être pires, et parfois encore plus tranchants que des mots.

Cette discussion avec son père le poursuivit plusieurs jours, accompagnée des regrets habituels. Pourquoi se taire, faire semblant d'être d'accord ? Comment expliquer que l'on trouve toujours la bonne réplique une heure plus tard, lorsque tout est fini ? Qu'on soit interrogé au tableau, qu'on discute avec une fille, des amis, et même avec son propre père, pourquoi ne brille-t-on jamais que seul, dans le noir, à l'abri des regards ?

Un mannequin dans la vitrine

Ziad écoutait les bruits de l'immeuble avec plus d'attention que d'ordinaire. Il traînait sur son lit, et ses pensées en profitaient pour tourner à toute vitesse dans sa tête, des phrases comme d'immenses rubans de gymnastique qui se déroulaient à l'infini… Docilement, il les avait suivis, jusqu'à en avoir la tête prête à exploser, le crâne aussi lourd que s'il portait un stupide costume de mascotte. Et il décide que ça suffit, *le jeu a assez duré*. Il gravit, sans réfléchir, les trois étages à toute allure, pour appuyer sur la sonnette en retenant son souffle. La voisine ouvre aussitôt, on dirait qu'elle a passé la journée entière derrière la porte. En voyant son visage d'enfant apparaître, la surprise l'empêche de parler. Le corps figé, une main sur la poignée, elle ne bouge pas d'un millimètre. C'est juste une photo, se dit Ziad pour s'encourager. Une photo sur papier glacé, un modèle d'une autre époque.

Il reprend sa respiration et débite son texte à toute vitesse. Plus tendu qu'un sauteur à l'élastique avant la chute, il laisse enfin échapper une colère contenue depuis des mois : « Mon père ne viendra pas ce soir ! Voilà, je préfère vous prévenir, il ne viendra plus. Vous feriez mieux de vous trouver quelqu'un d'autre… Sa vie maintenant, c'est nous !

— Il est arrivé quelque chose ? » parvient-elle à articuler.

Il sent le rythme de son cœur qui s'accélère, un flux de sang gonfle ses tempes sur le côté, la chaleur empourpre ses joues. Un vrai dément, il a honte d'apparaître ainsi, son pouls bat si fort qu'il croit entendre des tam-tams se répondre sur le palier. Voir la femme trembler ne l'apaise pas, au contraire. Il sait bien que ce n'est pas un combat à mener, que dans cette histoire, il n'y a rien à gagner. Il voudrait juste que les choses reprennent comme avant…

Il n'a pas le choix, il faut agir, ou tout le monde va devenir fou. Lui le premier. Il n'en peut plus d'attendre que sa mère découvre la triste réalité. Et tant pis si cette visite risque d'empirer les choses, il n'arrive plus à faire semblant. Voilà des semaines qu'il y pense, il a retourné le problème dans tous les sens. Si personne ne prend les choses en main, ils vont finir par se perdre de vue, définitivement. Il y a réfléchi des nuits entières, pesé le pour et le contre, pour en arriver à une seule conclusion : on ne peut pas les laisser partir sans rien dire, constater que les fossés se creusent, que leurs vies, comme des planètes, vont bientôt cesser de graviter à proximité l'une de l'autre. Chacun construira son avenir toujours plus loin, à des années-lumière de l'ancienne galaxie, tandis que lui fera le grand écart entre les deux tous les week-ends et les grandes vacances, avec des questions aussi insolubles que : lequel de ses parents faudra-t-il laisser seul cette année à Noël ? Et qui fêtera en premier son anniversaire ? Sera-t-il obligé comme certains de ses copains d'accepter deux dîners de suite, pour ne blesser personne ?

Sur le palier, Muriel s'est enfin animée, elle serre ses mains nerveusement, comme si elle s'apprêtait à réciter une prière.

Elle, il ne craint pas de la blesser. S'il pouvait lui faire mal, lui rendre coup pour coup : c'est elle l'unique responsable de ce désastre. Il lance ses répliques, espérant que chaque mot se transformera en flèche vivante, et la transpercera de son poison mortel. *Pute, sale Pute…* Il s'encourage en la traitant de tous les noms dans sa tête.

« Mon père va très bien, il ne lui est rien arrivé… En réalité, il ne s'est rien passé, il s'est trompé, c'est tout. C'est une terrible erreur ! Il serait temps… de vous réveiller, et que vous… vous en rendiez compte ! » Il bafouille. Sa bouche est sèche, il donnerait tout en cet instant pour boire un grand verre d'eau glacée et oublier tout ça. Il regrette d'être monté, jamais il n'a vécu de situation plus embarrassante. Il faudrait pourtant qu'elle comprenne ! Il a l'impression d'avoir de la fièvre, la honte le rend malade, mais impossible de reculer ; comme lorsqu'on a attendu le bus trop longtemps, pas d'autre choix que continuer, même si c'est interminable, et qu'on aurait eu mille fois le temps d'y aller à pied. Dans l'état où il est, il serait bien incapable de marcher. Ses jambes sont deux tiges tremblantes et fragiles, qui le supportent à peine. La femme en face ne le quitte pas des yeux. « Je suis désolée, je ne savais pas… »

Difficile de faire plus théâtral, c'est pourtant le moment que choisit la minuterie pour s'arrêter, et les justifications de la voisine résonnent dans l'obscurité : « J'ignorais… que tu savais. » Les voilà plongés dans le noir, pas un bruit dans les étages, on dirait que le monde entier les a abandonnés. Il l'entend à peine respirer. Sans ce souffle retenu, irrégulier, on pourrait croire qu'elle a complètement disparu, son corps est absent, sans réaction. Elle accepte l'obscurité, comme le reste, un seau d'eau pourrait lui tomber sur la tête, elle le subirait en silence, de la même façon. Elle lui fait penser à une princesse endormie, celle du Bois dormant, qui refuse d'ouvrir les yeux. Il se retient de la secouer, se jette sur l'interrupteur, et la femme rousse réapparaît aussitôt. Exposée dans la lumière impitoyable de la cage d'escalier, elle ressemble à un mannequin dans la vitrine d'un grand magasin, qui attend sans broncher… Avec ses cheveux électriques autour du visage, ses yeux brillants et inquiets, sous la douche du plafonnier, elle est pâle à faire peur. Sa bouche se met à trembler. *Merde, elle ne va quand même pas se mettre à chialer !* Il se concentre, cherche avec application chaque mot dans sa tête. Il prépare ses phrases, avant qu'il ne soit trop tard. « Je veux seulement vous prévenir, mon père ne viendra plus ! Et si jamais il revenait, dites-lui bien de rentrer chez lui. Dites-lui de rentrer à la maison, madame, s'il vous plaît ! Parce qu'en bas… son fils l'attend. »

Il ne lui laisse pas le temps de répondre, qu'elle se débrouille avec ça. Il redescend les étages en courant, manque de rater une marche et claque très fort la porte de l'appartement derrière lui. Il boit plusieurs verres d'eau d'affilée, plonge sa tête sous le robinet, sans parvenir à se calmer. Quand son père apprendra ça, comment va-t-il réagir ? Est-ce qu'elle va le balancer ? Il envisage un instant d'aller faire un tour au square au coin de la rue, il faudrait taper dans un ballon, jeter des pierres, cogner quelqu'un ou quelque chose, n'importe quoi, mais la peur le bloque, prend la forme du visage furieux de son père, un masque de colère énorme qui dévore tout sur son passage…

Ne plus sortir, ne plus bouger, aller se cacher, se terrer quelque part, avant que tout ne soit détruit par sa faute. C'est ce qu'on est censé faire à l'approche d'une tempête, d'un cataclysme, les gens s'enferment, en attendant que l'ouragan ait fait son œuvre. Ensuite, ils constatent les dégâts, avant de réparer ce qui peut encore l'être.

Dernière visite

Sa mère est enfin rentrée, comme la veille au soir, trop fatiguée pour préparer le dîner, ils mangeront des restes ou un plat cuisiné devant la télé, sans l'attendre. Elle se plaint des clientes difficiles de l'institut de beauté qu'elle dirige depuis vingt ans… *elle devrait pourtant y être habituée.* Elle ne lui demande pas comment s'est passée l'école, seulement si ses devoirs sont terminés. Il fait semblant de s'y mettre sur un coin de table, l'observe derrière un coude replié. Elle porte un pull rouge, sa couleur préférée. Elle a retiré ses chaussures, ça lui rappelle les vacances, quand on marche dans l'herbe et sur le sable toute la journée. Ses cheveux sont lâchés, elle les a coupés cette semaine, ils lui arrivent juste au-dessus des épaules maintenant, une lourde boucle brune lui cache la moitié du visage. Anne met un riz indien dans le micro-ondes, avant de se servir un grand verre de vin à ras bord. Son visage s'éclaire aussitôt en contemplant la boisson, elle respire le précieux nectar, le fait tourner, appréciant son éclat, scrute la façon dont il se dépose sur les parois, et le boit presque d'une traite, avec avidité. Soudain, c'est une telle évidence. Bien sûr qu'elle sait, elle est au courant depuis le début, elle n'est dupe de rien ! Mais alors comment parvient-elle à continuer ainsi, à faire en sorte que les choses soient toujours à leur place, à reproduire, malgré tout, les gestes du quotidien d'un air tellement normal ? Comment arrive-t-elle à porter ce secret déplorable, à lui sourire aussi naturellement qu'elle vient de le faire à l'instant ?

« Mon chéri, ça va ? Tu regardes quoi ?

— Rien.

— Tu fais une drôle de tête…

— J'ai perdu trois points dans le carnet de conduite aujourd'hui, parce que je parlais, et après j'ai raté un contrôle.

— Ah bon ? Ne t'inquiète pas, tu te rattraperas la prochaine fois. »

Il s'étonne de la voir si compréhensive, hier encore elle lui aurait fait la morale. Le vin a-t-il déjà fait son œuvre ?

Anne boit un deuxième verre à grosses gorgées en mettant le couvert. Ses épaules sont complètement relâchées à présent, sa nuque n'est plus si raide, elle continue de sourire dans le vide, machinalement. Elle savoure sans doute le calme de l'appartement, après la rumeur incessante de la ville – la cuisine donne sur la cour. L'été, quand la fenêtre est ouverte, on entend le bruit des assiettes, des bribes de conversations ou le rire des voisins. Le reste du temps, il y règne un curieux silence, on pourrait presque croire que dehors, tout est paisible. Anne dépose les plateaux sur la table basse, ses gestes sont plus lents, moins brusques que tout à l'heure, elle retourne dans la cuisine pour chercher un couteau oublié. Elle n'a pas l'air préoccupé, on dirait même qu'elle ne pense à rien. Après tout, peut-être que ça ne va pas si mal, sa mère ne semble pas malheureuse. Exception faite de ce couplet qu'elle omet de lui chanter d'un ton exaspéré : « Il faut que tu travailles plus. Travaille, si tu veux rentrer dans un bon collège », tout est conforme à chaque journée qui s'achève. Elle paraît plutôt heureuse, détendue. Si seulement elle ne remplissait pas son verre si souvent…

Il faudrait partir tous ensemble dans une ville étrangère, pour créer d'autres habitudes, s'inventer une nouvelle vie, une fois par semaine aller dîner au restaurant, se promener dans des endroits inconnus, ne plus prendre le bus, le RER, mais se perdre, découvrir d'autres chemins. Elle allume la télé, le regrette aussitôt. La caméra suit des femmes et des enfants qui s'apprêtent à rentrer de Syrie, la voix du reportage les appelle les « Revenants ». Les grands sont sales, habillés de vêtements usés, déchirés. Les plus jeunes ne portent que de vieux pyjamas, couverts de poussière, ils ressemblent réellement à des fantômes. Ils sont nerveux, épuisés, mais garçons et filles, sans exception, cherchent encore à jouer, tout est bon à prendre, des cailloux pour faire des billes, quelques feuilles et une brindille pour construire un bateau, une bouteille en plastique écrasée en guise de ballon… Leurs mères les ignorent, et restent serrées les unes contre les autres. La plupart ont retiré leur niqab, elles ont des cicatrices sur le visage ou sur le front, d'autres, excessivement maigres, ont la peau si creusée et tendue qu'ici on les confondrait avec des junkies. La plus âgée explique au journaliste qu'elle sort d'une madafa, une maison réservée aux femmes seules. Elle a pourtant été mariée quatre fois depuis son arrivée. En l'espace de quelques années, trois de ses époux sont morts au combat, et le dernier a disparu. Sous son voile, elle essaie d'allaiter un bébé de six mois environ. Deux autres enfants la rejoignent, s'accrochent à ses jambes, tentent d'attirer son attention. Tous sont nés de pères différents, aucun d'entre eux ne connaîtra le sien.

Anne débarrasse, après ces images de désolation. Ziad la regarde s'agiter plus que nécessaire pour oublier ces rues dont ne subsistent que des squelettes d'immeubles. Au milieu des décombres, se dressent encore des pans de murs aussi fragiles que du sable, des dentelles grises qu'un simple coup de vent suffirait à éparpiller. Face à l'ampleur de la destruction, Ziad se demande d'où peuvent sortir cette poignée de survivants. De sous terre, probablement, il doit bien exister plus bas un monde à l'abri…

Regrettant de ne pas l'avoir épargné plus tôt, Anne saisit la télécommande et s'empresse de couper l'image. Sans doute aurait-elle voulu commenter le reportage, dire quelques mots apaisants ? Mais quelle explication pourrait-elle donner à une telle défaite ? Il la regarde partir se réfugier dans la salle de bains. Quand elle se déplace comme ça d'une pièce à l'autre, on peut suivre les traces de son parfum… Il écoute l'eau couler, et se décide enfin à rouvrir son cahier. Il est trop tard pour l'apprendre, alors il se contente de relire sa poésie sans y croire.

Lorsque ma sœur et moi, dans les forêts profondes,
Nous avions déchiré nos pieds sur les cailloux,
En nous baisant au front, tu nous appelais fous,
Après avoir maudit nos courses vagabondes.

À force de la répéter, il finira bien par en retenir quelque chose, au moins les premiers vers, le contrôle est pour demain. Il la saurait déjà si quelqu'un l'aidait, si sa mère acceptait de l'interroger… Il attend qu'elle ressorte, dans son peignoir bleu, les cheveux joliment enroulés dans une serviette.

Puis, comme un vent d'été, brisant les fraîches ondes,
Mêle deux ruisseaux purs sur un lit calme et doux,
Lorsque tu nous tenais tous deux sur tes genoux,
Tu mêlais en riant nos chevelures blondes…

Cette histoire de cinquième étage n'est peut-être pas si grave. Après tout, ils ont toujours un toit au-dessus de la tête, des murs qui tiennent. Pas si grave. Son père n'a pas sauté sur une bombe cachée dans un sac en plastique au milieu des ruines de Raqqa. Il va bientôt rentrer.

À moins que l'ascenseur, comme la nuit dernière, ne le hisse plus haut…

Est-ce qu'il leur fera l'honneur de partager quelques minutes avec eux, cette heure ultime de la journée, de prendre de leurs nouvelles, ton évaluation s'est bien passée ? Tu n'es pas trop fatigué ? Et si, pour une fois, il acceptait de lui lire une histoire, une longue ? De l'embrasser ? De goûter la paix du soir, avant qu'il ne s'endorme, loin des guerres.

Il se souvient soudain de la question qu'il avait posée à sa mère trois ans plus tôt en sortant de l'école – chez lui, la radio et la télévision étaient restées curieusement éteintes toute la soirée. C'est dans sa classe qu'il avait entendu le mot pour la première fois : « Ça veut dire quoi, Maman, une tenta ? » Il avait fallu plusieurs secondes à Anne pour comprendre qu'il la questionnait sur l'attentat… Après que Ziad avait ingénument ajouté : « Une mitraillette, c'est seulement la moitié d'une mitraille ? »

Les mois suivants, il avait joué à chaque récréation « aux méchants et à Charly ». Et puis, le jeu avait été interdit dans la cour de l'école. Alors les enfants avaient changé les noms, et utilisé toutes sortes de stratagèmes pour y jouer quand même. Les cauchemars viendraient plus tard, les questions sans réponse aussi.

Allongé dans son lit, les yeux au plafond, il attend.

Lorsque ma sœur et moi… Le reste de la poésie s'est déjà effacé de sa mémoire. *Lorsque ma sœur…* Son père n'est toujours pas là, à moins qu'il n'ait manqué le bruit de la porte cochère, le ronflement de l'ascenseur ? Le voisin soûl, en revanche, est bien rentré, mais d'humeur sombre ce soir, pas le cœur à chanter. Après avoir renversé une table, et balancé une batterie de casseroles, tout s'est arrêté. Affalé dans un coin de la cuisine, il doit en profiter pour cuver. Les casseroles attendront.

À sept heures et quart, il se réveille d'un sommeil agité, plein de rêves étranges, dont ne subsiste qu'une impression désagréable. Il remet à toute vitesse ses habits de la veille, et part les retrouver dans la cuisine. Son père est déjà installé devant le petit déjeuner. Cette fois c'est sûr, il n'a pas passé la nuit ailleurs, on dirait même qu'il ne s'est pas couché. Ses yeux sont rouges, fatigués. Timidement, il s'assoit en face de lui. En découvrant sur le visage de Bertrand cet air abattu, encore étonné, il croit comprendre… hier soir, son papa a rendu sa dernière visite.

La voisine l'a accueilli comme d'habitude, l'a embrassé, elle a pris soin de lui. Elle l'a écouté raconter ses histoires de boulot, se plaindre de ses collègues, se consoler avec des projets de voyage. Son père ne s'est pas aperçu que quelque chose ne tournait pas rond, qu'elle ne répondait pas, ou seulement par oui ou par non, il n'a pas vu combien elle était fébrile, il n'a pas remarqué que sa main tremblait en versant le vin dans son verre.

À la fin du repas, alors qu'il se dirigeait vers la chambre, elle a simplement répété ses mots : « Non, tu ne restes pas ce soir, et d'ailleurs, tu ne reviendras plus, je ne veux pas que tu te fasses d'illusions… Je préfère te prévenir, j'ai rencontré quelqu'un. Alors rentre chez toi, s'il te plaît, il est tard. Figure-toi qu'en bas ton fils t'attend. »

Bertrand a bien essayé de poser quelques questions, mais face à son silence, l'amant éconduit a tout de suite compris que sa décision était mûrement réfléchie, qu'aucun argument ne la ferait changer d'avis. Elle souhaitait juste qu'il s'en aille, calmement, le plus vite possible.

Blême, paralysé par la honte, la stupeur, il a tout de même réussi à avancer un pied, et puis l'autre, à se retrouver sur le palier, à descendre chaque marche jusque chez lui, sans s'effondrer. Ensuite, il s'est assis à la table de la cuisine, et n'en a plus bougé.

Des boucliers pour Noël

Depuis plusieurs jours, ils ne se parlent plus que pour se faire des reproches. Ce matin encore, Ziad les a entendus échanger des phrases pleines de sous-entendus, mais son arrivée dans la cuisine les a rendus muets. Devant l'insistance d'Anne, Bertrand a fini par lui accorder un baiser du bout des lèvres. « Je vais être en retard », a-t-il marmonné avant de s'échapper.

Alors Ziad a serré sa mère dans ses bras – lui qui cherche pourtant à éviter les effusions ces derniers temps. Les caresses dans les cheveux, les bisous l'insupportent, l'empreinte qu'ils laissent sur sa joue… Il frotte son visage avec sa manche. *Si seulement il y avait du vent, il effacerait toutes les traces.*

En dépit de cette fausse note matinale, c'est une journée banale. Rien à déclarer. Sauf une interrogation surprise et un moment pénible, au cours de gymnastique : cinq minutes d'hésitation au sommet de la corde à nœuds, autant dire une éternité, qui ont suffi à faire perdre son équipe. Un vertige inhabituel, avant de redescendre. Ses camarades, évidemment, n'ont pas manqué de le lui reprocher. C'est toujours dans les vestiaires que les remarques pleuvent, mais cette fois, il était la seule cible : « Qu'est-ce qui s'est passé, mon pote ? Eh les gars, vous inquiétez pas, c'est juste un nœud qui lui est rentré dans le cul ! La gueule qu'il faisait ! Hein la tapette, on t'a bien cramé ! Reviens sur terre mon srab… »

Il rentre de l'école, et se prépare à tout oublier devant un jeu vidéo. Quand il aura dégommé une vingtaine de monstres sur Fortnite, et retrouvé ses camarades virtuels Zelda, Pouette, Deug et Charlie b, nul doute qu'il se sentira mieux. Soudain joyeux à l'idée d'obtenir un score d'au moins 7 kills, de gagner skins, emotes et un maximum de farms, il pousse la porte cochère, et la découvre dans le hall de l'immeuble. Juste en face de l'ascenseur. Elle est là.

La voisine le regarde s'approcher timidement, traînant son cartable à roulettes… Il voudrait fuir, il sait bien que son père n'est plus retourné chez elle, que dorénavant ils s'évitent. Il baisse la tête, s'apprête à prendre les escaliers, mais elle lui ouvre en grand la porte de l'ascenseur : « Monte, tu es chargé, il a l'air de peser des tonnes, ton cartable ! » Il n'ose pas dire non, alors il entre dans la cabine en lui tournant ostensiblement le dos, et en se serrant sur le côté. « Un jour, si tu veux, on pourrait goûter ensemble ? Tes parents rentrent si tard. Tu te débrouilles tout seul ? Si tu as besoin d'aide, surtout n'hésite pas… » D'une voix à peine audible, il répond qu'il ne viendra pas, que le soir, de toute façon, il a ses devoirs à faire. Sa réponse sèche, sans appel, ne semble pas affecter Muriel qui continue de lui sourire, complice. La montée des deux étages lui paraît interminable, même si, en réalité, elle ne dure qu'un instant. Il s'enfuit en glissant un « Merci, bonne soirée ! » qu'il regrette aussitôt, trouvant la formule pitoyable au vu des circonstances, sans parler de sa voix de fausset, serait-il déjà en train de muer ?

À l'abri dans l'appartement, il reprend ses esprits, et se demande à nouveau pourquoi elle ne manifeste aucune colère contre lui. *Pourquoi ne pas l'avoir dénoncé ? Pourquoi elle n'a rien dit ? C'était facile, pourtant. À sa place, il l'aurait fait.* Au début, il s'en était félicité, bien sûr. Aujourd'hui il le regretterait presque. Depuis la rupture, il les observe tous, il guette leurs disputes à voix basse, leur conversation pleine de légèreté forcée au dîner, les lapsus – même s'il ne les comprend pas toujours. Comme s'il menait une enquête, il note, détaille le moindre geste, répertorie les signes, les imprudences, chaque information est enregistrée, jusqu'à leur manière de s'habiller. Les indices s'amoncellent à travers une sorte de brouillard épais, le demi-jour de son enfance. Il espère juste que tout s'éclaircira plus tard.

Bertrand ne remarque pas ses regards insistants, il est ailleurs. Il fait semblant de les écouter, mais personne n'est dupe, il répond si souvent à côté. Du matin au soir, il affiche cette mine abasourdie qu'on ne lui connaissait pas. Il ne réagit pas lorsque Ziad refuse de débarrasser, d'aider sa mère à ranger le salon… lui qui est si prompt à le punir : « Si c'est comme ça, pas de film samedi soir, pas de jeux vidéo, pas de dessert. » Il ignore ses petites provocations. Malgré l'évidente frustration, le chagrin qui le ronge, Bertrand ne manifeste aucune hostilité envers son fils, il lui lance même un mot gentil, le gratifie d'un compliment de temps en temps, comme on donnerait une caresse à un chien, mais au fond, c'est toujours la même indifférence. Comment avouer à ses parents que, pour la première fois, il souhaiterait tellement être puni ?

Sans son intervention, Bertrand et la voisine fileraient toujours le parfait amour, son père aurait toujours cette drôle de lumière au fond des yeux qui, durant des mois, avait changé leur couleur, rendant leurs pupilles plus brillantes et plus claires. Ses épaules ne seraient pas si lourdes, son dos si misérablement affaissé. Son corps entier ne donnerait pas à Ziad l'impression d'avoir été vidé, un ballon usé, dégonflé. Son sourire énigmatique n'aurait pas complètement disparu sous sa barbe de trois jours. Il serait jeune, et beau encore.

« Et si on allait au restaurant tous ensemble, ce week-end ? S'il ne pleut pas, on pourrait même aller se balader, faire un pique-nique ! »

Alors, ça se passe comme ça ?! Un dimanche en forêt, deux-trois cinés, un week-end à la mer, une débauche de crêpes… et on oublie tout, on passe à autre chose ? Ziad semblait le seul à s'en étonner.

Mais peut-être était-il préférable, en effet, de ne pas s'attarder. Autant tourner la page, à quoi bon se poser d'autres questions ? Toutes ces questions embarrassantes qui, depuis des semaines, occupaient l'espace dans sa tête et l'empêchaient de dormir… *Pourquoi Muriel lui avait-elle souri dans l'ascenseur en le voyant arriver, sans paraître remarquer combien il était mal à l'aise ? Pourquoi l'avoir invité à goûter ensuite, comme si de rien n'était ?* Et par-dessus tout : *Pourquoi avoir caché sa petite visite à son père ? Pour quelles raisons mystérieuses avait-elle gardé le secret ?* C'est décidé : s'il la croise à nouveau, il montera au cinquième, pour en avoir le cœur net, et essayer de comprendre cette femme étrange, au sourire si doux.

Il est cinq heures, il a retrouvé les voix déformées de ses copains sur la Xbox. Ils se sont fait larguer du Battle Bus, ont plongé dans l'air avec un parapluie volant avant d'atterrir sur l'île de tous les défis, ils ont traversé des couloirs interminables en courant sans s'arrêter, cassé un nombre incalculable de murs en bois, en briques ou en métal avec un pieu surdimensionné, se sont échappés de Tilted Towers, la ville la plus dangereuse. Ils ont défoncé des coffres, croisé un ours énorme, entendu un fantôme hurler, résisté à une attaque de zombies avant de perdre, puis de retrouver la connexion. Pour finir, ils se sont fait tirer dessus par Terreur Sombre et un Chinois planqué dans la cuisine d'un restaurant. Son avatar n'a pas eu le temps de répliquer, ses coéquipiers sont morts avec lui. Après s'être accusés les uns les autres, ils se sont tous acheté une nouvelle vie, et ont recommencé la partie.

Maintenant qu'il est seul dans sa chambre, que le bruit sourd des explosions a disparu, que la musique répétitive, les coups de hache et les bruitages de la « tempête mutante » recouvrant l'île ont cessé, l'appartement lui semble plus vide encore. Il a vérifié plusieurs fois le loquet, s'est réchauffé un couscous surgelé au micro-ondes, il y avait des haricots pleins de fils à la cantine et une viande en sauce à moitié froide. Mais à présent, il a hâte que sa mère revienne. Il n'a pas peur, c'est seulement les bruits qui résonnent différemment quand il n'y a personne. Ses pas sur le parquet craquent de façon accusatrice, alors il marche sur la pointe des pieds. Mieux vaut se déplacer en silence, même si ça paraît bizarre. Il ne veut pas combler l'absence et le vide avec MHD, son rappeur préféré, Ziad préfère écouter les voix des passants dans la rue, guetter les allées et venues des locataires de l'immeuble, accroupi derrière la porte.

Ça ne l'aide pas, le temps ne passe pas plus vite. Chaque soir, après avoir fait ses devoirs, il tourne en rond. Au début de l'année, il pouvait jouer sur la console à GTA ou FIFA avec la baby-sitter, mais, à cause de ses partiels, elle ne peut plus.

On ne l'a pas remplacée. De toute façon, dans quelques mois, il rentrera au collège.

Il a contrôlé l'heure à l'horloge de la cuisine, au moins vingt fois. Il faudrait en retirer quelques-unes à chaque journée, elle serait parfaite alors ! Il déteste ces moments entre deux, entre le goûter et le dîner, les devoirs et le coucher, entre sa solitude et leur retour enfin…

Il s'y prépare depuis plusieurs jours déjà, mais cet après-midi-là, après avoir longuement tergiversé, il décide d'y aller. Il prend sa clé attachée à une longue ficelle, qu'il glisse autour de son cou. Il ferme soigneusement la maison à double tour, et monte la voir.

« Vous m'avez invité l'autre fois dans l'ascenseur… Pourquoi ? » demande-t-il sans préambule. Muriel lui sourit et pousse doucement la porte pour le laisser entrer. Le garçon hésite, mais décide, l'air buté, de rester sur le palier. « Vous aviez quelque chose à me dire ? Alors ? Pourquoi vous vouliez me voir ?

— C'est juste parce que tu es seul, tous les soirs. Je m'inquiétais… est-ce que tu te prépares bien à goûter ? C'est important, tu sais, tu grandis si vite. »

Il comprend d'emblée qu'il n'est pas nécessaire de répondre. Il la laisse bafouiller, se justifier maladroitement, mais tout est limpide à présent, derrière ses phrases toutes faites, il perçoit comme un regret, un rendez-vous manqué. *Je rêve d'être mère moi aussi, parfois je suis triste de ne pas l'être, si ça continue, je vais passer l'âge, et je n'aurai jamais d'enfant. Ça doit venir de moi, je tombe toujours sur le mauvais type ! On dirait que je les attire, les hommes compliqués, pas disponibles, comme ton père…* Elle ne l'avouera pas, mais ses yeux creusés, suppliants, la trahissent, pareils à ceux d'une droguée, elle est en manque. Elle ne serait pas si compréhensive, ne lui aurait pas pardonné si facilement. Comme si elle avait lu dans ses pensées, ou compris qu'il n'était pas dupe, elle ajoute dans un murmure : « Et puis, j'adore les enfants.

— Ah oui ? Et qu'est-ce qu'ils ont de si merveilleux ? Ils sont mignons, c'est ça ?

— Non, je crois… que je les comprends.

— Sérieux ? Qu'est-ce qu'il y a à comprendre ? »

Pourquoi est-il si agressif ? Il s'en veut, mais il a envie de la casser. Il se souvient d'un conte que sa mère lui lisait quand il était plus petit. Lui aurait-on jeté le même sort qu'à la mauvaise sœur ? Est-ce sa faute à lui si de sa bouche ne jaillissent que des serpents et des crapauds, tandis que la voisine continue gentiment de cracher des fleurs et des bijoux ?

D'une voix qu'elle voudrait plus assurée, elle tente d'expliquer : « Eh bien… je partage leur solitude, leur impatience, leur désir de bien faire… Je comprends leurs désarrois, mais aussi qu'ils continuent de jouer quoi qu'il arrive – ces vies imaginaires qu'ils se fabriquent valent bien la nôtre. Je ressens le même ennui, la même inquiétude, je réclamerais volontiers comme eux des épées, des casques et des boucliers à Noël. Il y a des jours où je trouve le monde effrayant. On ferait mieux de ne plus sortir, tu ne trouves pas ? J'y pense parfois… »

Attendant la suite, la voisine le regarde les yeux écarquillés, l'air de vouloir résoudre des tas d'énigmes. Ses cheveux roux électriques, dressés sur la tête, lui donnent l'allure d'un chercheur fou, ou d'un chat de gouttière égaré attendant qu'on le caresse pour s'apaiser et se mettre à ronronner.

« Je viendrai te voir tous les jeudis à cinq heures. Mais n'en parle à personne, surtout pas à mon père, il en a assez bavé comme ça. »

Le courage de Morris Ankrum

Son appartement, moins grand que ceux des étages inférieurs, était aussi plus clair, avec peu de meubles, un mélange de moderne et d'ancien. Une table ronde, quatre chaises de bois foncé, un canapé blanc et un large fauteuil recouvert d'un tissu à fleurs. Tous de couleurs vives, les objets tranchaient sur les murs trop blancs. Un vase et un plat en céramique trônaient au milieu de la table. Un cendrier, qu'on aurait cru en pâte à modeler, encombrait une minuscule table basse à droite du canapé. Des affiches d'expositions de Miró et Picasso ajoutaient encore d'autres notes rouges et jaunes dans le salon, donnant au lieu un aspect à la fois intime et joyeux.

Sur une vieille cheminée, le garçon remarqua plusieurs claps de cinéma. Intrigué par les titres écrits à la craie sur l'ardoise, il lui demanda timidement comment elle se les était procurés. Depuis que ses parents l'avaient emmené voir le *Château ambulant* et *Wall-E*, le grand plaisir de sa vie était de s'installer entre eux et de leur tenir la main durant la séance. Juste avant que la salle ne soit plongée dans le noir, Anne se penchait sur son épaule pour lui murmurer à l'oreille : « Bon voyage ! » Et il avait l'impression de quitter son fauteuil, de survoler la façade en brique jaune du vieux cinéma de Courbevoie, le parc de Bécon où il jouait de moins en moins souvent au toboggan, et tous les buildings empilés autour de la Seine, pour partir très loin. La plupart du temps, ils choisissaient un film de superhéros, ou le western du samedi matin pour faire plaisir à son père, et sa mère se blottissait contre lui dès qu'il y avait des coups de feu. Chaque fois qu'un Indien mourait, elle enfouissait sa tête dans son cou. À la fin, elle lui tendait un Kleenex, sans s'apercevoir qu'elle était la seule de la rangée à pleurer. Morris Ankrum, le vieux chaman agonisant dans *La Rivière sanglante*, ou Audie Murphy, alias Jim Harvey, sauvant le fils d'Aguila, chef des Yakis, blessé, ou encore les Cheyennes, prisonniers d'une réserve quelque part dans une région aride de l'Oklahoma, prêts à désobéir au « Bureau des affaires indiennes » pour rejoindre leur terre dans le Wyoming… les mêmes scènes se rejouaient éternellement, les mêmes crimes, avec quelques variantes. Pourtant, comme si elle la redécouvrait sans cesse, la barbarie des hommes rendait Anne inconsolable. Ziad sentait la main de sa mère presser son bras de plus en plus fort, et lorsque les gars se mettaient à tirer, que le sang coulait, elle serrait jusqu'à enfoncer ses ongles dans sa peau tendre et fine. *Maman, Maman tu me fais mal…* Pour ne pas rompre le charme, il préférait se taire et attendre, parfois en vain, le happy end.

Ziad regardait les trophées sur la cheminée, intrigué. « Ce sont des souvenirs de tournage, j'essaie toujours de récupérer le clap. Je suis scripte, alors j'ai de la chance, souvent on me l'offre !

— La scripte, elle fait quoi ? Elle aide à faire marcher la caméra ?

— Non. Elle note les scènes tournées, le timing des plans, elle vérifie les raccords, s'assure que les acteurs répètent bien les mêmes gestes d'une prise sur l'autre, d'un champ à l'autre. Elle conseille le metteur en scène sur les axes, place les regards. Elle rappelle à chacun ce qui s'est passé avant, donne les repères chronologiques de l'histoire, corrige les dialogues, elle se promène partout avec son scénario, et un grand cahier rose sur lequel elle note les meilleures prises. Si tu veux, un jour, je t'emmènerai avec moi sur le plateau. Tu pourras voir le travail des techniciens, je te présenterai à l'équipe et aux comédiens. »

Le visage de Ziad s'éclaira d'un grand sourire en demi-lune, aussi large et élastique que celui d'un personnage de manga, même s'il avait encore du mal à y croire. En grandissant, il avait appris à se méfier des promesses des adultes. Leur sempiternel « on ira », qui n'arrivait jamais. « Tu avais dit cette semaine !

— Mais non, une autre fois, c'est promis, on ira… »

Muriel avait pourtant l'air de réfléchir sérieusement à la question. Elle paraissait même y penser toujours à la fin de la visite. Sur son visage qui ne défronçait pas les sourcils, Ziad crut lire une promesse silencieuse, tandis qu'elle insistait pour lui servir un dernier chocolat chaud.

Marée grise

Ziad avait promis de se rendre à la première heure chez son ami Michel, fraîchement installé dans un deux pièces au bout de la rue. Après une séparation douloureuse, sa mère s'était battue pour obtenir la garde de l'enfant – même si elle semblait lui préférer son laboratoire, penchée du matin au soir, y compris le week-end, sur des éprouvettes. Michel ne retrouverait son père qu'au milieu des vacances de printemps. Elles commençaient juste.

En échange de sa collection de cartes Pokémon, le garçon avait accepté d'être son alibi. Ziad allait donc passer la journée entière sur un plateau de cinéma. Le tournage d'*Avant l'exil* – un film en costume dont le héros principal était Victor Hugo – débutait en région parisienne. Ziad aiderait à assurer les raccords auprès de la figuration. Plus de deux cents personnes s'amasseraient dans le hall du théâtre de Versailles, le temps de tourner la création de *Ruy Blas*. En réalité, la pièce s'était jouée à Paris, mais il était bien plus facile pour les camions des électros-machinos de stationner dans les jardins du Roi que sur les Grands Boulevards.

Muriel conduisait vite tout en lui confiant d'innombrables détails sur l'organisation, elle s'amusait à comparer les impératifs du tournage aux références historiques, l'occasion pour Ziad de recevoir sa première leçon de cinéma : « Un film n'existe que grâce à ces accommodements, on pourrait même dire que c'est l'art du compromis. Chaque jour, sous peine de ne pas pouvoir tourner les scènes prévues au plan de travail, le metteur en scène doit s'adapter aux aléas extérieurs, une mauvaise météo, un décor qui tombe à l'eau, un acteur qui connaît mal son texte, un rôle important qui se blesse… Seuls de grands maîtres comme Resnais, ou quelques artistes maudits imitant Leos Carax – tu es beaucoup trop jeune, mais tu verras ses films un jour – exigent que la réalité s'accorde toujours à leurs désirs, quitte à renoncer parfois au tournage lui-même ! » Tandis qu'elle lui décrivait, par le menu, les obstacles plus nombreux encore que rencontraient les producteurs – que Ziad apparenta aussitôt à un nouveau genre de dons Quichottes –, Muriel ne cessait de lui lancer des coups d'œil dans le rétroviseur. Le garçon s'en inquiétait, sans rien dire… Un camion rempli de liquide inflammable passa si près que la voiture se déporta brusquement sur la droite et frôla le garde-fou, avant de se rétablir au milieu de la piste, comme un cheval affolé. Muriel quitta enfin des yeux la banquette arrière, et reporta son attention sur la route. Ziad aimait rouler, la nuit surtout. Il laissait son imagination s'envoler à travers la vitre, quitter les vieux immeubles et les tours de son enfance, pour voir l'espace s'ouvrir peu à peu. Mais on n'allait jamais assez loin. Il rêvait de traverser des paysages désertiques, de longer des falaises, de découvrir l'immensité. Là où il n'y aurait plus aucune façade pour arrêter son regard et le renvoyer constamment à lui-même. Comme ce serait bon d'avancer ainsi librement, sans obstacles !

Le flot ininterrompu de voitures grises et noires l'oppressait, ce matin-là. Son être insignifiant allait se perdre dans cette marée grise. Si l'on n'opposait pas la résistance nécessaire, on pouvait se laisser happer, disparaître pour de bon. *Un de ces jours, on me retrouvera noyé dans leurs vagues métalliques... Mes cris seront inaudibles dans la rumeur des moteurs...*

Quelques embranchements plus loin, un panneau indiqua un bouchon de plusieurs kilomètres, dû à un accident. Les sirènes des pompiers hurlaient dans une cacophonie inquiétante. Les autres conducteurs regardaient droit devant, indifférents, résignés.

Les metteurs en scène devaient assurément traverser des forêts de frustrations. Mais qu'on soit pâtissier, gardien d'immeuble ou employé de bureau, n'était-ce pas la vie elle-même qui s'efforçait tôt ou tard d'enseigner à chacun l'art du compromis ? Malgré son jeune âge, il savait déjà qu'un bonheur sans tache, ça n'existe pas, pour personne. Il s'empêcha de dresser la liste de ce à quoi il avait dû renoncer, momentanément ou définitivement. Mais il ne put résister à l'envie de questionner Muriel ; après l'histoire de l'ascenseur, elle devait partager son sentiment.

« Je te comprends, bien sûr, et je serais de ton avis, s'il n'y avait pas la musique. » Une symphonie de Beethoven passait sur France Inter. Seule la musique, d'après Muriel, pouvait atteindre la perfection : « S'il y a quelqu'un qui doit à Bach, c'est bien Dieu ; le plus désenchanté des philosophes, Cioran lui-même, l'affirmait. Il faudra le lire plus tard… Si on est suffisamment réceptif, crois-moi, la musique console de tout. Mais attention, elle peut aussi rendre fou ! À l'âge de trente-deux ans, le pianiste Glenn Gould ne supportait plus les concerts, il leur préférait les enregistrements, pour reprendre la partition, note après note, indéfiniment, comme Picasso ses tableaux. Tu as déjà vu une de ses œuvres ? Il les modifiait des journées entières… Qui imaginerait que *Les Demoiselles d'Avignon*, ou *Guernica*, cachent d'autres images ? Et pourtant, en quelques coups de pinceau, Picasso s'amusait à transformer un visage en paysage, avant de le changer en animal. Puis, des danseuses nues recouvraient la toile, et, à la nuit tombée, il décidait que sa jolie ronde était en réalité une scène de guerre… » Un taxi les interrompit en klaxonnant à plusieurs reprises, et les doubla en insultant Muriel par la fenêtre ouverte. Elle n'eut pas le temps de se justifier. Le chauffeur hystérique était déjà loin, lancé dans la course comme si sa vie en dépendait. La circulation redevenait fluide, Muriel accéléra à son tour, pressée de quitter la départementale.

Le périphérique extérieur était bondé et s'apparentait, bien au-delà des heures de pointe, à un parcours punitif, prélude obligatoire pour commencer sa journée. Les uns et les autres patientaient en écoutant la radio, attentifs à ne pas laisser l'exaspération les envahir. *Le monde est si vaste, mais où sont donc les autres routes ?! N'y a-t-il vraiment pour des milliers d'individus qu'une seule et unique possibilité… ?*

Comme s'il composait un univers à la palette graphique, Ziad commença par supprimer les immeubles en béton, les bretelles d'autoroutes, les panneaux publicitaires et les péages, pour créer un paysage vallonné comptant presque autant de chemins que d'hommes. Invisibles du ciel, les sentiers en pente douce sentaient bon le lierre et l'herbe mouillée. Ils serpentaient entre les arbres, épousaient les rivières… Ziad passa le reste du trajet dans ses pensées à suivre leurs méandres, et à s'inventer la vie tranquille qui irait avec.

Titanic

Ils arrivèrent sur le plateau à 7 h 50 précises. « Tu crois qu'il existe d'autres lieux où chacun, sans exception, respecte à la minute près l'heure de sa convocation ? Certainement, continua Muriel sans lui laisser le temps de réfléchir à la question. Mais aucun n'illustre plus parfaitement le *Time is money* de Benjamin Franklin. » Les figurants étaient déjà là, ils poireautaient sur des chaises pliantes en plastique dans un long couloir, cernés de courants d'air. Certains se trouvaient encore à la coiffure, d'autres au maquillage, mais la plupart étaient « PAT », prêts à tourner. Les hommes somnolaient dans leurs costumes début XIXe, tandis que les femmes se plaignaient des corsets trop longs qui leur « sciaient » le ventre et les empêchaient de s'asseoir. Alors elles piétinaient, même si les jupons étaient lourds, des kilomètres de tissu pour donner aux robes leurs allures de montgolfières. Ainsi équipées, les comédiennes ne marchaient pas, elles se contentaient de glisser précautionneusement sur le sol, comme sur un lac gelé. À peine sortis des loges, les premiers rôles semblaient tourmentés par un tout autre supplice : les fausses barbes « en poil à poil » grattaient. Les acteurs grimaçants se retenaient d'arracher leurs moustaches, ou d'essuyer les pelures de colle formées autour de leur bouche.

Au beau milieu du tournage, le comédien qui jouait Napoléon III avait d'ailleurs refusé de garder la sienne. Son bouc était pourtant naturel, et avait participé à son recrutement, le directeur de casting l'ayant jugé étonnamment conforme à celui du personnage historique. Mais à la stupéfaction générale, il l'avait rasé, invoquant de mystérieuses « raisons personnelles ». Le coiffeur avait donc fait venir d'urgence un postiche de Londres, que Muriel devait encore valider. Était-il parfaitement raccord avec les nombreuses scènes mises en boîte, les gros plans avec la vraie barbe ?

L'acteur réclamait aussi une loge plus confortable, et trouvait le plan de travail trop chargé, alors qu'il n'avait tourné que deux jours la semaine précédente.

« Il commence vraiment à se prendre pour Napoléon, ironisa un assistant posté devant sa caravane avec un talkie, il oublie qu'il n'interprète que le numéro 3, autant dire une pâle copie du premier, il n'a gagné aucune bataille, lui ! On l'appelait Augustule ou Napoléon le Petit ! Il n'a d'autre mérite que d'avoir succédé au Grand. »

Un appel de la figuration lui commanda d'amener « à la face » dix gardes nationaux, avec des tricornes à plume rouge ou bleu.

« Au fait, tu devrais aller voir l'accessoiriste, il vient de se faire engueuler, il y a des lampes à pétrole qui ne marchent pas. Apparemment, les mèches de plusieurs lampes n'ont pas été vérifiées. Le chef opérateur est devenu fou, il s'est mis à hurler devant tout le monde : "Comment je fais, moi, c'est un film d'époque, je ne peux pas tout reprendre avec des projecteurs, en plus les bougies fondent à vue d'œil, impossible d'avoir les bons raccords !"

— Ah, c'est pour moi ! Les histoires de raccords, c'est mon problème, viens ! » Muriel entraîna Ziad dans les coulisses, discuter avec le chef déco de la taille idéale de chaque mèche.

Sur scène, la reine d'Espagne répétait sous l'œil inquiet du metteur en scène qui intervenait pour rectifier un déplacement ou souffler une indication. À petits pas, telle une mariée remontant la nef, elle traversa lentement le plateau pour venir s'agenouiller devant Ruy Blas : « Quand je pense, pauvre ange, que vous m'avez aimée… » Sa robe blanche captait la lumière des projecteurs pour la réfléchir tout autour. À une dizaine de mètres des personnages, Ziad observait pour la première fois de sa vie des acteurs en chair et en os. En s'approchant, il crut voir des larmes couler sur les joues de la comédienne. Une poudre irisée recouvrait sa peau, ce n'était sans doute qu'un effet du maquillage ces éclats de verre sur son visage… Il alla tout de même vérifier sur l'écran, dissimulé au fond du plateau.

La reine y pleurait en gros plan, ça ruisselait jusque dans son cou. Son corps ployait sous le chagrin, comme si elle allait s'évanouir, mais elle s'allongeait calmement à côté de son amant suicidé, se serrait contre lui, avant que le rideau tombe. La maquilleuse entra dans le champ avec son pinceau et des Kleenex, et se dépêcha d'effacer les traces sur le visage de la comédienne. « Qu'est-ce qui nous empêche de tourner ? » cria le metteur en scène impatient au premier assistant. Le perchman, le machiniste équipé du clap, chacun regagna son poste en courant, et, à nouveau, l'actrice se laissa emporter par l'émotion. La pièce achevée, elle se releva sous les applaudissements, pour rejoindre le reste de la troupe et saluer le public avec les autres, en attendant que Victor Hugo, en personne, ne vienne la féliciter en coulisses. Son visage avait instantanément recouvré son aspect ordinaire, pas la moindre marque, aucun vestige de désespoir. Ses yeux brillaient, mais de plaisir à présent, savourant la joie d'être acclamée de l'orchestre au paradis. Dire qu'il n'y avait pas une seconde encore, elle se noyait dans la peine et la douleur, chaque parcelle de son corps déchirée par la perte, son vertige semblait si profond qu'on aurait pu croire qu'elle n'y survivrait pas… et voilà qu'elle triomphait face au public. Trois fois de suite, elle inclina la tête, jubilant de son succès. Sous quel climat un tel amas de nuages serait chassé ainsi, d'un simple battement de paupières, pour offrir d'un seul coup un ciel radieux, un de ces paisibles après-midi d'été, sans le moindre souffle d'air ?

Quand il la retrouva à la cantine, elle avait ôté sa robe blanche et ses bijoux en or. Il faillit ne pas la reconnaître, perdue dans un pull informe, les cheveux lâchés, assise à califourchon sur son banc, c'était encore une autre. Une petite femme qui mangeait avec les doigts son friand au fromage en riant un peu trop fort aux blagues du perchman. Il y avait une place libre à côté d'elle, mais Ziad préféra s'installer au fond du barnum, au milieu des figurants, tandis que Muriel, restée sur le plateau, tentait désespérément de résoudre cette délicate histoire de raccords lumière – ou comment faire en sorte que des bougies ne se consument pas trop vite.

Pour qu'ils ne tachent pas leurs costumes, les habilleuses avaient noué de grandes serviettes bleu layette autour du cou des acteurs et des figurants, donnant à chacun, même aux plus âgés, des airs d'enfants maladroits.

Au cours du repas, Ziad comprit qu'il s'était invité, malgré lui, à la table des seconds rôles. Montalembert et de Bourges parlèrent longtemps de la difficulté d'être naturel avec ces hauts-de-forme que la costumière leur collait à chaque scène. Puis les deux hommes se plaignirent en chœur des répliques coupées au maquillage, le matin même, par le metteur en scène. En revanche, leurs avis divergeaient sur la crédibilité des postiches. De Bourges demeurait persuadé qu'on voyait le tulle de sa moustache en gros plan, malgré l'épais fond de teint que la maquilleuse tamponnait avec soin autour de sa bouche. Son collègue avait beau évoquer les filtres et la lumière, ou même les retouches à la postproduction, ses efforts pour le rassurer ne changeaient rien.

Ils sauçaient leurs assiettes tout en comparant leurs cachets lorsqu'ils s'intéressèrent enfin à ce nouveau convive : mais qui était donc ce gamin qui n'avait cessé de les observer durant le déjeuner, avec tant d'attention ? Montalembert se tourna vers l'enfant : Souhaitait-il suivre leur exemple, et être comédien plus tard ? De Bourges l'examinait, amusé, sûr de la réponse. « Non, j'aimerais mieux devenir réalisateur », assura Ziad, davantage pour les impressionner que par véritable conviction. À peine énoncée, l'idée se mit pourtant à germer dans son esprit : « Diriger des personnages, comme un chef d'orchestre, donner vie aux images que j'ai dans la tête… voir naître ces rêves, des histoires pleines de vitesse, et d'autres en gros plan qui bougeraient presque au ralenti… » Montalembert s'inclina d'un geste vague, et poursuivit ses propres réflexions, s'interrogeant cette fois sur sa place au générique, mais son acolyte ne l'écoutait plus, occupé à se battre avec son île flottante. Sous ses assauts répétés, l'île s'était transformée en une soupe grumeleuse, le moindre morceau, dès qu'on le touchait, se diluait dans cette purée cosmique. Les bouts d'île évitaient tous astucieusement la petite cuillère, se rétractant comme des méduses. De Bourges finit par renoncer, et se consola en terminant d'une traite son verre de vin. Par chance personne, autour de la table, ne s'en était rendu compte. Seul l'enfant s'était aperçu du carnage et contemplait sa défaite.

Tout l'après-midi, Ziad resta près de Muriel derrière le combo, avec un casque sur les oreilles, pour entendre les dialogues, et parfois les conversations privées entre les acteurs quand l'ingénieur du son oubliait de couper les micros entre les prises, ce qui était assez fréquent.

« Sainte-Beuve ne donne rien en contrechamp, tu as remarqué ? Il joue tout seul ! Quand j'ai lancé ma réplique clé : "Les difficultés ne sont pas faites pour abattre, mais pour être abattues", cet abruti regardait ailleurs… »

Jamais Ziad n'aurait imaginé qu'autant de matériel fût nécessaire, un nombre incalculable de pieds de projecteurs, de câbles, des kilomètres de moquette afin de protéger les parquets et d'atténuer les bruits provoqués par les déplacements des comédiens, les claquements de leurs talons sur le carrelage, dans les escaliers… L'ingénieur du son préférait les enregistrer à part, une fois la scène terminée. Pour les capturer avec le plus de netteté possible, plusieurs stagiaires équipés de perches suivaient les mouvements des acteurs, par-dessus, par en dessous, s'appliquant à saisir les respirations, le moindre souffle, le frottement des tissus, le cliquetis des objets… Puis, avant de s'attaquer à la séquence suivante, toute l'équipe se figea pour enregistrer un grand silence que Muriel prit soin de chronométrer, afin d'offrir au montage le temps d'« ambiance » nécessaire. D'interminables minutes, jamais totalement silencieuses. Même si les techniciens et les stagiaires étaient rompus à l'exercice, *de véritables rois du silence*, il y avait toujours une chaise qui craquait, une chaussure qu'on frottait sur le sol, un bus, un avion qui passait dans le ciel. À la fin de la journée, ils se succédaient toutes les demi-heures. Les machinos examinaient un tableau sur le mur, les électros se plongeaient dans la contemplation de leurs Leatherman (sorte de couteau suisse multifonction), d'autres tentaient de réprimer un fou rire, imitant les enfants punis d'une classe trop bruyante. « Je ne veux plus rien entendre ! Le premier qui dit un mot, c'est le bureau du directeur, vous recopierez cent fois : je dois me taire à l'école... » Impossible de résister à la tentation de le déchirer, lorsqu'une telle assemblée reste prisonnière d'un si long silence.

Depuis toujours, Ziad et ses parents regardaient religieusement le film du dimanche soir, enfoncés dans le canapé en cuir du salon, leurs assiettes sur les genoux. Aucun d'eux n'aurait supposé que pour éclairer le visage de l'actrice, la moitié de l'équipe devait installer hors champ des boules lumineuses en papier, des cadres équipés de calques, des tubes de néon entourés de gélatines de couleur, orange ou bleu... Tout paraît naturel au cinéma, presque trop simple, pourtant, rien n'est plus arrangé, organisé, retravaillé. Entre les répétitions et la scène filmée de divers points de vue, sous plusieurs angles, la même séquence se rejoue des dizaines et des dizaines de fois, entraînant les comédiens dans une mécanique lassante, les exposant, prise après prise, au grand danger de l'usure.

Les acteurs, qui interprétaient *Ruy Blas* depuis huit heures trente ce matin-là s'efforçaient d'ignorer ce risque, concentrés à suivre le parcours précis de leur personnage, délimité par des marques sur le sol, d'innombrables traces de gaffeur jaune, bleu, ou rose. Dire son texte au bon endroit. Ne pas hésiter devant les rails du travelling, le traverser sans trébucher ni regarder par terre, tout en continuant de donner la réplique au partenaire, à moins que ce partenaire ne soit remplacé le temps d'un nouvel axe par un morceau de scotch blanc, collé à l'angle de la caméra, afin d'obtenir un regard plus proche. Fixer en souriant le bout de gaffeur et faire semblant, en gros plan, de se perdre dans les yeux de Victor…

« Alors comme ça, il y en a qui restent les mains vides sur ce plateau ! » L'accessoiriste tendit à Ziad une plaque de polystyrène, et lui montra comment dissiper la brume, trop dense, projetée par la machine à fumée. Il s'exécuta aussitôt, et se mit avec ferveur à éventer le décor. Les perspectives gagnèrent en profondeur et la lumière des projecteurs traça bientôt des dizaines de rayons, comme dans un dessin d'enfant. Les faisceaux des tungstènes imitaient à la perfection un soleil d'hiver, filtré par les nuages. Puis l'atmosphère changea pour devenir presque irréelle. Quand, tombant des cintres, la gloire d'un ciel de bord de mer apparut peu à peu, les silhouettes des personnages qui se découpaient dans l'ombre se transformèrent en d'inquiétantes et mystérieuses apparitions. Dans leurs costumes d'époque, les figurants eux-mêmes avaient l'air de sortir d'une peinture hollandaise. La reine avait déjà repris place sur scène, même si la caméra s'était retournée, et scrutait, en contrechamp, les invités assis dans les loges du théâtre. La salle, entièrement bleue, ressemblait à un vieux navire immergé, avec ses décorations en bois et ses dorures, un *Titanic* perdu au fond des mers, dont les passagers continueraient inlassablement de représenter la pièce qu'ils jouaient juste avant de sombrer. *Nous aussi*, songea Ziad, l'imagination stimulée par tout ce bleu, *nous répétons les mêmes scènes, indéfiniment. À l'école ou à la maison… comme des acteurs, nous ne faisons que jouer à être vivants.*

Les bruits de la circulation, les klaxons des taxis, l'agitation des rues, les assaillirent en sortant du théâtre ; les techniciens se dépêchèrent de ranger le matériel, pressés d'en finir. Tous semblaient quitter sans regret cette incroyable machine à remonter le temps. Seul Ziad flottait encore. Dans son scaphandre imaginaire, il avançait lentement, clignant les yeux pour se réhabituer au jour. Muriel lui saisit le bras et l'entraîna à grands pas vers la voiture. La régie libéra la place protégée par un ruban rouge et blanc. Et ils repartirent à cent à l'heure retrouver le monde d'aujourd'hui, leur monde à eux.

Hécube / Barry Lindon

« N'est-il pas monstrueux que cet acteur-ci,
Dans une simple fiction, un rêve de passion,
Puisse si bien forcer son âme à son dessein
Qu'elle lui compose ce visage tout blême, ces yeux pleins de larmes, cet aspect égaré,
Cette voix brisée, et joue de tout son être
À vêtir son dessein ? Et tout cela pour rien !
Pour Hécube !
Qu'est Hécube pour lui, ou lui pour Hécube ?
Qu'il pleure pour elle ? Que ferait-il
S'il avait les motifs de jouer la passion
Que j'ai moi ? Il noierait le théâtre de larmes,
Et nous percerait les tympans d'horribles tirades,
Rendrait fou le coupable, glacerait l'innocent,
Stupéfierait l'ignorant, à nous en faire perdre
L'usage des yeux et des oreilles. »

Muriel récitait le texte d'une voix douce en regardant de temps en temps le petit passager à l'arrière pour s'assurer de son écoute. Des années qu'elle n'avait pas déclamé ces mots, comment allait réagir son auditoire ? « Tu vois, l'Hamlet de Shakespeare aussi était fasciné par les acteurs.

— Tu ne l'es pas ? s'écria Ziad, indigné à l'idée qu'on puisse ne pas partager son admiration.

— Si, bien sûr, mais j'ai aussi appris à voir leurs défauts, comme avec les membres d'une même famille. »

Elle hésita un instant. *Je te raconterai peut-être un jour l'envers du décor. Pour l'instant, je te laisse rêver.* Un motard lui coupa la route, elle se retint de l'insulter, lui et tous les deux-roues qui se faufilaient sur l'autoroute saturée, réduisant davantage encore la vitesse de leur file. Elle jeta plutôt un dernier coup d'œil au garçon qui regardait pensivement par la vitre. Ziad avait eu raison de monter chez elle après l'école cet après-midi-là, pour tenter de la ramener à la réalité, en lui rappelant sa modeste existence. Les motifs qui l'avaient poussé à agir, non pas pour Hécube, mais pour récupérer l'amour de son père, continuaient de la bouleverser.

Comment son Hamlet s'arrangeait-il avec leur nouvelle amitié ? Elle n'osait le questionner à ce sujet, leur vie était suffisamment compliquée. Sa loyauté, à coup sûr, devait en souffrir. Avec quelle intensité un enfant de dix ans ressentait-il ces tiraillements ? Muriel, qui venait juste de fêter ses trente-quatre ans, pensait l'avoir oublié. Son enfance était loin, même si les souvenirs foisonnaient, remplissaient d'innombrables pages de sa prodigieuse mémoire. Comme un documentariste fou, elle gardait tout. Cette manie d'accumulation malheureusement ne l'aidait pas. *Il faudrait débroussailler tout ça.*

« Bonne chance pour le duel, j'espère que demain les acteurs seront aussi incroyables que le dit

Shakespeare ! » lança Ziad avant de disparaître au coin de la rue. Tels deux complices après un casse, ils prenaient garde de ne pas se quitter sous les fenêtres de l'immeuble, mais à une centaine de mètres plus loin, se saluant à toute vitesse. Ces précautions les amusaient, transformant leur rencontre insolite en un drôle de secret, une chance fragile, à préserver.

Pourvu que la lumière de l'aube tienne ses promesses. Avant de s'endormir, Muriel imagina la scène du lendemain, un combat au bord de l'eau, dans la brume. Il faisait froid, de la buée s'échappait des naseaux des chevaux attachés plus loin. Les hommes se tenaient face à face, en position de garde, un bras relevé, l'autre tendu et fermement accroché à leur arme. Les épées se cherchaient longtemps, avant de se croiser dans une danse compliquée jusqu'à l'assaut final. Elle regrettait que Ziad ne puisse l'accompagner, il aurait certainement aimé dissiper les nuages de la machine à fumée autour des duellistes. Lui aussi devait avoir du mal à trouver le sommeil… Comment s'y abandonner après cette journée, et toutes les images qu'ils avaient dans la tête ? Oui, en apparence, c'était une vie de rêve, les adultes pouvaient continuer à se comporter comme des enfants, à faire des caprices… on paniquait parce qu'une actrice avait perdu son réticule, qu'une bougie s'était éteinte pendant une prise. Pourtant, excepté les acteurs qui évoluaient dans un monde à part, les techniciens, assistants, régisseurs avaient tellement à cœur de bien faire qu'on aurait pu les prendre pour les employés d'une firme japonaise. Chacun aurait tout donné pour être là et avoir la chance de participer au rêve. Mais la pression existait bel et bien, la moindre faute se répandait comme une traînée de poudre sur le plateau, les remplacements n'étaient pas rares. Au fil du tournage, les yeux et les joues se creusaient, les mains tremblaient. Ce rêve avait un prix : l'attraction était-elle si puissante que tous soient disposés à l'oublier ?

La terre entière aurait voulu pénétrer ce monde, un monde où les êtres paraissaient plus libres, et dont le décor imitait si bien la réalité qu'elle les en protégeait.

11 oct 2017 à 17 : 56
Bonjour, je suis journaliste à *L'Obs* et nous travaillons sur l'onde de choc provoquée par le scandale Weinstein, qui interroge plus globalement notre société sur les abus faits aux femmes, la question du consentement, etc. Je me demandais si vous accepteriez de nous donner votre sentiment sur ce qu'il se passe par rapport à la libération de la parole de toutes ces actrices qui parlent depuis hier… Bien à vous. D. B.

J'ai attendu plusieurs heures avant de répondre à ce sms. À trois reprises, j'ai composé le numéro, pour finalement raccrocher.

Puis je me suis décidée à écrire un petit mot sur mon téléphone. Témoignant d'abord du respect que j'avais pour ces femmes, ces actrices qui racontaient leurs histoires, j'ai ajouté une courte phrase qui sonnait comme un aveu : « C'est si difficile de le faire… » J'ai évoqué enfin les générations futures, espérant que dans les bureaux, les universités, sur les plateaux de télé ou de cinéma, ces choses-là n'aient plus jamais cours. La journaliste m'envoya alors un nouveau message auquel, cette fois, je n'ai pas donné suite.

> « Plus de chance que notre génération », c'est si juste ce que vous dites. Est-ce qu'on peut s'en parler de vive voix ? Est-ce que vous avez eu vous-même pendant votre carrière cette impression de vulnérabilité ? D.

Cette impression de vulnérabilité…

Les années passent, et c'est comme si je ne les avais pas vécues, ou pire, comme si quelqu'un l'avait fait à ma place. Lorsque, au cours d'un dîner, un ami racontait une anecdote qui la concernait, Muriel était gagnée par ce drôle de sentiment : au « tu te souviens », auquel elle acquiesçait poliment, une voix intérieure répondait le contraire. Et chaque fois qu'elle pensait à son métier précédent, le trouble était plus grand encore. Cela faisait quinze ans déjà qu'elle avait tourné son premier et dernier rôle, une jeune fille amoureuse dans un film choral. Elle préférait n'en parler à personne, avoir été comédienne un jour faisait simplement partie d'une autre vie. Mais les nouvelles dans le journal du soir l'avaient soudain renvoyée en arrière. Ces images d'actrices arpentant d'interminables tapis rouges avaient aussitôt fait resurgir les souvenirs de son enthousiasme et de son émerveillement. L'assistant criant « moteur ! » pour la première fois, le plaisir de sentir la caméra la suivre dans un immense travelling, la satisfaction du metteur en scène après une scène réussie, l'approbation de l'équipe face à une émotion juste, inattendue…

toutes ces impressions enfouies, inestimables, étaient remontées à la surface. Le pire, aussi.

Bien calée au fond du canapé, Muriel fixait le téléviseur. La chaîne n'avait pas lésiné sur les moyens, à moins qu'elle n'ait acheté au prix fort ces images d'archives pour agrémenter le sujet du jour – qui aurait pu imaginer que l'affaire resterait à la une tout l'hiver, et l'année suivante ? Qu'il y aurait un avant et un après ?

Le reportage débutait par un montage rapide et efficace : la caméra, embarquée à l'arrière d'un camion, longeait une rue interminable – probablement Sunset Boulevard, bordée de ses palmiers légendaires – pour s'attarder ensuite sur une vue imprenable du mont Lee. En panoramique, on découvrait l'une des cinq collines de Los Angeles, où s'étalaient les neuf lettres les plus reproduites et photographiées du monde entier. Puis on s'envolait à bord d'un hélicoptère qui survolait Mulholland Drive et son étonnante concentration de maisons à colonnes avec piscines en haricot. Un peu plus loin se trouvaient les Studios. On pénétrait alors, à la suite du journaliste, dans un hangar monumental où trônaient, à l'abri des projecteurs, d'élégantes chaises pliables au dos desquelles on pouvait lire le nom des stars. Au milieu du décor, les steadycamers se déplaçaient autour des acteurs, comme d'énormes insectes métalliques ou les robots Transformers d'un film d'action, moitié véhicules de combat, moitié objets de manufacture humaine. Après ces clichés d'usage, les témoignages se succédaient en gros plans… Et

Muriel commença à avoir du mal à respirer, dans ses poumons l'air ne circulait plus. Le malaise grandissait au fil du reportage. La sensation de rejoindre l'écran, de se confier aux côtés des vedettes interviewées l'envahit peu à peu. Certaines s'arrêtaient de parler, à la recherche du mot juste, ou brusquement saisies d'émotion. Mais la plupart, avec obstination, enchaînaient sans s'interrompre. Leurs récits étaient fluides, chargés de détails éloquents, elles paraissaient sûres d'elles. Dans chacun de leurs gestes, on devinait qu'elles s'étaient longuement préparées, et à leur attitude concentrée, leurs voix posées, qu'elles s'étaient juré d'aller jusqu'au bout. L'une d'elles écoutait les questions en serrant la mâchoire, résolue à rester maîtresse de la situation. Une autre, plus âgée, confirmait ses accusations en martelant l'air avec ses mains. Plongées dans leurs souvenirs, comme s'ils dataient de quelques heures, toutes évitaient soigneusement de croiser le regard du journaliste, et fixaient plus loin un point dans le vide.

Imitant les victimes, Muriel regardait ailleurs, s'obligeant à retenir ses larmes. Avant de conclure, le présentateur lança un enregistrement sonore qui, durant plusieurs minutes, remplaça les images, et les mots résonnèrent plus fort encore dans sa poitrine, empêchant sa respiration de se rétablir pour de bon. Sur la banquette, son corps entier fut saisi de tremblements incontrôlables, un animal à découvert, pris de panique face au danger qui approche. C'était à elle que l'homme incriminé prononçait ces mots d'une voix étonnamment douce et autoritaire : « Je te le dis maintenant, viens. Je vais sous la douche. Toi, tu t'assieds ici et tu prends un verre…

— Je suis désolée, je ne peux pas. Je ne veux pas être touchée.

— Chérie, ne te bats pas avec moi…

— Je ne veux pas, s'il te plaît, ne fais pas ces choses-là… »

La voix de l'homme la rendait malade. Elle dut s'accrocher au bras du canapé, serrer les coussins de toutes ses forces. Pour ne pas sombrer, elle enfonça ses ongles dans le cuir épais et tendu du fauteuil, puis sur sa propre peau, cherchant à se raccrocher à la réalité. Inutile de saisir le verre d'eau sur la table basse, les objets n'étaient pas épargnés, projetés comme elle dans cette tornade. Devenus aussi flous qu'inconsistants, la télécommande, le paquet de cigarettes, les petites olives dans le ramequin marron, chaque chose autour d'elle s'était désintégrée. Attraper la bouteille de vin, se servir un verre, allumer une cigarette, n'aurait de toute façon servi à rien.

Elle resta donc immobile dans le noir, le jour était tombé, et le journal terminé depuis longtemps.

Une série américaine passait à la place, une enquête avec une quantité invraisemblable de meurtres aussi tordus que sophistiqués, comme seul un scénariste en mal de reconnaissance, grassement payé par un géant du numérique, savait en concevoir. Dès les premières minutes, le flic livrait aux spectateurs force détails sur la nature des tortures infligées, et promettait de surprendre encore : la barbarie habituelle du lundi soir.

Muriel s'arracha à l'écran et, au prix d'efforts démesurés, se décida à sortir. L'air frais n'empêchait pas la nausée, mais sa respiration retrouvait lentement un rythme acceptable. Elle chercha une musique à écouter sur son portable. Le son la réveillerait, la sauverait peut-être de cet entonnoir qui n'en finissait pas de tout aspirer. Elle flottait dans la rue, à la recherche d'une ligne droite, tel un avion qui vient de dévisser. Pour rétablir ce fragile équilibre, il aurait fallu être un pilote aguerri… *Tenir le plus longtemps possible jusqu'à la chute*. Dans les heures, les jours qui suivirent, elle se persuada qu'il s'agissait du seul espoir à sa portée.

Au bout de quelque temps, pourtant, la nausée disparut. N'était-elle pas en train de dramatiser ? Cette tendance à l'exagération l'avait si souvent induite en erreur. Dès l'enfance, on lui avait appris à s'en méfier. « Arrête de te plaindre ! Tu n'es pas blessée, c'est juste une petite chute… Personne ne s'est moqué de toi, tu es trop susceptible !... Comment ça un chagrin d'amour ? Voyons, tu n'as que douze ans… »

Mais les jours passaient et les journaux continuaient de déverser leurs lots de révélations. Alors elle trouva à son tour le courage de se souvenir. Le film vrai de sa jeunesse lui revint en mémoire. Et pour la première fois depuis des années, elle s'obligea à ne pas détourner les yeux. Les images la percutèrent de plein fouet. Elle s'arma de volonté, déterminée désormais à ne plus les occulter.

La « 203 »

Au bout du quai, l'équipe était déjà réunie, prête à s'embarquer pour deux mois de tournage dans une petite station balnéaire au nord de la Bretagne. Muriel avait commencé sur les planches dans une modeste compagnie, et à dix-neuf ans, avec son salaire minuscule, elle se croyait riche. En traînant sa valise à moitié pleine, elle avait le sentiment d'aller à un rendez-vous d'amour, de recevoir enfin la confirmation d'un rêve, le plus précieux sans doute. Son bagage ne contenait que le strict nécessaire, mais aussi de nombreuses peluches qui prenaient toute la place, souvenirs d'enfance qu'elle ne parvenait pas à abandonner. L'enfance la tirait en arrière, comme un courant puissant. Elle avait beau nager vers le large, tenter d'avancer de toutes ses forces vers l'avenir, des mains possessives la retenaient, s'agrippaient à elle dans une lutte épuisante. S'allonger recroquevillée sur elle-même dans leur odeur familière, serrer ces petits personnages, et se sentir aussitôt consolée par leur douceur de toujours, comment se passer d'un tel réconfort ?

Le metteur en scène l'accueillait avec de grands gestes, ses partenaires l'attendaient dans le wagon, on aurait dit le départ d'une colonie de vacances – abstraction faite de cette boule au ventre, omniprésente, la peur paralysante de mal faire. Elle se rassurait en se répétant que son texte était su, elle pouvait le dire dans n'importe quelle situation, en marchant, mangeant, en se brossant les dents, et même à l'envers. Elle s'installa avec les autres comédiens. Il y avait deux autres filles et un garçon un peu plus âgé. Ils riaient trop fort, se montraient étonnamment sûrs d'eux pour des débutants, des adolescents surexcités, prêts à en découdre.

Quand tous les membres de l'équipe eurent regagné leurs places, dans un des deux compartiments entièrement réservés par la production, le train s'élança, si lentement d'abord qu'on aurait pu le suivre un long moment en marchant à côté. Elle imagina que, sur le quai, quelqu'un l'accompagnait, un ami proche, lui lançant de grands signes d'adieu derrière la vitre, s'obligeant presque à courir pour l'apercevoir encore quelques instants, avant de disparaître.

La plupart des techniciens se connaissaient. Certains se retrouvaient après des années, l'air ému d'évoquer un tournage, une expérience qui les avait marqués, toutes sortes d'aventures, à les entendre inoubliables… François se déplaçait entre les rangées, de fauteuil en fauteuil, comme un maître de cérémonie. Après cette interminable déambulation, il finit par s'installer près des acteurs, et ce fut au tour de l'équipe de venir à lui tout au long du voyage, pour poser des questions, parler de l'organisation du lendemain, le remercier d'avoir été choisi. Insistant sur la joie que leur procurait ce nouvel engagement, chacun célébrait à sa façon ce digne représentant du cinéma d'auteur, qui, le temps d'un été, serait le point névralgique de leur univers.

L'hôtel, un trois-étoiles un peu à l'écart de la ville, surplombait la mer. Le restaurant, dans lequel ils iraient dîner pour fêter le début du tournage, donnait d'un côté sur la baie, de l'autre sur un jardin et un parking, mais de nombreuses fenêtres offraient une vue sur l'océan, quelle que soit la table que la directrice de l'établissement, une petite dame austère, vêtue en toute saison d'un blazer croisé bleu marine, décide d'attribuer à ses clients. Après avoir pris possession des chambres – la sienne était à première vue la plus calme, mais aussi la plus isolée – ils se retrouvèrent tous autour d'immenses plateaux de coquillages et crustacés. Les acteurs, qui ne s'étaient rencontrés que lors des essais, étaient impatients de se découvrir, la journée du lendemain y serait consacrée. On prendrait aussi le temps de faire les ultimes essayages de costumes. Mais le décor, par-dessus tout, suscitait leur curiosité. Où donc se jouerait la scène de la dispute, celle du dîner, des retrouvailles, de la poursuite, et du baiser ? Il suffisait de traverser la plage : la maison dans laquelle leur histoire allait prendre vie se situait tout au bout.

Épuisée, en proie à un maelström d'émotions contradictoires, Muriel fut soulagée de se retrouver enfin seule dans sa chambre. Elle s'en voulait d'avoir trop bu. La tête lui tournait. Elle s'allongea, bien que l'impression d'être montée dans un manège emballé s'en trouvât décuplée. Autant prendre son mal en patience, puisqu'il paraissait impossible, une fois embarquée dans ce grand huit, d'en descendre. À l'abri du regard des autres, elle était du moins libérée des efforts à fournir pour faire bonne figure, elle ne se sentait plus obligée de rire sans avoir l'air forcé, de contrôler ses paroles… L'avant-veille d'un premier tournage, comment feindre d'être à l'aise, aussi détendue que possible ?

Les autres semblaient y parvenir.

Elle avait hâte de se mettre au travail ; une fois le film entamé, elle serait sans doute plus confiante. Une jalousie féroce, inhabituelle, l'avait torturée dès son arrivée : pourquoi ses camarades étaient-ils tous à l'étage en dessous, dans des chambres, certes équivalentes à la sienne, mais les unes à côté des autres ? Elle entendait claquer les portes, elle devinait leurs courses dans le couloir, leurs fous rires. Ils allaient se retrouver chaque soir, pour fumer, écouter de la musique, boire ensemble, parler à tour de rôle des journées partagées. Ce serait moins naturel pour elle de les rejoindre. Même si l'étage qui les séparait ne pouvait être une excuse suffisante, cette distance ne l'encouragerait pas à venir toquer à leurs portes.

Dès sa plus tendre enfance, elle avait grandi à l'écart. Aujourd'hui encore, elle vivait seule. Appartenir à un groupe, avoir une bande de potes, les copains d'abord, ça ne lui ressemblait pas trop, même si, secrètement, elle les enviait. *Va savoir pourquoi certaines choses nous résistent toujours, ne sont simplement pas pour nous*, se résignait-elle. Un trait insidieux de son caractère l'amenait à rester en retrait, comme si elle était derrière une vitre, dans un monde parallèle. Elle n'en accusait personne. L'unique responsable, elle en avait pris conscience depuis peu, c'était elle-même. D'où venait sa préférence à écouter ? Son plaisir n'était pas de participer, mais plutôt d'observer les autres, d'essayer de comprendre leurs liens, de les voir se faire et défaire dans des ballets compliqués. Retranchée dans sa coquille, elle rêvait seulement de s'endormir loin du bruit et des rires qui sonnent faux.

Entièrement tapissée d'un tissu à fleurs bleues, la chambre 203 était grande, le lit possédait un matelas large et confortable, lui permettant d'y glisser son cheptel de peluches, sans être gênée. Elle pouvait encore s'étaler de tout son long, les bras en croix, ou se tourner indéfiniment dans tous les sens. On entendait la mer, sans avoir besoin d'ouvrir la fenêtre, les vagues s'écrasaient sur les falaises au pied de l'hôtel, avec une régularité rassurante. Cette bonbonnière lui en rappelait une autre, celle de sa grand-mère, avec les mêmes papiers peints à fleurs, ses meubles rustiques, son parquet ciré, et la pendule au pied de l'escalier qui imprimait son rythme à toute la maison, offrant à chacun la sensation d'un abri. Comme dans ce belvédère au bord de la mer, une sensation d'éternité.

Pour que son lit ne se transforme pas en bateau dans la tempête, elle se mit à détailler les objets, les uns après les autres, dans l'espoir d'apprivoiser peu à peu les habitants de la chambre : la gravure avec des chiens de chasse courant à l'orée d'un bois, le petit bureau Louis XVI et ses dorures, les appliques en forme de fausses bougies, les cordons à pompons retenant d'antiques rideaux, tellement défraîchis qu'on n'aurait su dire leur couleur… Dans un angle, des coulures jaunes révélaient la trace d'une fuite, par endroits, la peinture avait complètement disparu. Au plafond, elle faisait des cloques, comme une peau brûlée, prête à se détacher. La salle de bains, carrelée, dans un dégradé de bleus typique des années soixante-dix, donnait sur le jardin. Chaque matin, elle entendrait les oiseaux, comme s'ils s'agitaient au pied de son lit et s'envolaient dans toute la pièce. Mais la plupart du temps, elle se réveillerait avant. Aussi patiemment que possible, nuit après nuit, elle attendrait que le jour se lève. Car cet endroit ne tiendrait pas ses promesses de calme et de permanence, la « 203 » ne serait pas le refuge tant espéré après l'agitation fiévreuse du plateau, mais bien plutôt le lieu d'interminables insomnies.

La scène qui inaugurait le début du tournage fut mouvementée, et pour le moins emblématique du scénario : dans le salon-salle à manger, tous les protagonistes parlaient en se coupant la parole à propos d'un personnage, absent, que Muriel était censée aimer. Certains s'inquiétaient, s'interrogeaient sur sa disparition, d'autres au contraire paraissaient soulagés, Mathieu prenait trop de place à leur goût.

C'était, sans conteste, le sujet principal du film : une histoire de places, où chacun devait trouver la sienne dans la fiction comme dans la réalité, à la suite de courtes improvisations – François ne voulait rien décider à l'avance, pour chercher « la vérité du moment ». Il préférait laisser les comédiens vivre la scène que d'imposer par avance son point de vue, supposant qu'ils connaissaient mieux leur partition que lui, à condition qu'ils aient fait leur travail et acceptent humblement que, durant des mois, l'histoire les habite. En d'autres termes, il fallait parler fort entre les répliques improvisées, suivre la caméra afin d'apparaître au bon endroit dans le cadre, se battre pour ne pas se retrouver de dos, au fond ou même hors champ, s'agiter pour faire exister son personnage, en un mot, s'imposer.

Muriel avançait ses pions discrètement, mais avec grâce. Au fil des jours, elle s'aperçut que dès qu'elle jouait, elle oubliait ses peurs et ses angoisses, plus rien ne l'encombrait, elle ne doutait plus de sa légitimité. Avait-elle le droit de faire partie de leur monde, d'être là, sur le plateau, au milieu de tous ces artistes, décorateurs, chef opérateur, costumiers… ? Peu importe, ces questions ne la concernaient plus désormais. Elle succombait à un charme, la délicieuse impression d'être une autre, d'être loin, plus loin qu'elle ne l'avait jamais été. Dans cette danse entraînante, à laquelle il était si bon de s'abandonner, l'histoire se déroulait au fur et à mesure, et la portait dans ses bras, des bras puissants, délicats. Mais cela, bien sûr, c'était avant. Avant que tout ne bascule.

Sa belle confiance ne tarderait pas à se disloquer. Gagnée de haute lutte, scène après scène, qui aurait pu penser qu'elle se briserait si facilement ?

Si fière de sa nouvelle assurance, Muriel ignorait encore que tout sentiment de sécurité la quitterait bientôt.

Elle n'aurait d'autre choix que de s'en accommoder, à la manière d'un Kintsugi, cette technique japonaise ancestrale qui souligne les brèches d'une céramique endommagée au lieu de les masquer. Grâce à une coulée de métal, l'artisan accepte que les fêlures se voient, et deviennent même de jolies cicatrices en or, indélébiles.

Un baiser d'anniversaire / Relax

Depuis plusieurs semaines, l'oxygène circulait plus librement dans ses poumons, l'air du plateau la grisait. Elle avait le sentiment de progresser au fil des prises, de connaître enfin la joie de saisir dans l'œil du réalisateur un signe d'approbation.

Dans cette bulle de fiction, Muriel se déployait avec la certitude d'être désormais à sa place. Sa vie était loin, aux oubliettes, les vieux dossiers entassés dans un coin de son appartement attendraient. Rien, aucune famille, aucun ami ne soutenait la comparaison, personne ne pourrait la distraire d'un beau jour de tournage.

Son moment préféré, c'était avant. Juste avant d'aller jouer une scène attendue, une séquence qui représentait, aux yeux de tous, une des clés du scénario, lorsque l'assistant appelait : « On est prêts. Ça va être à toi ! » Il fallait franchir l'espace qui séparait la loge du décor, tandis que le plateau se métamorphosait en un cercle de lumière, un cercle pas seulement créé par les projecteurs, mais par une énergie digne d'un aimant, comme l'œil d'un ouragan. *Du calme, laisse tout ouvert, sois tranquille. Mon Dieu, aide-moi à réussir cette scène, et surtout fais en sorte que je ne me ferme pas !* C'était comme un lancer de dés. *Est-ce que le miracle se produira encore une fois ? Personne ne pourrait l'affirmer*, songeait-elle de plus en plus fébrile. *On va peut-être échouer, peut-être que ce coup-ci, il ne se passera rien ? Continue de marcher vers la lumière, place-toi sur tes marques, et attends qu'ils lancent le moteur, tu verras, tout deviendra possible alors. Tu seras libre d'aller où tu veux. Danse avec tes partenaires et la caméra, laisse-toi entraîner dans cette fusion merveilleuse... Ce sera encore meilleur que faire l'amour.*

Dès la première lecture du script, Muriel avait su qu'elle avait rendez-vous avec cet « Intérieur jour : SQ. 156 ». Il ne fallait pas réfléchir, surtout ne pas en avoir peur, simplement entrer dans le cercle de lumière, puis laisser les choses se faire, la force des événements la traverser et la surprendre.

L'équipe s'installait sous la tente pour le dîner. Comme la veille, on tournerait de nuit. Il y avait beaucoup de « mixtes » dans le plan de travail, mais aussi des vraies nuits, sur la place du village, au bord de l'eau, et plus loin dans les bois. On terminerait par la maison. Les intempéries n'inquiétaient pas la production, il y avait suffisamment de cover-sets. On pouvait à tout moment se retourner pour filmer une scène de cuisine, une dispute dans le salon, ainsi que toutes les séquences dans les chambres, en attendant que le ciel s'éclaircisse.

Le plan précédent s'était déroulé dans l'urgence, mais à présent, on avait le temps. Dans la scène que François venait de mettre en boîte, les comédiens arpentaient le port à la recherche d'un restaurant, ils avaient trop bu, s'engueulaient, puis finissaient par acheter des pizzas et beaucoup de bières qu'ils buvaient face à la mer. Le chef opérateur avait insisté : « Si on veut que la lumière soit belle, il y aura peu de prises, pour attraper l'heure magique, tout le monde doit être sur le coup, ensuite ce sera trop tard, c'est l'affaire d'un quart d'heure… ! » Les micros-cravates fonctionnaient, bien cachés dans les plis des chemises ou dans les soutiens-gorge, les perches, recouvertes de fausses fourrures pour contrer le souffle du vent, étaient prêtes à se dresser dans les mains des perchmans, la steadycam reposait sur son socle, les assistants et la régie aux talkies n'attendaient qu'un signal pour bloquer la circulation et les promeneurs ; les comédiens, en place, ne quittaient pas du regard le metteur en scène, décidé à lancer lui-même un « moteur ! » et « action ! » électrisés, censés communiquer à tous un bel élan…

La nuit tombait lentement, il était tentant de faire une première prise sans être pleinement satisfait de la couleur du ciel, mais le chef opérateur savait ce qu'il voulait : ces quelques minutes d'un bleu plus sombre, et pourtant incroyablement lumineux, qui éclairent encore les rues, les bateaux, les visages, et les enveloppent comme une marée. « L'heure bleue », l'ultime éclat avant que le manteau noir de la nuit ne recouvre tout. L'atmosphère commençait à peine à se rafraîchir, et déjà un sentiment océanique envahissait chacun, la certitude de faire partie d'un tout, de ne faire qu'un avec cette eau calme, ces arbres, ces fils de nuages qui déchiraient le ciel de leurs tendres couleurs phosphorescentes. Un dernier sursaut, avant qu'une autre sensation ne la remplace : l'inquiétude de la nuit qui vient, la peur enfantine de l'obscurité et de la journée qui s'achève, celle de toutes les fins.

SQ 101A – Ext nuit.

Petit port de pêche, quelques bateaux amarrés, certains partent au large, un ou deux restaurants sont encore ouverts, mais affichent complet :

ALICE *(marchant de long en large dans la rue déserte)*
C'est trop tard de toute façon. On est au bout du monde ici, il fallait réserver.

STÉPHANE
On n'a rien mangé depuis que Mathieu est parti ! Il faut juste qu'on trouve de quoi bouffer… J'avalerais n'importe quoi ! Ça fait six jours qu'on n'est pas sortis, on a terminé toutes les conserves de la baraque… Vous avez peur de rater son grand retour, c'est ça ?

MURIELLE *(angoissée)*
Tu as vu dans quel état il était, j'espère qu'il a pas fait une connerie…

STÉPHANE
Tu continues de t'inquiéter pour lui ? Mais ce mec est dingue ! S'il ne s'était pas barré, c'est moi qui l'aurais foutu dehors. Il fait venir une fille, alors que vous êtes ensemble. Elle a

même pas quinze ans ! Elle était tellement mal à l'aise… Il lui donne des trucs, soi-disant pour la détendre, et quand elle se tape un malaise, ils nous demandent de l'aider à la séquestrer !

MURIELLE
Juste le temps qu'elle soit claire… Tu fantasmes là, tu imagines quoi ? Je m'en fous complètement, moi, de cette fille, elle peut crever.

Stéphane, étonné par la soudaine agressivité de Murielle, hésite à répliquer, mais décide de s'éloigner, et rejoint Marie qui ne dit rien, mais n'en pense pas moins.

SQ 101 B – Ext nuit.

Les mêmes, sur un ponton face aux bateaux. Personne ne parle. Ils mangent des pizzas, boivent des bières. Murielle, à l'écart, pleure, et semble regretter ses dernières paroles.

MARIE *(s'approchant)*
C'est pas si grave, arrête… Je suis sûre qu'elle va bien. Ils sont partis dans un drôle d'état, je te l'accorde… Mais Mathieu va revenir, et tu verras, bientôt cette histoire ne sera plus qu'un mauvais souvenir…

Malgré la pression de la nuit qui tomba plus rapidement que prévu, Muriel avait réussi à pleurer du premier coup, comme l'exigeait les didascalies du scénario, aidée sans doute par la beauté du paysage, et la solitude qu'elle éprouvait au sein du groupe.

Elle n'avait pas été assez vigilante, tout s'était passé sans elle, des complicités s'étaient constituées dès le premier jour. Lors du voyage en train, des rapprochements s'étaient dessinés, des prémices de flirts, sans qu'elle ait pu en faire partie. Tels des marins égarés en mer depuis trop longtemps, chacun se sentait libre d'aller où son cœur et son corps le guidaient. Ils appelaient moins souvent à la maison, prétendaient que le réseau fonctionnait mal, ou qu'ils étaient débordés, François les accaparait comme d'habitude, avec ses exigences… Ils reviendraient, bien sûr, personne n'imaginait le contraire – si agréable que fût ce joli cercle de tendresse. Dans quelques semaines, toute l'équipe ne penserait qu'au départ, mais en attendant, leur vie, leur petit pays, avec ses nouvelles lois, ses leaders et ses suiveurs, étaient ici.

« Comment tu fais, toi, pour pleurer ? Je dois pleurer aussi dans une scène, la semaine prochaine, mais je ne sais pas si je pourrai, j'ai peur de ne pas y arriver… », lui souffla Marie, lors du dîner. À la demande de François, les acteurs avaient gardé leurs prénoms pour jouer les personnages, afin de les encourager à rester eux-mêmes. Ce qui ajoutait à la confusion, due en partie à leur manque d'expérience : étaient-ils vraiment en train de vivre ce drame intime de post-adolescents ? Du reste, n'attendait-on pas d'eux qu'ils ressentent les choses ainsi, afin que ça sonne « juste », et que l'on puisse y croire ? Comme des enfants qui, au réveil, sont incapables de faire la différence entre la réalité et leur cauchemar, chacun entretenait précieusement l'illusion, au risque de se perdre. Pour ces débutants, si avides de bien faire, tout était bon à prendre, peu importait qu'il faille gratter ses plaies jusqu'au sang. *Quand l'équipe entière attend que tu chiales, essaie d'abord de les oublier, tous ! Et pense à des choses tristes que tu as vécues.* C'est probablement le conseil qu'elle aurait donné à sa partenaire, si Muriel n'avait pas tant de mal à trouver ses mots, désarçonnée à l'idée qu'on puisse solliciter son aide. *Même si c'est douloureux... ça vaudra toujours mieux que de lire la gêne et la déception sur leurs visages.*

La cantine était installée près de la mairie, une petite mairie comme un jouet, une maquette grise de circuit électrique. La tente plantée sous les marronniers, avec ses bâches à rayures blanches et vertes, donnait un air de fête à toute la place. Il ne manquait plus que la musique et quelques guirlandes lumineuses. À la fin du repas, chacun se mit d'ailleurs à entonner le chant festif d'un Joyeux Anniversaire – Muriel n'en avait pourtant rien dit à personne. Vingt ans, née à Autun le 30 août 1983, la production possédait sûrement sa fiche de renseignements. Quand François traversa le barnum en apportant un gâteau énorme, à trois étages, et que la salle entière l'applaudit, elle ne put retenir ses larmes. Ses joues devaient être rouge écarlate, elle sentait la chaleur lui monter au visage, par couches successives. Son partenaire, Stéphane, au bout de la table, singeait son air surpris, effaré.

Malgré le travail qui restait à accomplir jusqu'à quatre heures du matin, la régie servit à tous du champagne, et on déposa à côté de son assiette un bouquet de fleurs blanches. Muriel était comblée, aussi heureuse que possible, bien qu'embarrassée par l'attention soudaine que tous lui portaient. En dehors du plateau, elle avait souvent l'impression de ne plus exister. Mais ce soir, François la complimentait et lui parlait à l'oreille. Emplie de reconnaissance pour ce qu'il lui avait permis de vivre ces trois dernières semaines, elle n'eut qu'une conscience très vague de la main qui caressait affectueusement son épaule. Toute à sa joie, elle ne la sentit pas davantage glisser dans son cou, attraper sa nuque, se faire pressante, sa paume devenir collante et humide.

Les scènes de la nuit seraient courtes et faciles, deux, trois répliques seulement pour son personnage, pas d'obstacles à franchir, aucune gageure, alors elle laissa François remplir son verre encore une fois. Elle était calme, parfaitement détendue, comme elle ne l'avait pas été depuis longtemps. L'ingénieur du son venait l'embrasser, le producteur en personne la félicitait pour son travail, la maquilleuse la serrait dans ses bras…

Lorsque le premier assistant demanda aux comédiens de regagner la loge des costumes pour se préparer à tourner la séquence suivante, François l'interrompit : « Je vais d'abord montrer à Muriel la musique que j'ai choisie, pour la scène du piano. Et d'ailleurs, il faudra qu'on lui trouve des moments pour répéter. Je ne filmerai pas ses mains, mais il faut quand même qu'elle ait l'air de suivre le tempo, tu m'organiseras ça ?

— Bien sûr, François. Tu veux que je demande aux gars du son de mettre le morceau ?

— Non, non, laisse-les finir tranquillement leur dessert… Je l'ai dans ma voiture. »

Muriel le suivit, la voiture était à une centaine de mètres.

Quand on quittait la maison aux volets rouges en bord de mer – leur décor quotidien à ce stade du plan de travail – François refusait qu'un stagiaire-régie l'accompagne, comme l'exigeaient les assurances. Il tenait à son indépendance. Il aimait s'évader, rouler sur la côte le dimanche matin. Quand on ne tournait pas, il partait en repérage pendant des heures. Parfois même, il faisait un tour durant la pause déjeuner, pour réfléchir au découpage du lendemain.

La lune était pleine. Et pourtant, on voyait des milliers d'étoiles, minuscules et brillantes, elle aurait aimé en faire partie, devenir un de ces points lumineux dans l'immensité du ciel, et planer avec les autres, en harmonie. Être responsable de cette beauté immuable et silencieuse, que les hommes et les enfants puissent la regarder, elle et ses sœurs lointaines, immortelles, accrochées à leur toile peinte, comme autant de repères fixés pour eux.

François lui ouvrit la portière passager, riant de la voir marcher vers lui les yeux au ciel, la tête rejetée en arrière. Son pied heurta une racine, elle se cogna le front contre la voiture, et s'excusa de sa maladresse avant de s'engouffrer dans l'habitacle, un peu sonnée, encore trébuchante. « Tu es prête ? » Il glissa dans le lecteur un prélude de Bach, et monta le son au maximum. Elle écoutait la musique attentivement, professionnelle, même si ses pensées flottaient toujours dans ce ciel si bien étoilé. De nouveau, elle se retint de pleurer en entendant le pianiste égrener les notes avec tant de grâce et de légèreté ; il exécutait cette partition compliquée comme s'il montait en courant d'interminables escaliers, avec une virtuosité étourdissante qui lui donnait envie de danser. *Si seulement on pouvait être aussi léger, souple et élégant qu'une de ces phrases musicales. Ce serait bien de prolonger l'extase. Ce morceau ne devrait jamais s'arrêter...*, songeait-elle, émue par la douceur du piano, aussi bien que par les vapeurs de l'alcool. Elle se tourna vers François, et fut surprise par l'intensité de son regard, éclairé seulement par la lumière du tableau de bord. Ses yeux brillaient, tremblaient comme des petites flammes dans l'obscurité. Soudain, il prit sa tête dans ses mains et l'attira brutalement de son côté pour l'embrasser. Sa langue plongea trop loin dans sa bouche, avant de tourner dans tous les sens, rapide, nerveuse, chargée d'une salive abondante. Elle se tortillait à l'intérieur comme si elle ne voulait plus s'arrêter, petit animal avide et excité. On aurait dit qu'elle ne faisait plus partie de lui, qu'elle agissait seule, pour son propre compte, enfin libérée de sa gangue. Puis, telle une anguille se rétractant, elle se retira sans préambule, avec la même précipitation qu'elle l'avait pénétrée, et François s'accouda au volant d'un air satisfait, sans paraître remarquer un seul instant sa stupéfaction, et son désir de fuir.

Mais pourquoi restait-elle figée ainsi, catatonique, incapable du moindre mouvement ? François lui parlait, elle ne l'entendait pas, une de ses oreilles s'était mise à siffler. À quoi ressemblait son visage pour qu'il ne s'aperçoive de rien ? Est-ce qu'elle continuait de sourire bêtement, ou était-elle devenue blême, si vulnérable tout à coup qu'il préférait ne pas s'attarder, n'y accorder aucune importance ?

Ce qu'elle ressentait n'avait de fait aucune valeur, le baiser avait eu lieu, avec ou sans elle. Et se reproduirait. Par la force des choses, elle devrait l'accepter puisqu'elle n'avait rien dit, qu'elle s'était laissé faire, sans émettre la moindre réserve, qu'elle avait même souri. Avait-elle souri, pour masquer sa honte, piégée par son propre silence ? Continuait-elle de le faire malgré elle ?

Une sorte de double l'observait derrière la vitre, consterné. « Qu'est-ce que tu attends ? criait son reflet. Dis quelque chose ! Énerve-toi, ou pars en courant. Mais ne reste pas plantée là… » Tout était si embrouillé, si confus, il devait sans doute lui parler depuis un moment… Mais les mots glissaient au travers. Des phrases qui sentaient l'éther. Ses paroles ne parvenaient pas jusqu'à elle. Le baiser l'avait endormie, à l'opposé de celui que reçoit la Belle au bois dormant, l'inverse d'un baiser qui guérit. Celui-là ne révélerait aucune jeune fille à elle-même, ne serait l'antidote d'aucun poison, ni d'aucun sortilège. Muriel se demanda s'il était possible, au contraire, que la bouche de François possédât le pouvoir de désintégrer sa volonté, son être tout entier. Peut-être en allait-il ainsi pour chaque femme qui mêlait sa langue à la sienne ?

Le bourdonnement s'était dissipé d'un seul coup, comme si quelqu'un venait de claquer des doigts dans son oreille, et elle l'entend dire qu'il faut sortir, qu'il lui donnera la musique demain, lui ou un assistant, qu'il est heureux, mais qu'à l'avenir il sera nécessaire d'être discrets. Avant de s'échapper de la voiture, il l'embrasse à nouveau. De sa bouche étonnamment fraîche, sa langue jaillit plus froide encore, un serpent glacé qui s'agite, s'enfonce dans sa gorge. D'où lui vient cette avidité ? Qu'imagine-t-il trouver, pour la fourrager, la mordre et l'avaler de cette façon ? « Tu me rejoins ! » lance-t-il familièrement, avant de sortir de la voiture. Comme s'ils avaient une longue pratique derrière eux, des mois de dissimulation, elle est sa maîtresse à présent, car François est marié, sa femme était là au début du tournage. Elle reviendra bientôt.

Mais pourquoi, pourquoi n'avoir rien dit, pas bougé le petit doigt, et quelle va être la suite ? Elle la connaît, la suite, à moins de lui avouer que c'était un malentendu, qu'elle n'a pas aimé, qu'elle ne veut pas s'embarquer dans une histoire délictueuse, qu'elle a déjà vécu ça – même si c'est faux. Elle n'a vraiment pas le cœur à vivre une relation comme celle-ci, ni aucune autre d'ailleurs, elle aimerait juste se consacrer au tournage, ne penser qu'au personnage. *Absurde ! Pourquoi ne pas dire les choses comme elles sont ?* Il ne s'agit pas de préférence, il DOIT *la laisser tranquille, sans quoi...* elle échouera, elle va perdre tous ses moyens. Elle n'y arrivera plus. Après tout, elle n'est qu'une débutante... *L'essentiel est de ne pas le vexer.* Elle lui dira qu'elle est d'accord pour qu'ils se voient plus tard, mais pas maintenant ! Elle n'a que vingt ans, il en a trente de plus, elle l'aime, bien sûr qu'elle l'aime, elle l'aimera toujours d'une façon ou d'une autre, puisqu'il lui a offert son premier rôle, elle ne le remerciera jamais assez pour cette confiance. Même si, de son côté, elle risque d'avoir du mal dorénavant à lui accorder la sienne… Tellement de mal, que son corps se raidit à son approche comme s'il allait la brûler. « Tu te mets là, près de Stéphane. Ça va ? Tu retiens ta place ? Stéphane, tu peux te déplacer, bouger autour d'elle. Les autres, vous voyez l'espace que vous avez, ne dépassez pas l'angle du trottoir, sinon je vous perds. Moteur… ! »

Tout est normal. Personne ne s'aperçoit du changement. Elle donne ses répliques au bon moment. Ses pensées tourbillonnent, la poursuivent tel un essaim d'abeilles excitées à la recherche d'une cible. Mais ce bourdonnement incessant ne l'empêche pas de jouer. *Ne pense qu'à jouer ! Ça fait du bien, oublie le reste, tout ça n'a pas d'importance,* se répète-t-elle, quand s'achève cette nuit bizarre, la nuit de ses vingt ans.

Tu as toujours été comme ça. Tu as peur de tout. Alors, arrête de t'inquiéter. Joue ! Tu aimes jouer, c'est la seule chose qui compte, avoir la chance de jouer. Partout, tout le temps. Avec lui aussi. Il peut bien imaginer que c'est ta bouche, ton corps qu'il embrasse, croire qu'il te possède, il ne devinera jamais combien il se leurre. Tu seras peut-être la seule à le savoir, à l'avoir compris, mais ce n'est pas toi qu'il serre dans ses bras. Ça ne peut pas être toi. Ça ne le sera jamais. Toi, tu joues…

Elle doit parlementer longuement avec le régisseur pour qu'il accepte de la laisser rentrer à pied, il est si tard. Depuis qu'elle est sortie de la voiture, chancelante, l'air s'est encore rafraîchi, et sur le chemin elle grelotte. Elle garde une sensation de brûlure sur la joue et autour de la bouche, des cicatrices de sa barbe de trois jours. La nuit est complètement noire à présent, elle distingue à peine l'herbe sous ses pieds. Ce moment de liberté lui donne du courage, elle peut décider des choses, elle n'est pas une poupée qu'on habille et maquille, qu'on coiffe et qu'on embrasse, qu'on ramène le soir, qu'on couche après lui avoir brossé une dernière fois les cheveux en lui souhaitant bonne nuit, « dors bien petite actrice, dors jolie poupée… À demain ! Demain, on reviendra te chercher ».

Les arbres ressemblent à des hommes-troncs, paralysés par la peur, seules leurs feuilles s'agitent là-haut. Les cyprès et les ifs ondulent comme des algues au fond de l'eau, on dirait des pinceaux géants retournés vers le ciel, dessinant ces nuages sombres, détrempés à l'aquarelle. La terre sent le chaud et le moisi, un parfum d'écorces et de fleurs coupées. Les dernières voitures du tournage passent près d'elle sans la voir, elle s'est glissée plus loin, derrière les platanes qui bordent la route, elle est vêtue d'un grand pull gris foncé et d'un jean noir, seuls ses cheveux roux brillent légèrement dans l'obscurité, comme une bougie, une petite flamme qui va s'éteindre, mais personne n'y prête attention, chacun est pressé d'arriver à l'hôtel pour s'endormir le plus vite possible, et recommencer le lendemain. François l'a-t-il cherchée ? Attendue dans sa voiture ? A-t-il essayé de l'intercepter avant qu'elle s'en aille, s'inquiétant que quelqu'un surgisse, puisse les entendre ou les voir ? Et s'il avait déjà oublié, s'il était passé à autre chose, un simple baiser d'anniversaire, sans suite et sans conséquence ? Tout près d'elle, derrière leur clôture, des chevaux agglutinés la regardent, les a-t-elle réveillés ? Elle parlait toute seule. Elle aimerait traverser la barrière électrifiée, les rejoindre, se réchauffer contre eux, sentir leur odeur de paille mouillée, plonger dans leurs yeux liquides, et caresser leurs poils soyeux, leurs ventres collés de boue… vivre leurs vies d'animaux. Par tous les temps, debout au milieu d'un champ. Dans le vent et dans la pluie.

Quand elle arrive enfin, le chien de l'hôtel aboie de toutes ses forces, trouvant peut-être la silhouette de Muriel inquiétante, cette lente arrivée au bout du chemin, ces pas sur les graviers. Muriel essaie de calmer la bête apeurée, de la rassurer, mais rien n'y fait, alors elle la gronde comme un enfant : « Tais-toi, enfin ! Tu vas réveiller tout le monde ! » Le chien continue de hurler, montrant ses crocs acérés, comme s'il cherchait à ressembler à sa propre caricature. Muriel avance la main pour lui caresser doucement la tête, au risque de se faire mordre. Les yeux globuleux de l'animal la fixent avec plus d'acuité encore, ses pattes fléchissent, prêtes à bondir. Mais, contre toute attente, le molosse s'arrête, surpris par la caresse, et décide finalement de se laisser faire. S'étirant comme un gros chat, il se couche sur le flanc, puis pose délicatement sur le sol sa gueule écrasée. C'est un bouledogue que la directrice de l'hôtel a appelé Bernadette, en hommage à Soubirous, la sainte aux dix-huit apparitions. Croirait-elle aux miracles ? Lorsque la saison se termine, que les hôtels et la région se vident, quand le froid humide de novembre commence à transpercer les os, et que le vent souffle faisant table rase du passé, sans doute n'est-il pas inutile de diriger son cœur vers autre chose ? Muriel traverse la réception silencieuse, monte un étage, puis un autre, et croise soudain dans la pénombre, au bout du couloir, un homme aux cheveux gris… qui la regarde, l'air étonné, on dirait son prof d'histoire. Il a vieilli, mais elle le reconnaît, il a gardé ce sourire, cette distance amusée qui ne le quittait jamais. Ses élèves l'appréciaient, même s'il ne s'intéressait qu'aux anecdotes. Peu importait quelles grandes batailles Napoléon Ier avait gagnées, son chien à lui était un carlin et s'appelait Fortuné… Marie-Antoinette fut bien sûr conduite à l'échafaud, mais elle avait surtout des dents affreuses et des cheveux filasse, qui nécessitèrent une sérieuse prise en charge avant qu'elle soit bonne à marier, à l'âge de quatorze ans. Savez-vous que c'est à elle que nous devons l'invention du croissant, d'où le nom de « viennoiserie ? »… Toute sorte de réminiscences, de pensées étranges sans lien avec la nuit qui vient de s'écouler se mélangent dans sa tête, comme des cartes à jouer. Le professeur a disparu, dès qu'elle a tourné la clé dans la serrure. Elle ne prend pas la peine de se déshabiller, et se couche sur le couvre-lit en serrant un ours élimé dans ses bras, tandis que d'autres souvenirs de la Petite Histoire continuent de l'accaparer, comme si elle était encore au lycée, et qu'elle révisait indéfiniment un contrôle pour le lendemain, jusqu'à ce que ses yeux se ferment.

Elle se concentre, respire en gonflant le ventre, s'imagine allongée dans l'herbe un jour de plein soleil en été, mais le sommeil ne vient pas. « Sleeping is an art, you have to be completely relaxed », lui conseillait Snoopy sur les draps de son lit d'enfant. « Relax, don't do it, when you want to suck it, do it », chantait Frankie Goes to Hollywood, et l'adolescente qu'elle était alors l'entonnait en rythme, en yaourt, ignorant tout de la signification des paroles. Le tube datait presque du jour de sa naissance, pourtant on le passait toujours pour ses premières soirées, when you want to come… Relax don't do it… Quand vas-tu le sucer, quand vas-tu jouir… ?

Encore plusieurs nuits sans sommeil, et François, à qui rien n'échappe, ne tarde pas à les lui reprocher. Heureusement le maquillage dissimule les yeux rougis par les pleurs, un peu de blush sur ses joues blêmes, du fond de teint sur les plaques qui apparaissent sur la poitrine et dans son cou, trahissant sa nervosité. « Qu'est-ce qui t'arrive ? Dans cette scène, ton jeu manquait de précision. Hier, tu avais l'air absent…

— Je dors pas très bien, j'ai du mal à quitter le tournage, j'arrête pas d'y penser… La scène où Marie se confie m'a impressionnée. C'est difficile de passer à autre chose, de tourner la page.

— J'ai des Lexomil. Je t'en donnerai un ou deux, ce soir, si tu veux. Tu verras, tu dormiras comme un bébé. »

Une décision

Voilà comment le piège s'était refermé sur elle. Juste après le dîner, Muriel avait accompagné François dans sa chambre, pour y chercher son Lexomil, mais à peine avaient-ils franchi le seuil, qu'il l'embrassa avec la même avidité que dans la voiture.
« Déshabille-toi ! »

Comme la dernière fois, elle était passive, une sorte de pantin téléguidé. Tombée en catalepsie, c'était une autre qui enlevait son soutien-gorge, qui mêlait sa langue à la sienne. François ne lui laissait pas le temps de réagir, il la pénétrait avec ces énormes baisers, sans douter un seul instant de son désir, sans imaginer qu'elle se projetait à des années-lumière, qu'en réalité, elle n'était plus là, depuis longtemps déjà… depuis qu'il avait saisi sa main pour la poser sur son sexe. François pouvait bien prendre cette main, en faire ce qu'il voulait, elle ne lui appartenait plus ; même si Muriel avait senti sa queue gonfler à son contact et s'allonger pour former une petite barre sous le tissu du pantalon, le corps qu'il avait basculé sur le matelas pour le recouvrir entièrement du sien, l'écrasant de son poids, était à quelqu'un d'autre. Selon toute apparence, cela ne changeait rien pour lui. Muriel pouvait se transporter ici ou ailleurs, son absence imaginaire n'empêchait pas l'excitation de François de grandir, puisqu'il avait ri en embrassant son cou, son ventre, et cessé de rire pour glisser ses doigts en elle, tout au fond, essayant de produire une humidité qui ne viendrait jamais.

Les cachets avaient fonctionné, elle se réveilla contre lui, après avoir dormi d'un sommeil lourd et sans rêves. La bouche pâteuse, elle avait la désagréable impression d'avoir oublié une partie de la soirée… Avaient-ils veillé tard ? Épuisé par ces longues journées de tournage, François avait-il sombré en même temps qu'elle ? Elle se souvenait vaguement qu'il s'était levé au milieu de la nuit, il avait soif. Et après, que s'était-il passé ? Elle se redressa trop vite, et dut attendre que le voile blanc devant ses yeux se dissipe. Elle se dépêcha ensuite de s'habiller, en prenant garde à ne pas faire de bruit. Mais François l'entendit bouger dans la pièce, et lui demanda pourquoi elle partait. « Il est six heures, les autres vont bientôt aller prendre leur petit déjeuner, j'ai peur de croiser quelqu'un dans le couloir.

— Viens m'embrasser. »

Il lui caressait les cheveux, la regardait avec tendresse, est-ce qu'il l'aimait ?

Son visage tout en longueur, ses joues creuses, lui donnaient l'air plus vieux, ses cheveux étaient encore abondants sur les côtés, mais au sommet du crâne sa peau brillait, lisse et rouge, comme si on l'avait frottée. Ses yeux marron, cernés, avec des reflets dorés, hypnotisaient ceux qui l'approchaient. François les plantait dans le regard de son interlocuteur, avec une nuance amusée, comme s'il cherchait à prévenir : « La vie m'en a fait voir de toutes les couleurs... Mais j'y suis habitué maintenant. Plus personne ne m'empêchera d'en profiter, surtout pas vous ! » Il n'était pas très grand, plutôt massif, compact, sans les rondeurs d'un homme de son âge. Des épaules excessivement larges, ses jambes n'en paraissaient que plus fines encore. Ses chevilles blanches, marbrées d'imperceptibles vaisseaux bleus, semblaient aussi minces et délicates que des poignets de jeune fille. Sa peau était étonnamment douce, sans doute en prenait-il grand soin, hydratant son visage et son corps, chaque soir, avant d'aller se coucher.

Peut-être, se répétait Muriel en le rejoignant sur le lit, finirait-elle par éprouver des sentiments, s'attacher à lui, et qui sait, apprécier ces instants ? Après tout, ils partageaient ce film tous les deux, François l'aidait à trouver sa place, la filmait. Il la trouvait belle puisqu'il la désirait. Sans oser le lui dire, peut-être même l'admirait-il, à force de l'observer derrière la caméra ? Sinon elle, du moins son jeu simple, naturel, habituellement précis, lorsqu'elle ne manquait pas si cruellement de sommeil. Ses nerfs savaient se relâcher alors, n'étaient pas si tendus, de fichus élastiques prêts à vous claquer entre les mains à la première occasion.

Aimer n'était-ce pas aussi une décision ? Voilà ce qu'elle se racontait en refermant la porte de la chambre de François, le plus doucement possible, avant de traverser avec la même discrétion tout le bâtiment pour regagner sa chambre. *Pour quelles raisons donner sa préférence à telle personne plutôt qu'à une autre ?* En ne s'attachant qu'à des détails hasardeux, la plupart du temps. Il suffisait de regarder autour de soi, presque toutes les histoires se jouaient sur des malentendus. Même les mariages célébrés en grande pompe avaient quelque chose d'arbitraire. Et quand les yeux se décillaient enfin, il était trop tard pour faire machine arrière, les femmes comme les hommes s'accommodaient de la triste réalité, un certain temps du moins. Le temps que ne se pose trop crûment la question : pourquoi elle ? Pourquoi lui ?

L'année dernière, elle avait joué la jeune Irina de *La Cerisaie* de Tchekhov, dans un théâtre minuscule. À force de déclarer son amour tous les soirs à Trofimov, « l'éternel étudiant », elle était tombée amoureuse de son partenaire. Lui dire qu'elle l'aimait durant plus de quatre-vingts représentations l'avait troublée. Elle avait fini par y croire. Leur aventure s'était prolongée quelques semaines après la dernière, mais une fois la pièce terminée, le charme était rompu. Rien chez cet homme ne lui plaisait désormais, son caractère, son odeur, sa façon de s'exprimer… Rien ne subsistait, excepté le souvenir de sa voix forte et posée, quand il lançait sur scène : « En avant, camarade, et que personne ne reste en arrière ! »

L'étudiant Trofimov, débordant d'enthousiasme, quittait la Cerisaie et ses vieux privilèges, persuadé d'aller vers un nouveau monde, plus juste et plus fraternel. Il repoussait ses baisers, lui assurant qu'« ils étaient au-dessus de l'amour ! », tandis qu'Irina/Muriel rêvait du moment où le jeune homme passerait à l'action, arrêterait de fantasmer leur amour pour l'embrasser, la toucher… Si seulement il pouvait la prendre dans ses bras, elle se sentirait enfin exister ! Elle cesserait d'être ce petit personnage insignifiant qui se démène sur scène avec cette voix suraiguë. Elle sortirait de la brochure, pour devenir vivante. Et à travers elle, chaque spectateur le deviendrait aussi.

Parfois, il la rejoignait dans sa chambre. Il ne risquait rien, personne ne venait jamais à cet étage. Était-ce la raison pour laquelle on lui avait attribué la « 203 » à son arrivée ? Était-il possible que leur petite affaire ait été soigneusement organisée ? Savait-il, depuis le début, que leur relation prendrait cette tournure, que pour elle les choses se dérouleraient ainsi ?

Un soir, tandis qu'elle l'accueillait, les derniers essais passés pour le rôle lui revinrent en mémoire. Seul son personnage attendait d'être distribué, les autres acteurs, déjà choisis, étaient réunis pour lui donner la réplique.

Après avoir filmé la scène plusieurs fois, François les entraîna tous dans une improvisation autour des flirts, des petits copains. Hésitant avant de se lancer, Muriel demanda au metteur en scène si elle devait rester elle-même, ou plutôt penser au personnage pour réussir l'exercice.

« Pourquoi ? s'était étonné François.

— Parce que dans le film, je suis amoureuse, alors que dans la vie, j'ai rien. »

Tout le monde, bien entendu, s'était mis à rire. Non, l'improvisation concernait le film, avait aussitôt précisé François, amusé par la situation. Son regard s'était soudain éclairé, ses lèvres épaisses s'étaient entrouvertes découvrant des dents brillantes, recouvertes de salive... Souriait-il de sa naïveté ou des possibilités qu'il entrevoyait dans cette opportune disponibilité ?

Et si Muriel n'avait finalement remporté son adhésion que grâce à cet aveu maladroit ? S'il ne lui avait confié le rôle qu'en raison de son ingénuité ?

Elle se reprocherait bien souvent cette confidence par la suite, s'accusant d'avoir provoqué ce rapprochement, à défaut de l'avoir prémédité. D'avoir malgré elle joué cette carte pour le convaincre de faire partie du film. Plusieurs comédiennes étaient encore sur les rangs, elle en avait croisé trois en partant. Elle se souvenait de l'une d'elles qui répétait son texte, terrorisée, à l'entrée du bureau. Occupée à vaincre sa peur, elle n'avait pas entendu Muriel lui souhaiter bonne chance, et n'avait pas davantage répondu à son salut. À moins que sa voix n'ait été recouverte par celles de ses camarades qui criaient et riaient derrière la porte, emplis d'une légitime confiance. Parmi des centaines de postulants, ils avaient été sélectionnés. Leur excitation paraissait démultipliée par ces ultimes bouts d'essais à la recherche du maillon manquant. À présent, ils étaient de l'autre côté, quoi qu'il arrive, eux n'avaient plus rien à craindre.

Son sexe la brûlait. Il avait de toutes petites coupures sur les côtés – les marques de ses ongles, ou plus vraisemblablement de simples irritations à force d'en rompre l'entrée. Elle avait peur que ces sensations douloureuses empirent avec le temps. À la pharmacie, une femme revêche lui conseilla de faire des bains de siège. Dès qu'elle le pouvait, elle remplissait un fond d'eau tiède dans la baignoire, y mélangeait la poudre blanche et jaune, écartait les jambes et s'aspergeait longtemps. Jamais elle ne s'était lavée autant, en plus de ces ablutions elle prenait plusieurs douches par jour. Le matin bien sûr, au réveil, comme elle en avait l'habitude, mais aussi une fois le tournage achevé, avant le dîner. Et puis une dernière, juste après… Elle aimait sentir l'eau brûlante couler interminablement dans son dos, sur sa poitrine, et voir rougir sa peau. On était en plein été, certaines semaines flirtaient avec la canicule, mais elle éprouvait en permanence le besoin d'être réchauffée. En frottant longuement son ventre et ses seins, avec le savon, elle oubliait tout. Prendre le temps de faire mousser ses cheveux à deux reprises, laisser poser un quart d'heure la crème démêlante, tout en rasant consciencieusement ses aisselles et ses jambes, pour que sa peau soit nette et lisse, la détendait mieux que ne l'aurait fait un coup de fil à un ami, une balade, ou même un film à la télé. Pour terminer, elle savonnait de nouveau ses mains, afin de sortir de là complètement propre. Les scènes du jour s'en allaient avec l'eau du bain. Les caresses aussi.

Elle mangeait beaucoup, avec plaisir. Jamais elle n'avait eu autant d'appétit. Sa mère insistait habituellement pour qu'elle finisse son assiette, mais aujourd'hui, elle se disait qu'elle en avait besoin, qu'il fallait prendre des forces, se remplir, il y avait tant à donner. Les robes, les jupes des costumes commençaient à la boudiner. Au maquillage, face au miroir éclairé par une bonne dizaine d'ampoules, Muriel se trouvait changée. Elle reconnaissait à peine cette fille rousse, pleine d'éphélides sur le nez, avec ses joues plus rondes. La chair molle, qui apparaissait sournoisement dans son cou, commençait à lui dessiner un collier disgracieux autour du visage. Elle préférait l'ignorer, et n'essayait pas de se restreindre, même si la mayonnaise de la veille, celle du crabe et des bulots, avait laissé des traces. Ou était-ce la corbeille de pain engloutie avec le beurre salé ? Ensuite, elle avait pris le vol-au-vent à la crème de champignons... À moins que ce ne soit l'autre crème, celle du poulet de Bresse, plus riche encore, avec son délicieux gratin dauphinois, qu'elle aurait dû éviter. Peu importe, elle n'avait pas non plus résisté au dessert – un tiramisu, blanc comme neige, onctueux, avec sa poudre de chocolat qui l'avait fait tousser. Elle en avait repris pour rigoler, et tousserait toujours, recrachant le cacao par le nez, si elle n'avait vidé d'une traite un grand verre de vin. Elle buvait trop, mais le vin la réchauffait, bien plus sûrement que la douche.

À longueur de journée, elle était obsédée par la nourriture. Même lors d'une scène difficile, épousant un court instant les préoccupations et les émotions de son personnage, elle demeurait cette jeune fille affamée. La carte entière du restaurant, qu'elle connaissait par cœur, ne parvenait pas à la rassasier.

Un matin, François demanda à la régie d'acheter une balance, on arrivait à la moitié du tournage, et Muriel avait changé de silhouette, bientôt elle ne serait plus « raccord ».

Désormais, chaque jour, la costumière vérifierait son poids.

Plus trois, plus quatre, quatre kilos et demi.

L'habilleuse n'avait plus assez de tissus pour élargir la taille de ses jupes et de ses pantalons. Elle avait déjà pioché dans tous les ourlets. On lui demanda à plusieurs reprises de faire attention, puis on lui proposa une gaine. Le fourreau en élasthanne couleur chair lui rappelait celui de sa grand-mère. Que dirait-elle si elle la voyait, du haut de ses vingt ans, y comprimer son ventre ?

Le paysage lui offrait son exact reflet contraire. Elle se sentait lourde, empâtée. Ses muscles, le soir, étaient douloureux et tendus, tandis que la mer et les falaises donnaient aux promeneurs l'irrésistible envie de s'envoler.

Elle aurait aimé suivre une de ces mouettes, ces goélands qui traversaient l'espace en planant. Si seulement son corps pouvait devenir aussi léger qu'une feuille de papier en avion plié, il irait rejoindre l'oiseau marin, voltigerait dans son sillage. D'en bas, elle deviendrait si mince, presque transparente, on la verrait danser, virevolter dans l'air, au gré du vent. Habitante d'un ciel ouvert, à trois cent soixante degrés, ce serait facile alors de se mouvoir. *Mais comment faire, quand on est cloué au sol, pour respirer librement et se sentir à sa place ?*

Il devait bien exister un moyen de rejoindre toute cette beauté.

Peut-être suffisait-il d'accompagner des yeux la vague qui se retire, pour revenir, chaque fois plus tranquille… ? Elle avait beau écarter les bras devant ce spectacle, gonfler d'oxygène ses poumons, quelque chose restait coincé dans sa poitrine. Impossible de se fondre dans la nature, de pénétrer sa forme pure et cristalline. Les nuages saturés de lumière, tous les bleus de la mer, et ce vert irréel sur les falaises, d'une intensité inhabituelle, se tenaient à distance, cet espace enchanté de couleurs ne parvenait pas jusqu'à elle. Condamnée à n'être qu'une spectatrice ordinaire, elle restait bloquée de l'autre côté, une pièce rapportée, une erreur dans le tableau. Le peintre n'allait d'ailleurs pas tarder à la faire disparaître, pour créer à sa place une cabane de pêcheur, un amas de pierres… N'importe quel rocher ferait l'affaire. Même à un simple caillou, on trouverait davantage d'harmonie qu'à sa présence molle et inutile.

Il ne restait plus qu'à fermer les yeux, et se laisser caresser par le vent. Il était doux, s'interrompait souvent, pour revenir toujours, plus insistant. Elle l'enviait. Le vent avait de la chance, il n'avait besoin d'aucune justification, d'aucun regard porté sur lui pour exister, il se contentait de souffler, tout simplement.

Son Épouse

« On ne se verra pas pendant trois jours, Mathilde arrive pour le week-end. Laisse-moi te faire encore l'amour, tu vas me manquer, il faut que je fasse provision de toi… »

La régie avait organisé son arrivée sur le tournage. Madame les rejoignit à la cantine, et s'installa ensuite tout l'après-midi derrière le combo, pour commenter les scènes avec la scripte.

Les jeunes comédiens étaient toujours déstabilisés lorsqu'un visiteur découvrait la vie du tournage. Au fil des scènes, ils s'étaient acclimatés aux regards des techniciens, mais aucun d'eux n'appréciait qu'un inconnu puisse voir leurs trous de mémoire, leurs fous rires, les indications du cinéaste : « Tu étais plutôt à côté de la plaque, là, non ? Allez, on essaie de réinventer les dialogues. Changez un mot ou deux si ça vous aide, salissez le texte, je ne veux pas vous entendre réciter ! »

Personne, jusqu'à présent, ne s'était rendu compte des allées et venues de François dans sa chambre, ni d'elle dans la sienne, aucun membre de l'équipe n'avait surpris leurs mains se serrant sous la table, ou entendu les « retrouve-moi ce soir ! » glissés devant la machine à café. Leur histoire se nichait dans les interstices, les pauses à la table régie, ou au détour d'un couloir. Ils ne la vivraient jamais que dans le noir, derrière les rideaux tirés de la « 117 » ou de la « 203 ». Cette aventure ne posséderait de réalité que pour elle, et Muriel s'était habituée à sa vie clandestine, cela lui convenait que rien n'existe au grand jour. Mais là, c'était autre chose. Confrontée à l'omniprésence de Son Épouse, elle avait chaque jour le sentiment de perdre pied. Face à l'Autre, sa petite personne allait cette fois s'effacer pour de bon. Son corps, déjà, ne possédait plus rien de tangible, il était devenu une simple parenthèse qu'on ouvre et qu'on referme, aussi aisément qu'à la fin d'une prise on annonce le coupé.

François, de loin en loin, continuait malgré tout de rechercher sa présence. « Viens dans la voiture avec nous, mets-toi près de moi, Mathilde monte devant ! Mathilde est enceinte, elle a mal au cœur... » Le visage de Son Épouse était parsemé de taches dorées, plus claires que des grains de beauté, elles dessinaient un masque de grossesse autour de ses yeux, celui d'un superhéros comme dans les dessins animés de son enfance. Muriel observait son reflet dans le miroir du pare-soleil. Mathilde l'avait rabattu en grimaçant, la lumière trop forte l'aveuglait, à Paris en ce moment il faisait gris...

L'assistant conduisait lentement, François avait accepté qu'il les ramène à l'hôtel, la journée avait été longue. Depuis leur départ aux aurores ce matin, pas moins de treize heures s'étaient écoulées. La production était d'ailleurs passée sur le tournage pour se plaindre des heures supplémentaires. François avait dépassé les limites cette semaine. Muriel les écoutait parler, et ne sentit pas la main s'approcher de son genou, elle sursauta, la poitrine transpercée d'un seul coup par la peur. La main, après l'avoir effleurée doucement, s'étala sur sa peau. Son pouls tambourinait de plus en plus fort comme un oiseau fou cherchant à sortir de sa cage. La sensation d'une pointe douloureuse l'étreignit, au milieu du sein, précisément là où l'oiseau cognait avec le plus d'insistance. François souleva sa jupe pour toucher le haut de sa cuisse. Remontant le long de sa jambe, il continuait d'évoquer la pluie qui n'avait cessé de tomber ces quinze derniers jours sur la moitié est de la France, et les milliers de gens qui écourtaient leurs vacances, coincés dans des tentes humides, ou prisonniers de chambres d'hôtel minuscules, alors que de ce côté-ci, pas un nuage, il faisait toujours beau... Un vrai miracle pour le tournage. La main continuait son ascension, et Muriel ne quittait pas des yeux l'image dans le pare-soleil. La sueur coulait dans son cou, son corps était crispé dans l'attente du drame. Par avance spectatrice du scandale, son cœur à vif lui faisait penser à un écorché de sciences naturelles. Elle coloria mentalement les muscles en rose fuchsia, les tissus autour en orange, les veines en bleu... Les autres organes, en rouge, flottaient plus loin, comme des pièces étrangères. Laquelle de ses fonctions vitales céderait d'abord, refuserait d'être irriguée ? Sous l'effet de la panique, laquelle déclarerait forfait ? Cent mille battements de cœur, huit mille litres de sang chaque jour à pomper, elle était fatiguée. Dans un moment, tout s'arrêterait, elle se demandait juste quelle partie de son corps serait la première à lâcher ?

Mais non, rien ne se passait. Son pouls battait si vite contre sa tempe qu'elle croyait l'entendre résonner contre la vitre. Les caresses s'approchèrent de son sexe, et le rythme insensé de ses pulsations cardiaques se propagea dans l'habitacle tout entier. Les autres pourtant continuaient de l'ignorer. Dans l'antique Volvo vert foncé, tout paraissait normal, la femme enceinte se réjouissait de découvrir la côte pour le week-end, et dès ce soir le restaurant de l'hôtel, même si elle s'abstiendrait bien évidemment de manger des fruits de mer… Demain, ils chercheraient une crêperie, elle s'accorderait le droit de boire un peu de cidre, sans exagération…

Enfin la voiture s'arrêta dans l'allée. Muriel les embrassa et s'éclipsa, prétextant avoir commandé depuis la veille un plateau dans sa chambre. Il y avait *Pierrot le Fou* ce soir à la télé… En digne héritier de la Nouvelle Vague, François approuva.

Elle posa son sac, s'assit sur le bord du lit, et la question, l'éternelle question revint aussitôt la hanter : Pourquoi n'avoir rien dit ? Il suffisait de prendre sa main pour la remettre à sa place. Pour quelle raison continuait-elle de faire semblant ?

Abattue, elle fixa ses pieds jusqu'à ce qu'ils deviennent flous, et que ses yeux s'embuent. Une image vint alors lentement se superposer à la réalité, une photographie surexposée, d'un jaune délavé. Peu à peu l'image s'anima, projetant le film de son enfance, avec une précision merveilleuse. Elle connaissait bien cette rivière, elle s'y baignait souvent. Cet après-midi-là, sa cousine l'accompagnait, elles marchaient dans l'eau avec des chaussures transparentes, ensemble elles s'accroupissaient dans des trous d'eau pour y tremper leur corps, à défaut de pouvoir nager dedans. On parlait chaque jour de la sécheresse à la radio. Depuis 1983, l'année de sa naissance, c'était l'été le plus chaud. Il y avait si peu d'eau qui coulait entre les pierres, à peine un filet étincelant et glacé. Les fillettes devaient malgré tout s'y prendre à plusieurs reprises pour attraper des araignées d'eau, un têtard, une algue à la forme bizarre. L'eau était peu profonde, mais le courant vif et rapide emportait tout.

Seul un adulte, son oncle, les surveillait de loin, derrière un journal.

Aux alentours, il n'y avait que des arbres agités par le vent, le bruit du courant, le bourdonnement des insectes. Léa avait manifestement une grande envie de faire pipi, car elle se dandinait d'une jambe sur l'autre, sans oser se dénuder pour se soulager dans l'eau claire, ou s'accroupir derrière un rocher. « Viens ! » lui cria son père de sa place, au milieu de la pente où il était assis. De là-haut, il pouvait tout voir. « Non, répliqua la cousine, on est occupées…

— Mais tu as envie, ne me dis pas le contraire !

— Pas trop, lui répondit sa fille, on s'amuse ! J'irai tout à l'heure…

— Viens enfin ! C'est pas bon de se retenir. »

L'enfant, résignée, interrompit le jeu. À tour de rôle, elles écrasaient des herbes d'eau, en forme de haricots. Les cheveux aquatiques, enflés comme du papier bulle, éclataient les uns après les autres dans un bruit visqueux. « Je reviens, attends-moi », lança Léa dans un souffle. Puis elle grimpa en silence, retardant le moment de le rejoindre. Le père aida la petite à enlever sa culotte. Trop proche de lui, gênée par son regard, elle n'arrivait pas à uriner, alors il la toucha, avec ses gros doigts tachés d'encre. Ce devait être plus ou moins habituel, car la fillette ne parut pas s'en étonner outre mesure, tout juste si son corps se raidit à leur contact, cela dura ainsi plusieurs minutes. L'espace d'un instant, son visage devint grimaçant, elle eut l'air de souffrir, mais semblait décidée à prendre sur elle. Enfin, il retira sa main et la laissa partir. Elle revint en courant. Ses joues étaient rouge écarlate, on aurait dit qu'elle les avait longuement approchées d'une flamme. Devant sa cousine, elle crut bon de se justifier : « J'arrivais pas… »

Muriel n'avait rien dit, pas un mot, comme si rien de spécial n'avait eu lieu, qu'elle n'avait ressenti aucun trouble. Une question affleurait vaguement, mais venue de si loin, des méandres de son esprit embrouillé, qu'elle ne pouvait ni la saisir, ni la formuler. Des années plus tard seulement, elle s'interrogerait. *Bon sang, qu'est-ce qui s'était passé ? Aurait-elle dû intervenir, s'interposer, courir, s'enfuir avec sa cousine, en parler à un adulte… ?* Sur le moment, elle n'aurait su en décider. Y avait-il, dans ces circonstances, une attitude à adopter ? Comment savoir ? Le regard de l'oncle avait, certes, quelque chose d'inquiétant, il brillait, fiévreux, avec un drôle de sourire dans l'œil. Et quand il avait touché l'enfant, Muriel avait ressenti une sorte de décharge électrique. Chaque fois qu'elle y repensait, la main sale lui donnait la nausée.

Pour se rassurer, elle se disait que, depuis la rivière, là où elle se trouvait, personne à sa place n'aurait pu être aussi catégorique. Le père et la fille étaient loin, à plus d'une dizaine de mètres… Après tout, elle s'était peut-être trompée, et si ce n'était pas ce qu'elle suspectait ? Elle avait probablement inventé après coup les yeux fous, et peut-être aussi d'autres choses. Trop d'imagination, comme l'écrivait la maîtresse sur son bulletin trimestriel, en rouge dans la marge.

Pourtant, sa mémoire de l'événement restait vive, comme une preuve irréfutable, le meilleur des indices.

Muriel avait enregistré si clairement cette scène que, des décennies plus tard, elle pouvait reconstituer l'image, aussi nettement que si l'homme était encore là, caressant l'enfant, face à elle, et qu'elle-même, comme anesthésiée, les regardait bêtement, sans les voir.

On n'enregistre pas les choses « normales » au feutre indélébile, on ne grave pas la vie de tous les jours, le monde tel qu'il est, ou tel qu'il devrait être, de cette façon, on répertorie ainsi les images qu'on n'a pas su lire.

Quand elle atteindrait l'âge de quatorze-quinze ans, elle pourrait saisir cette histoire. Elle aurait cessé d'être un message codé, une scène écrite en langue étrangère, tout serait limpide alors.

Elle n'en parlait jamais à personne, à qui aurait-elle confié une faute qu'elle n'avait pas commise, et une autre encore, qu'ils ne comprendraient pas : cette question qui la tourmentait depuis toujours : *Pourquoi j'ai rien dit ?* La lâcheté éprouvée face au monde des adultes constituerait sa vie entière un poids, *pourquoi j'ai rien fait*, ce remords dans son cœur, *pour protéger qui*, une gêne tenace, dont elle continuerait, durant de longues années, à se croire l'unique responsable.

La bonne expression

SEQ-207 : Ext jour.

La maison est vide. Ils sont tous partis, les volets sont fermés. Murielle reste seule sur la terrasse, dans ses pensées. Elle ne voit pas Mathieu qui s'approche à pas feutrés.

MATHIEU *(d'une voix douce)*
Tu m'as manqué…

MURIELLE
C'est toi ! Tu m'as fait peur !

La jeune femme laisse le silence s'installer, le temps de reprendre ses esprits, de rassembler ses forces pour l'interroger.

MURIELLE
Qu'est-ce qui s'est passé, tout le monde était mort d'inquiétude ?

MATHIEU
Je suis parti pour la retrouver. C'est une petite fille, une petite fille adorable, qui m'a ensorcelé,

tu comprends. Mais c'est avec toi que je veux être maintenant.

Mathieu prend lc visage de Murielle, tendue vers lui. Il l'embrasse, elle se laisse faire, comme si elle le croyait, lui et ses promesses. Imaginant sans doute qu'à vingt ans il est indispensable de garder foi en l'avenir, quel qu'en soit le prix.
La caméra s'éloigne, puis s'arrête une dernière fois sur la maison rouge perdue dans un jardin immense. Le vent s'est levé, les feuilles des arbres tremblent et palpitent comme un cœur qui bat trop vite. Le traveling arrière reprend, plus rapide, jusqu'à ce qu'on ne distingue plus que la couleur des volets derrière un rideau serré de branches.

Comparé aux autres comédiens, tous débutants, Mathieu passait pour un acteur chevronné, il avait déjà tourné dans trois courts-métrages, en plus d'un long, au côté de Nathalie Baye. Il avait peu de dialogues, mais il existait. Les metteurs en scène le connaissaient, et pensaient à lui. Il était arrivé la veille par le train, dans la soirée. Son premier jour de tournage serait aussi le dernier de toute l'équipe. Le film se terminerait par une scène de baiser. « Je chante un baiser, je chante un baiser osé, sur mes lèvres déposé... je chante un baiser... » Sauf que Mathieu était affublé d'un appareil avec des brackets plein les dents. François avait l'air de s'en amuser, et prenait plaisir à refaire les prises, des prises de plus en plus longues, interminables... avant d'annoncer le coupé. Le tout dernier moteur, action, et coupé du tournage.

François devait encore « apprendre à finir », il retardait cet instant autant qu'il le pouvait, celui où toute l'équipe applaudirait, satisfaite. Un nouveau film en boîte, une belle histoire menée sans encombre, un tournage plutôt agréable, abstraction faite des sautes d'humeur du metteur en scène, ses coups de gueule légendaires, visant en priorité l'accessoiriste et le chef opérateur, sans oublier, bien sûr, les assistants.

Quand Muriel se glissa timidement dans la chambre de François, il était très tôt, le jour se levait à peine. Ils avaient dansé toute la nuit, jusqu'à ce que la fête se termine. Les comédiens étaient tous rentrés à l'hôtel. Seule une poignée de techniciens continuaient de boire et fumer dans un coin, les régisseurs s'étaient endormis dans des fauteuils, gisaient sur le tapis ou les canapés du décor. Serrés les uns contre les autres, ils ressemblaient à des frères et sœurs qui, à la faveur d'un samedi soir, auraient veillé trop tard, des gosses oubliés devant la télé qu'on n'avait pas eu le courage de mettre au lit. Étonnés d'être là, ils se réveilleraient d'ici quelques heures, d'un sommeil noir, sans images.

Les fins de tournage resteraient toujours une épreuve pour elle, même lorsqu'elle serait passée derrière la caméra. Comme les enfants qui redoutent la séparation, elle n'aimait pas dire au revoir, il était tellement plus simple de disparaître. C'était pourtant ce qu'elle était en train de faire, laissant son amant la pénétrer une dernière fois, dans ce lit où elle s'était allongée si souvent, à défaut de s'y abandonner.

Rien ne fut différent des nuits précédentes, elle n'éprouva aucun plaisir, même si elle donnait l'impression du contraire. Mais elle se sentit presque heureuse, réconfortée du moins, en s'endormant dans ses bras. Il voulait la revoir à Paris. Là-bas, croyait-elle, elle aurait la force d'esquiver, et puis elle s'inscrirait dans une école de cinéma pour suivre une autre formation. Tout cela, elle l'écrivit dans un cahier. Un grand cahier à couverture jaune qu'elle prit soin de jeter dans la mer, avant de partir. Il flotta longtemps sur le dos. Éclaboussée par l'écume des vagues, l'encre sur les pages commençait déjà à disparaître, « je chante un baiser », et puis il s'enfonça doucement dans l'eau, cette histoire n'existerait pour personne, « je chante un baiser osé »…

Le départ fut triste et joyeux à la fois. Elle pleurait à chaudes larmes, imitant ses partenaires, bien qu'intérieurement elle fût soulagée à l'idée de ne plus revenir dans la maison. À la tombée de la nuit, elle n'arpenterait plus le port désert pour rentrer dîner à l'Hôtel des Roches. Son cœur atrophié, écrasé dans sa poitrine depuis des mois, recommençait à s'ouvrir à l'approche du départ, se déployait pour reprendre sa place, car cette route qui l'emmenait inlassablement depuis près de deux mois vers chacun de ces lieux, le vieux port, l'hôtel, la forêt et le chemin de la plage, elle ne l'emprunterait plus.

Vingt ans plus tard, alors qu'elle était de passage dans la région, elle ne put s'empêcher de faire un détour, de suivre à nouveau la route en lacet sur la corniche pour revoir la maison. Elle était abandonnée, la végétation commençait à envahir le salon – problème d'indivision, lui expliqua plus tard le barman au café du coin. À travers la baie vitrée, elle pouvait deviner la place du piano, où elle avait mimé le morceau de Bach, le prélude numéro 6 entendu dans la voiture. La fa ré la fa ré ré si sol si… Enjambant un tas de détritus et de morceaux de bois, Muriel parvint à se frayer un chemin parmi les herbes hautes pour longer la façade. Elle escalada une grosse pierre contre le mur, d'où elle apercevait la cuisine. Elle resta perchée un long moment, à regarder par la fenêtre. Elle se voyait à la table, improviser avec les autres, manipulant consciencieusement les accessoires d'une scène de déjeuner. Et dans le jardin, face à la mer, elle les entendait jouer comme autrefois, libres, aussi excités que les gamins d'un club de vacances. Leurs rires et leurs cris résonnaient devant la maison vide, sans vie, ou peut-être juste endormie, bientôt envahie par les ronces.

« Sur le chemin des dunes, je chante un baiser… » Avant de partir, Muriel s'élança une fois encore vers le sentier côtier, pour contempler la baie, et voir renaître certains souvenirs. Arrivée au bord de la falaise, elle retrouva un peu de sa peur et de son désarroi :

Ce jour où elle avait compris qu'elle n'y arriverait pas, qu'elle ne s'opposerait pas à François ; ses interminables discours à la recherche d'une échappatoire, qu'elle peaufinait des heures durant, se demandant s'il valait mieux les dire ou les garder pour soi, n'existeraient finalement que pour elle.

Le soir où, malgré tous ses efforts, elle avait réalisé qu'elle ne ferait jamais partie du groupe. Elle faisait ce qu'il convenait pour donner le change, d'instinct, sachant combien il était nécessaire de se forcer à rire, d'essayer d'en être un peu malgré tout. Mais le cœur n'y était pas, et les autres préféraient conserver leurs distances.

Dès qu'elle parvenait à s'échapper, elle venait sur ce chemin respirer l'air du large. Si seulement elle n'avait plus aucune obligation, elle s'installerait sur ce rocher. Comme ce serait bon que personne ne se soucie plus de sa présence ! Elle pourrait s'attarder jour et nuit à regarder la mer, l'observer changer de couleur au gré d'une éclaircie, admirer ces bandes turquoise, vert sombre, ou bleu foncé découper l'immensité grise de l'océan.

Sur une vague, un papier flottait, elle imagina que c'était une page de son cahier.

L'avait-elle jeté dans la mer, ou avait-elle préféré brûler ces souvenirs en rentrant à Paris ? Impossible de l'affirmer avec certitude, ce dernier chapitre restait flou, comme dans un rêve. On ne lui reprocherait pas, en tout cas, d'en avoir trop dit. Mieux valait porter ses secrets jusqu'à la mort. De là, d'ailleurs, venait certainement l'expression « être une tombe », car d'un autre côté, il était aussi fort probable qu'à force de les taire tous ces secrets accumulés refusent de disparaître, et que ce grand silence ne finisse bel et bien par vous étouffer.

Muriel ne craignait qu'un seul supplice : lire l'incompréhension dans le regard de son interlocuteur. Elle ne racontait donc rien de son histoire, à personne. Surtout pas à un enfant ! Elle préférait que le monde du cinéma ne soit entaché d'aucune triste réalité, que Ziad continue de rêver, qu'il puisse toujours entrer dans une salle obscure avec la certitude d'y trouver un abri, à l'écart ou bien entouré, et qu'à l'heure de la séance, il retrouve ce plaisir intact, quand tout s'éclaire sous la lumière des projecteurs, et qu'apparaît l'assurance d'une vie meilleure, là où la solitude n'existe pas.

Le Cahier

C'était dimanche et, derrière l'immeuble, sur la place, les cloches de l'église appelaient avec insistance les fidèles à la messe. Inutile de chercher un magasin ouvert, il restait forcément un paquet de spaghettis et quelques biscottes au fond du placard. Muriel fit tourner un concert de Chet Baker sur la platine. La musique remplaçait le soleil inexistant en ce triste mois d'octobre, et la lumière, prise au piège au-dessus des nuages pollués de la banlieue parisienne.

Toute la matinée, elle erra dans l'appartement en quête du Cahier, sans succès. Elle exhuma en revanche un DVD du film de François. Elle hésita de longues minutes devant le lecteur, et se décida finalement à en visionner deux ou trois scènes.

Le film au titre pompeux, *La Force des choses*, avait mal vieilli. Le jeu faussement naturel des acteurs ne séduirait probablement plus personne. Tout allait si vite, encore une bonne vingtaine d'années et ce serait son tour d'être un de ces vieux disques qu'on écoute, amusé. Elle regretta de s'être moquée des Gérard Philipe et des Louis Jouvet, au ton nasillard et ampoulé, figés à tout jamais dans des enregistrements d'une autre époque.

Son image surtout l'étonna, son visage était gonflé comme une grosse pomme, ses joues si rondes, ses cheveux roux incroyablement longs et touffus. Elle ressemblait à un poupon maladroit, à la démarche fragile, hésitante. La jeune actrice se déplaçait en précipitant son corps en avant, comme si son buste était la proue d'un navire. Quel danger prétendait-elle fuir ou affronter pour se projeter ainsi ? À moins que cette étrange posture ne trahisse, au contraire, son désir de vivre enfin quelque chose, de s'y exposer tout entière à commencer par la tête, les épaules, la poitrine.

« Tu m'as manqué… » Muriel ne reconnaissait pas sa propre voix, au timbre d'enfant, si aiguë et si faible, presque un murmure. La fille sur l'écran était une autre : un petit personnage emprunté, un être immature, de porcelaine. Bien sûr qu'on avait envie de l'étreindre, de le rassurer, mais jamais il ne vous serait venu à l'idée de le posséder, de lui faire l'amour. Peut-être fallait-il regarder les femmes, les adolescentes en particulier, avec les yeux de François pour connaître un tel désir, voir le monde à travers eux ?

« C'est toi ! Tu m'as fait peur… » La comédienne ne savait pas quoi faire de ses bras, elle aurait sans doute apprécié avoir des poches à son costume pour y glisser ses mains. Elle les laissait pendre comme si elles appartenaient à quelqu'un d'autre, des mains tantôt curieusement ouvertes, tantôt rassemblées en prière dans une attitude convenue, pour ne pas dire crispée. Que pouvait-on attendre d'elle ? Ce n'était qu'une jeune fille mal dégrossie… Qu'avait-elle à offrir ? Après tout, peut-être que le cinéaste, plus modeste que les apparences ne le laissaient croire, savait, dans ce domaine, se satisfaire des circonstances. Peut-être souhaitait-il seulement l'avoir à ses côtés, avec l'espoir de voir la tension du tournage s'atténuer durant quelques heures ? En sa compagnie, il n'avait plus peur d'échouer. Sa fragilité effaçait la sienne. Il rêvait de l'avaler, l'avaler toute crue.

Paradoxalement, grâce à cette candeur, il n'y parvint jamais, ni lui, ni aucun autre, tous ratèrent leur cible. Ce qui les avait d'abord attirés, fut aussi ce qui permit à Muriel de leur échapper, toujours. Comme un habit, son innocence la protégeait des déceptions et des souillures. On avait beau le lui arracher, il se reconstituait d'une étoffe plus solide encore…

Sur la pellicule, seule la maison paraissait l'avoir compris. Tel un ancêtre empli de douce sagesse, elle se dressait dans le jardin, à la fois proche et lointaine, les fenêtres de ses yeux la fixant calmement avec empathie.

22 nov 2017 à 16 : 12

— Allô ? Allô ? Je t'entends très mal... Tu pleures ? Qu'est-ce qui se passe ?

— Je sors d'un examen... Ça s'est très mal passé...

— Isabelle, écoute-moi, calme-toi ! Quel examen ? Où tu es exactement ?

— Je sors d'un scanner, il va falloir que je fasse une IRM... N'en parle à personne, hein ? Tu me jures que tu gardes ça pour toi ? Apparemment, j'ai un sale truc... un anévrisme. Le type était nul, il paniquait, c'était un jeune, un débutant... Pourquoi ils nous foutent des débiles pareils ?! Il n'a pas été foutu de me dire si c'est vraiment grave ou pas... Il était tellement paumé qu'il voulait appeler un pote à la Salpêtrière, t'imagines !

— Écoute-moi, tu rentres dans le premier café que tu vois, j'arrive...

— Mais tu ris là ? C'est pas vrai... Michèle, tu te fous de moi ou quoi ! ?

— Pardon... excuse-moi, c'est nerveux.

— Mais c'est horrible, putain ! Te marre pas, il y a rien de drôle, je t'assure !

— C'est toi, quand tu me parles du médecin... Pardonne-moi. J'arrive, d'accord ?

— Non, c'est bon, je préfère marcher, j'ai besoin de marcher...

— J'aimerais te rejoindre, Isabelle, s'il te plaît... S'il te plaît, dis-moi juste où tu es ?

...

— Allô ? Allô ?

...

Lorsque je rappelai mon amie pour lui donner des nouvelles, plusieurs jours déjà s'étaient écoulés. Nous nous retrouvâmes dans un de nos salons de thé habituels. Elle m'observait : est-ce que j'avais changé ? Mon visage affichait des expressions contradictoires. Je savais, pour l'avoir scruté dans la glace le matin même, qu'il était à la fois plus dur et plus ouvert. Quand elle osa enfin, avec précaution, me demander comment je me sentais, je réfléchis un bref instant, puis, avec un sourire – qu'elle eut l'air de trouver bizarre –, je lui répondis en citant un proverbe indien : « Que la mort soit toujours assise à côté de toi. Ainsi, quand tu devras faire des choses importantes, elle te donnera la force et le courage nécessaires. » J'avais soif, mais j'aspirais de l'air, ma tasse était vide. Michèle fit signe au serveur d'apporter un autre thé, et nous changeâmes de sujet.

Le secret

Jusqu'ici, la journée avait été d'une banalité exemplaire. Bertrand l'avait observée de loin, fournissant le service minimum. C'était comme rouler trop longtemps sur l'autoroute. Rien pour déranger la monotonie de chaque instant, l'atmosphère ouatée du bureau, sa petite musique répétitive.

De 9 heures à 7 heures du soir, ses collègues lui avaient livré une parfaite image d'eux-mêmes, lançant à intervalles réguliers leurs lots de réflexions convenues, de blagues et phrases toute faites. À l'heure exacte, il avait refermé son ordinateur pour s'engouffrer dans l'ascenseur du 14e étage. Il avait hésité à prendre le métro bondé, et s'était finalement convaincu de rentrer à pied. Il avait l'impression de dormir en marchant, d'être ailleurs, mais où ? Retranché dans un coin obscur de son cerveau, son esprit, son moi véritable, patientait dans l'ombre. Ses rêves, semblables à de vieilles plantes rabougries, moisissaient là, se croyant probablement à l'abri dans son corps d'homme sain, actif, et pourtant déconnecté. Il se mit à pleuvoir, alors il se réfugia dans un café, but une bière ou deux, en ne pensant à rien, puis rentra, sans même s'en rendre compte.

Cette douce léthargie vola en éclats dans le hall de l'immeuble, quand la voisine l'invita à partager l'ascenseur. Elle avait l'air réjouie d'être tombée sur lui. Ce qui l'étonna – d'habitude, elle prenait la fuite lorsqu'on la croisait dans les parties communes. Comme un voleur en cavale, pas vu, pas pris, elle rasait les murs, s'appliquant à rester transparente. La femme invisible… *Les gens timides*, pensa Bertrand, *dès qu'ils se mettent à parler, c'est presque impossible de les arrêter.* « J'étais en voiture. Ça roulait mieux que d'habitude. Vous avez remarqué qu'il n'y a presque pas d'embouteillages, ce soir ? » Elle enchaîna, fébrile, sans attendre son avis sur la question… « Et tout à coup, à la sortie du tunnel qui longe la Seine, on s'est retrouvés à l'arrêt. J'avais seulement deux ou trois voitures devant moi, c'était rageant car juste après la voie était libre… Derrière, c'était un concert de klaxons, j'en avais plein les oreilles. À croire que, dans la première voiture de la file, le type s'était endormi au volant ! Heureusement, un scooter a réussi à slalomer jusqu'à lui, et a pris la peine de s'arrêter pour jeter un coup d'œil à l'intérieur. Effectivement le coupable dormait, il dormait pour de bon ! Le motard avait beau taper sur la vitre, sur le capot, crier pour le réveiller, le conducteur ne bougeait pas. C'est à ce moment-là que je suis descendue à mon tour, pour en avoir le cœur net. Arrivée à sa hauteur, j'ai seulement eu le temps de voir le corps du conducteur endormi tomber sur le côté. Il était mort… »

La voisine, de plus en plus rouge, referma sur eux la porte de l'ascenseur, puis se cala au fond de la cabine. Elle tenait ses mains serrées, probablement pour les empêcher de trembler.

Bertrand eut soudain l'impression que cette histoire était la sienne, ou plutôt qu'elle ne tarderait pas à lui arriver. Ce corps sans vie, s'inclinant sur le siège passager, ne surgissait pas dans sa petite existence par hasard. De la façon la plus limpide, il représentait une sorte d'avertissement. Si le destin avait voulu qu'il croise la voisine ce soir-là, bouleversée par cette sombre histoire, c'était uniquement pour le prévenir.

Voilà deux mois, jour pour jour, qu'il vivait avec une petite bosse dans une artère de son cerveau, une bombe de quelques millimètres qui pouvait éclater n'importe quand, lui laissant une chance sur deux de continuer à vivre, et une sur quatre d'être paralysé.

On lui avait diagnostiqué « un anévrisme large, englobant les deux branches de la bifurcation sylvienne », trop dangereux à opérer, il allait devoir vivre avec. *Au moins, je sais de quoi je vais crever !* se répétait-il, faussement détaché, il faut bien mourir de quelque chose. N'était-ce pas préférable, après tout, à un cancer ? Il refusait catégoriquement l'idée qu'on puisse cumuler. La vie n'est pas si tordue, elle est ennuyeuse, prévisible, à l'image de ces interminables journées, elle manque souvent d'imagination. *Ou alors c'est moi ? C'est moi, ou cette femme me comprend, sait précisément de quoi je parle, et plus surprenant encore, de quoi je ne parle pas ?* Il n'avait raconté son secret à personne, inutile d'inquiéter qui que ce soit. Et contre toute attente, voilà qu'une quasi-inconnue pleurait avec lui, qu'ensemble ils se questionnaient sur la mort. Elle était pourtant bien vivante, ses cheveux rouges comme son écharpe ruisselaient dans l'ascenseur, pour former une petite flaque sur le côté, qui s'élargissait. Son corps tout entier s'était mis à trembler sous son imperméable. Elle semblait épuisée, les mains accrochées au manche d'un parapluie qui s'était manifestement retourné sous le vent et la pluie battante de ce mois d'avril. Elle lui faisait penser à une musique douce, et subitement *allegretto* avec ce vibrato qui lui remuait le cœur, agitant au plus profond un désir qu'il n'avait pas connu depuis des années.

Avec une émotion qu'elle ne cherchait plus à dissimuler, la voisine lui parlait de ses craintes. « Sans battre, combien de temps pensez-vous qu'un cœur puisse tenir ? Chaque minute compte, paraît-il, mais combien faut-il en perdre exactement pour que ce soit trop tard ? » Elle lui confia avoir prié en voyant l'ambulance s'éloigner. Mais, face à lui, dans l'ascenseur, elle se trouvait puérile. Sa peine, à présent, lui paraissait ridicule, bien inutile. Le pauvre homme avait cessé de respirer, c'était trop tard. Comment pouvait-elle imaginer qu'une prière puisse le sauver ?

Tandis qu'elle s'interrogeait, Bertrand se projeta de nouveau dans le tunnel en plastique blanc. Durant quelques secondes, il se remémora sa tête enserrée dans un casque troué, essayant de respirer normalement. Au-dessus de lui, comme dans un cabinet de dentiste, flottaient des cercles de lumière aux reflets irisés, trop vifs, qui l'aveuglaient. Malgré sa curiosité, il avait décidé de garder les yeux fermés. Les boules Quies, cadeau de l'infirmière, n'atténuaient ni les hurlements des sirènes ni le bruit du marteau-piqueur.

Régulièrement, ces rythmes irritants s'interrompaient. S'ensuivait un bref silence, chassé aussitôt par un vent violent. La bande-son, pleine de bourrasques, lui donnait l'impression d'être en haute montagne, non loin d'une avalanche. Des échos de l'effondrement se répercutaient sur les parois alentour.

En arrière-plan, comme dans un rêve, une sonnerie de téléphone, occupée. Quelqu'un cherchait probablement à le joindre, sans succès.

Il ne répondrait pas.

Qu'espérait-on lui faire dire ? Sa tête était chaude, comme si on l'avait passée au gril, tandis que le reste de son corps restait glacé.

Le silence dura, le vent s'apaisa, il put enfin sortir du sarcophage, l'IRM était terminée.

Le type qui était en charge d'analyser ses résultats l'appela une heure plus tard, en panique. Bertrand s'étonna qu'il ne cherche pas davantage à masquer son trouble. Un médecin est censé faire ça. Il avait dû tomber sur un stagiaire qui se faisait passer pour son supérieur hiérarchique. Lui avait-il emprunté sa blouse ? Avait-on exigé, par manque d'effectifs, que ce jeune interne remplace au débotté un vrai spécialiste ? L'imposteur se mit à bafouiller en lui montrant les images, fit un zoom : « Ici, vous voyez, regardez, la grosseur est très nette, la veine se gonfle jusqu'à former une poche, un petit sac qui part sur le côté, je devrais peut-être appeler un ami à la Salpêtrière. Vous permettez que je contacte quelqu'un ? Vous avez mal ?... Là, tout de suite, vous avez mal ? Plus que d'habitude ? Sur une échelle de un à dix, où situez-vous la douleur ? »

Bertrand essayait, au contraire du médecin débutant, de maintenir ses émotions à distance, pour ne pas se dissoudre sur place. Malgré les circonstances accablantes, il était essentiel de garder son sang-froid, voire un peu d'espoir. Une réplique de Roméo à Juliette qu'il avait étudiée à l'école, plus d'une trentaine d'années auparavant, lui revint en mémoire : « *It is your fear that frightens me.* »

« Je suis désolé, monsieur, mais je ne sais pas très bien comment procéder, vous devriez aller directement à la Pitié, il y a un excellent service là-bas. »

Épée de Damoclès, explosion dans la tête, coup de tonnerre, douleur intense inhabituelle, séquelles, paralysie, hématome compressif, poser des spirales, un clip sur le collet, par le tronc basilaire, vasospasme, hydrocéphalie… Il se promit de ne plus interroger Internet, après tout, si l'on en croyait les chiffres, un pour cent de la population au moins possédait un anévrisme comme le sien, et la plupart l'ignoraient.

Mais quand on savait, comment l'oublier ?

À la Salpêtrière, on lui expliqua que, dans son cas, il n'existait aucun traitement, excepté de vérifier tous les six mois que la poche de sang n'avait pas bougé : vous devez vivre avec, ne plus y penser, tout simplement. Oublier.

Chacun s'arrange avec la mort, chacun s'efforce de repousser l'idée le plus loin possible, certains s'y appliquent même plusieurs fois par jour, pour ne pas succomber à la panique. Il y était parvenu comme tout le monde, jusqu'à aujourd'hui. Il avait toujours feint l'insouciance avec talent, maîtrisait parfaitement l'art de s'imaginer immortel. Il ne tenait aucun compte de sa propre finitude, tablait sur sa chance, sans craindre l'impartialité du destin. Il mangeait bio, se méfiait des pesticides, des phtalates, des perturbateurs endocriniens, s'appliquait à fumer moins, et projetait même d'arrêter dans les prochaines semaines, il buvait modérément, un ou deux verres au dîner, jamais plus, comptait ses pas dans la rue, son rythme cardiaque à l'aide de bracelets connectés, contrôlait son sommeil… Un peu plus de ceci… un peu moins de cela… il faisait des efforts, chaque jour des tas d'efforts… Mais parfois, il lui arrivait de perdre courage. Tous ces trompe-l'œil ne servaient à rien. Quand l'heure sonne, il faut y aller. Mais quand ? Combien d'années encore ? Combien de temps ?

Ces interrogations douloureuses lui en rappelaient d'autres. La toute première, la timide question qu'il avait posée, enfant : « Est-ce que tu m'aimes ? », destinée à sa mère. À l'époque, un mot suffisait à l'apaiser. Mais, peu à peu, il s'était mis à exiger des preuves.

Tout au long de sa vie amoureuse, la question n'allait plus jamais seule, elle s'accompagnait d'une cohorte de plus en plus pressante et intrusive : « Tu m'aimes vraiment ? Pour toujours ? En as-tu aimé beaucoup avant moi ? Davantage que moi ? » L'échange badin se transformait vite en examen cruel et désolant, une explication en appelait une autre, comme autant de mises en demeure : « En ce moment précis, tu es absolument certaine de n'aimer que moi ? » ou, plus insidieuse : « Crois-tu qu'il soit possible d'aimer deux personnes à la fois ? »

Plus tard, ce qui le préoccupa au point d'y sacrifier presque tout son temps, toutes ses forces, ce fut combien : « Combien je gagne, combien je vaux ? Un peu, beaucoup ? Suffisamment pour vivre et faire vivre les miens, oui, mais combien ? En réalité, de combien ai-je besoin ? » Il s'aperçut que cette variable, quoi qu'il en dise, échappait à son contrôle. Plus confortablement il paraissait installé, plus ses désirs se muaient en d'impérieuses nécessités. L'urgence de posséder grandissait sans cesse, telle une montagne enneigée dans le paysage, l'unique route en lacet avait beau l'y conduire, kilomètre après kilomètre, le glacier demeurait toujours aussi lointain. Il s'en rapprochait, bien sûr, par instants, mais la distance se reformait aussitôt, à la faveur d'un nouveau virage. Comme le rayon vert sur l'océan, le sommet blanc restait un mirage inaccessible. *L'horizon n'est pas fait pour être atteint. Voilà pourquoi on ne se lasse pas de le regarder.*

Puis vint l'ultime question, celle qui l'accaparait aujourd'hui : Combien de temps reste-t-il ? Je ne compte plus les parents, les amis disparus autour de moi, et j'aimerais tant posséder à nouveau une vie entière... la vie devant moi. Il était prêt à transiger... la moitié, le quart d'une vie ?

Peu importe ce qu'on lui laisserait, il n'était plus ce trentenaire exigeant, il s'adapterait. Une petite dizaine d'années ferait l'affaire, un an à peine, s'il pouvait le vivre comme pendant les grandes vacances, quand il avait dix ans. Ces longs mois d'été se déployaient à l'infini, semblables au champ qui s'étalait à perte de vue devant la maison. La journée entière ne suffisait pas à le parcourir ; des heures à se cacher dans ses sillons, à sauter entre les tiges de maïs, à courir à perdre haleine, sans que rien ni personne songeât à l'arrêter, jusqu'à s'écrouler, la gorge sèche. Les cheveux fins, si légers, qui, d'ordinaire, flottaient au-dessus de son front comme une couronne, restaient collés sur sa tête, trempés de sueur. Et il finissait par s'allonger, vaincu, une joue contre la terre brûlante.

Les siestes s'éternisaient dans la chaleur moite de la chambre, il regardait les minutes s'enrouler lentement dans le grand cercle de l'horloge, il observait les rayons de lumière se glisser entre les rideaux, il aimait suivre des yeux la poussière qui dansait à l'intérieur, ses milliers de particules blanches virevoltant dans tous les sens. Il n'y avait rien d'autre à faire, que d'admirer les mouvements des paillettes qui se mélangeaient dans l'air, et l'été durait toute la vie. Le temps alors se consommait sans modération. L'enfant l'aurait même offert au premier venu, s'il le lui avait demandé, ce temps qu'il trouvait trop long, ennuyeux. Certains soirs, au milieu des adultes, il en devenait presque inquiétant, interminable... Bertrand espérait passer à autre chose le plus vite possible, devenir grand pour sortir enfin de cette éternité.

Et il en était sorti, en courant, sans se retourner.

Dans un sursaut, l'ascenseur s'arrêta au cinquième étage. La jeune femme dut s'y prendre à plusieurs reprises pour ouvrir sa porte d'entrée, puis elle s'éclipsa sur le côté pour le laisser passer. Il s'aperçut qu'il laissait de grosses traces humides en marchant sur le parquet. Toute l'eau du parapluie s'était déversée sur sa chaussure. Il lui demanda donc la permission de se déchausser, sans réaliser qu'il portait des chaussettes trouées – elles l'étaient toutes d'ailleurs, avec plus ou moins d'avancement. Bertrand essaya de les cacher en empilant un pied sur l'autre. Dans cette posture étrange, il devait avoir l'air d'un gamin timide, d'un pauvre gosse attendant patiemment qu'elle le rejoigne dans le salon.

Muriel ne tarda pas à revenir de la cuisine, apportant un café et un grand verre d'eau qu'elle but d'une traite, à grosses gorgées, avant de s'asseoir à son tour près de lui. Juste à côté. Pas à l'autre bout du canapé, mais de sorte à n'avoir qu'à tourner la tête pour l'embrasser.

Et, pour la première fois depuis la sortie du sarcophage, il n'y pense plus. Il a oublié l'excroissance – cette balle calibre 12, qu'on trouve dans les vieux fusils de chasse – 12 mm de sang dans sa tête, prêts à exploser. Il la regarde, elle et sa peau transparente, si lisse. Ses joues tremblent un peu, ses longs cils s'agitent, on dirait les ailes d'un insecte fragile, effrayé. Ils se serrent l'un contre l'autre, sans parler. Plus tard, sans doute, parviendront-ils à se détacher, mais pas tout de suite, pour l'instant ils se respirent, indissociables, comme deux pièces complémentaires d'un jeu de construction, avant de se défaire. Et de se séparer, puisqu'il le faut bien.

Pensées aimantées 2e

« J'ai marché dans une flaque.

— C'est malin ! Elles sont trempées… Je les mets sur le balcon, elles sécheront plus vite.

— Merci. Il dort mon garçon ?

— Oui, depuis longtemps !

— Ah, pardon. Il est si tard que ça ?

— Oui. On ne t'attendait plus. Il y a une assiette pour toi dans le frigo. Fais ce que tu veux, mais moi je vais me coucher…

— Je traîne un peu, et je te rejoins.

— N'oublie pas d'éteindre.

— Quoi ?

— Avant de te mettre au lit, éteins ! N'oublie pas, s'il te plaît.

— J'oublie pas. »

Il préfère couper la lumière directement. Au moins, il est sûr de ne pas la laisser allumée en partant – *Anne ne manquerait pas de m'en faire la remarque.* De toute façon, il aime bien rester dans le noir. Avant de s'endormir, il observe la réverbération des phares se glisser derrière les volets jusque dans la chambre. Tous les soirs, il contemple ces dessins bizarres, les ombres géométriques qui se reflètent au plafond.

Pourquoi pense-t-il soudain à son père et à sa mère ? Peut-être à cause de Muriel… Ou à cause de ce bonhomme en forme de triangle et de la petite ligne à côté, qui glisse près de lui sur le mur. C'est ainsi qu'il les dessinait quand il était enfant… Quel couple étrange ils formaient ! Sa mère, si frêle, si petite entre ses bras, et lui, immense, un peu voûté, les épaules enroulées à l'intérieur, comme s'il voulait protéger quelque chose, ou simplement cacher son ventre trop rond et trop mou. Quand ils dansaient, il la dépassait d'au moins deux têtes, malgré les talons compensés qu'elle portait par tous les temps. Quelle que soit la musique, lente ou animée, son père, imperturbable, suivait son propre rythme, agitant ses bras dans tous les sens comme des tentacules, un homme en train de se noyer essayant désespérément d'attirer l'attention des sauveteurs sur la plage. Sa femme ne semblait pas en être affectée. Plus d'une, sans doute, aurait préféré quitter la piste plutôt qu'être si mal accompagnée. Elle, excellente danseuse, libre et gracieuse, acceptait d'être bousculée par ce grand corps agité de soubresauts, sans jamais s'agacer de ses maladresses, ni chercher à rectifier sa drôle de trajectoire.

L'expérience des billes rouges

Bertrand embrassa son fils dans les cheveux, caressa le bras d'Anne en passant, un geste rapide, accompagné de la formule habituelle : « Bonne journée ! J'espère rentrer avant huit heures ce soir… » Et la porte claqua fort derrière lui, les laissant seuls au milieu du petit déjeuner.

Il était parti tôt ce matin-là. Une réunion importante. En réalité, il avait besoin de marcher. Il se rendrait à pied à son travail, tant pis s'il prenait le risque d'arriver en retard.

Bertrand avait d'abord été consultant indépendant, mais après la crise des subprimes et le krach de l'automne 2008, ses perspectives d'évolution étaient rapidement devenues aussi minces que l'épaisseur d'un papier à cigarette. Il s'était donc orienté vers de nouvelles techniques participatives, avant d'intégrer une multinationale. À présent, son métier consistait à faire du management collaboratif pour différentes filiales, une notion floue englobant toute sorte de tâches, telles que consolider les process internes en misant davantage sur la flexibilité. Contrairement à la perception « X » fondée sur les modèles rationnels de la théorie de McGregor, le renouveau managérial reposait sur un état d'esprit « Y ». Plus classiquement, ce qui importait pour Bertrand, c'était de *créer de la fierté et de la joie dans le travail*, ainsi que le professait son modèle, le vieux statisticien W.E. Deming, avec « son expérience des billes rouges ». Sa priorité était donc d'éviter le « concept de notation », en prenant plutôt appui sur l'affectif, pour que chacun puisse s'attacher à la Compagnie comme à une famille, et accomplisse jour après jour son devoir avec plaisir et dévotion. Pour la plupart des employés, cela signifiait y consacrer plus de temps que nécessaire, sa vie entière s'il le fallait. Du moins jusqu'à atteindre la catégorie Senior, toujours considérée comme peu adaptable. Bertrand lui-même se demandait parfois si l'on pouvait mesurer un écart positif entre son coût salarial et sa propre productivité. Il avait d'ailleurs commencé un tableau Excel sur le rendement des générations vieillissantes au sein du Groupe, avec plusieurs graphiques comparatifs sur la contribution « des quarante ans et plus » à la productivité dans chaque entreprise, mais ne l'avait jamais achevé.

Sur le chemin, en évitant un pigeon mort sur le trottoir, surgit la pensée qu'il vivait peut-être sa dernière semaine. Et si le Grand Départ était fixé au jeudi suivant ? Devait-il se résigner à traverser ses dernières journées avec le même ennui, la même impatience, déjeuner à la même table dans le même restaurant, écouter distraitement les uns et les autres, puis boucler deux, trois dossiers en souffrance, et rentrer chez lui à la tombée de la nuit, alors qu'il ne lui restait qu'une poignée de jours à vivre ?

Tandis qu'il s'approchait du numéro 1 – baptisé Tour Sequoia par la municipalité, tel un arbre de verre monumental surplombant le boulevard circulaire de ce quartier d'affaires où se côtoyaient des millions de mètres carrés de baux commerciaux, et une des plus grandes enseignes commerciales d'Europe –, les rues commençaient lentement à s'animer. La petite dame sèche en manteau gris qu'il croisait tous les jours à l'arrêt de bus savait-elle qu'elle ne fêterait pas la nouvelle année ? Au-dessus de chaque visage, comme sur une étiquette promotionnelle de supermarché, Bertrand croyait voir une date avec le décompte précis du temps imparti. L'hallucination faisait monter en lui une révolte pleine d'angoisse. Son corps tout entier s'était mis à trembler, sous son manteau demi-saison, son pull était trempé. Le flic au rond-point : quatre ans, deux mois et dix-sept jours, la femme au parapluie : quinze ans et demi, le marchand de journaux tiendrait encore son kiosque une bonne vingtaine d'années, mais le couple qui traversait la rue ignorait que dans un an, trois semaines et des poussières, l'un d'entre eux aurait disparu, quant au cocker qui s'apprêtait à pisser sur le mur d'en face, il pouvait bien le regarder d'un air navré, la pauvre bête n'en avait plus que pour six mois.

On ne pouvait pas rester ainsi, endormis, se répétait-il anxieusement alors que surgissaient partout de nouvelles étiquettes. Il était urgent de faire quelque chose de ces heures précieuses, aimer, réaliser un rêve. Il envia les artistes qui laissaient une œuvre derrière eux, l'architecte dont l'immeuble garderait la signature gravée dans la pierre pour des centaines d'années, l'homme politique dont la rue ou la place porterait le nom, l'acteur disparu depuis un demi-siècle dont on continuerait de parler dans les journaux. Lui, que laisserait-il ? Aucune preuve de sa présence, rien de son passage ici-bas, pas une seule pensée à imprimer sur le monde ? Son fils n'aurait bientôt plus besoin de lui. Il ne partageait pas ce défaut répandu des parents au tempérament ambitieux, pour ne pas dire narcissique, qui considèrent leur progéniture comme une simple continuité d'eux-mêmes, à laquelle il revient donc de réussir là où ils ont échoué. De toute façon, à part sa peau plus foncée, l'enfant ressemblait à sa mère. Sans elle, il n'avait rien créé.

Seul, qu'avait-il à offrir ? Pouvait-il encore transformer ces heures vaines en quelque chose de significatif ? Après avoir laissé sa modeste contribution, s'en aller serait moins pénible, il en était certain. Peut-être même, partirait-il heureux ?

Mais comment s'y prendre ? Il n'en avait pas la moindre idée. Cette constatation douloureuse aurait dû le pousser à vivre chaque instant plus intensément. Face au vide de son esprit, il ressentait au contraire le désir impérieux de rentrer à la maison, et de dormir. Il se retint de faire demi-tour, dépassa les tours Pacific et Belvédère pour pénétrer dans son building de trente-trois étages, où il ne s'égarait jamais – bien que chaque couloir, chaque salle de réunion y soit parfaitement identique, et, plus périlleux encore, chaque porte sans numéro. Dans le hall, il croisa un collègue plus jeune qui, se détournant de l'hôtesse d'accueil, lui glissa d'un ton obséquieux : « Tout va bien, monsieur Alaoui ? Quoi de neuf ? » Bertrand hésita à balancer deux, trois anecdotes sur la réunion de la veille, mais choisit cette fois de se taire. Oui, quoi de neuf ? Il aurait tant aimé répondre : tout !

À l'heure du déjeuner, il retrouvait régulièrement certains collègues dans un restaurant à quelques encablures de là. Il s'y dirigea sans enthousiasme. La nourriture du Self's Canto était bon marché, copieuse, quoique souvent lourde et grasse, un choix de trois plats principaux pour une quinzaine d'entrées : macédoine de légumes, salade niçoise, tomates-feta baignant dans l'huile, assiettes de charcuterie avec ou sans terrine… La serveuse, affublée d'une charlotte en plastique disgracieuse, le salua en lançant ses plaisanteries habituelles. « Prenez le poisson, Bertrand, je viens de le pêcher pour vous dans mon congélateur… » Sa capacité à oublier l'endroit où elle se trouvait – un local sans charme, recouvert d'une peinture verte qui donnait à l'ensemble un aspect douteux – forçait le respect. Il hésita à prendre un jambon sauce madère, et se décida finalement pour le taboulé, accompagné du poisson congelé à 7,95 euros. En payant, il se promit d'être plus aimable avec la cantinière. Sans son bonnet de douche sur la tête, elle serait plutôt jolie… Il se projeta un instant dans ses bras, entièrement nu, à l'exception du bonnet transparent, qu'il avait comme elle enfoncé jusqu'aux yeux. Mais l'image de son crâne à moitié chauve, emprisonné dans ce préservatif géant ne déclencha pas le rire escompté. Cette copulation imaginaire fit même aussitôt retomber son excitation. Si seulement quelqu'un pouvait faire en sorte que sa joie revienne…

Parant aux coups, il zigzagua dans une forêt de dos, entre les tables et les chaises, à la recherche d'un endroit tranquille où faire semblant de travailler, afin de manger sans être dérangé.

Mais, tandis qu'il chipotait dans son assiette, regrettant d'avoir pris le cabillaud au pesto – indigeste pour son estomac trop fragile –, un de ses supérieurs hiérarchiques le repéra au fond de la salle, et se hâta de le rejoindre. S'adressant d'abord à lui d'un air jovial, il passa rapidement au stade suivant. Empli de feinte compassion, il s'appliqua à faire tomber les masques : « Je te trouve un peu bizarre ces derniers temps, Bertrand, tu es sûr que tout va bien ? Si tu as un souci, même financier, n'hésite pas à me le dire. »

Après avoir bu d'une traite son quart de chinon, il continua de l'interroger sur le sujet, comme si l'argent, à l'exception de tout le reste, représentait la seule cause digne de compassion. Bertrand le rassura et, au prix d'efforts démesurés, relança la conservation sur des thèmes rebattus que son interlocuteur s'empressa de saisir avec le même entrain qu'un chien courant après l'os balancé au loin par son maître. « Impressionnant en ce moment, le nombre d'hommes politiques touchés par une affaire… La grève générale des transports est prévue à la fin de la semaine, on va sûrement connaître pas mal d'absentéisme le mois prochain… Et chaque manifestation qui se termine par un carnage, tu trouves ça normal ? »

Bertrand se dépêcha de finir son déjeuner, prétextant qu'un dossier l'attendait en lieu et place du dessert. En sortant, il se sentit épuisé, malgré la sensation réconfortante d'avoir su donner le change, mais jusqu'à quand ? Au fond, personne n'était dupe. Il avait perdu le fil, c'était une certitude pour tout le monde. Ce qu'il faisait auparavant avec facilité, s'adaptant aux circonstances sans effort, ses brillants discours, improvisés la plupart du temps avec une spontanéité qui l'étonnait lui-même, s'étaient peu à peu transformés en pénibles et cruelles hésitations. L'orateur réputé qu'il était devenu, malgré une timidité atavique, répondait de plus en plus souvent à côté, il n'y croyait plus, tout simplement. Par quel tour de passe-passe ce qui lui donnait tant de plaisir autrefois, à présent sonnait-il creux ? Bertrand récitait son texte, sans empathie pour son personnage, et ressemblait à un intermittent qui cachetonne, rêvant malgré lui d'un autre rôle, d'une autre scène. Heureusement, la femme du cinquième étage était entrée dans sa vie. Dès qu'il risquait de flancher, la vision de Muriel l'encourageait à se reprendre, l'aidait à retrouver son inspiration. Il l'imaginait tout près de lui, essayait de sentir sa présence. Au souvenir de sa peau, de ses yeux verts, ses pensées reprenaient vie, et les mots affluaient de nouveau librement.

Et si l'angoisse, malgré tout, prenait le dessus, il avait inventé une autre méthode, de son propre avis plus efficace que tous les livres de développement personnel qu'il avait eus entre les mains ces dernières années : il se représentait marchant sur une ligne droite, monotone, pas de pente vertigineuse, aucune montagne à franchir, aucun obstacle pour lui barrer le chemin, sa trajectoire ne déviait jamais, mais le laissait poursuivre sa route, paisiblement. Cette vision claire, d'une route sûre et dégagée, lui redonnait de l'élan.

Pour autant, le promeneur confiant ne devait surtout pas se retourner, ni prendre le temps d'observer l'endroit où il se trouvait, s'il ne voulait pas être de nouveau saisi d'angoisse devant la désolation du paysage, et son étrange solitude. Non, mieux valait, à la manière d'un cheval de trait, regarder droit devant. Continuer d'avancer, toujours, il finirait bien par arriver quelque part. À l'inverse des enfants à qui l'on conseille de ne pas bouger lorsqu'ils se perdent, afin de pouvoir les retrouver plus facilement, la solution pour Bertrand s'imposait : « Ne te retourne pas, et marche. »

Contre toute attente, cette nouvelle journée s'écoula vite, rythmée par de curieuses interrogations. « Si c'était ma dernière réunion ? Combien de grandes vacances j'ai passées dans ma vie ? Peut-on croire à la présence des anges, sans forcément croire en Dieu ? » Il se souvenait d'un cours sur les religions qu'il avait suivi adolescent, on y parlait de la communion des saints. Aujourd'hui, il associait la présence des saints ou des prophètes au film de Wim Wenders, *Les Ailes du désir*, qu'il avait vu à la télé, un soir d'insomnie. Les anges n'étaient en rien différents des hommes, à ceci près qu'ils possédaient des ailes très pâles, et que leurs corps étaient légèrement transparents. Ils ne faisaient rien de spectaculaire, mais si dans le métro une femme se mettait à douter, un esprit apaisant s'approchait, posait la main sur son bras, et aussitôt ses pensées se transformaient. *Il y a forcément une solution, ce n'est pas si terrible. Tu as déjà manqué de travail auparavant, et tu t'es toujours débrouillée. Tu t'arrangeras avec ton colocataire, après tout, il n'a qu'à attendre le mois prochain*... Puis, l'ange s'éloignait, la laissant seule résoudre son histoire.

Ou bien dans une bibliothèque, si un homme désespéré envisageait le suicide sous toutes ses formes, une de ces créatures divines venait s'asseoir à ses côtés, se penchait sur son épaule, prenait le temps de tourner les pages avec lui. *Quel caractère mélodramatique que le tien ! Mourir, tout de suite les grands mots ! Est-ce qu'une fois dans ta vie tu ne pourrais pas essayer de faire preuve de courage, t'accrocher un peu ?*... Vaillamment, l'homme se remettait à lire, *l'écriture était belle, heureusement qu'existait la grande littérature, Thomas Mann, Hermann Hesse ou Knut Hamsum, et un bon café, voilà ce qu'il lui faudrait*... Alors l'ange le quittait discrètement, pour rejoindre d'autres âmes solitaires et glacées.

Bertrand ne croyait peut-être pas en Dieu ou en Allah à la manière de ses ancêtres, mais la communion des saints, l'interconnexion des êtres vivants et des morts, ça lui paraissait plausible. Qui n'avait jamais senti la caresse, le souffle d'une présence consolante passer tout près, et sa confiance s'en trouver inexplicablement ranimée ?

Dehors, l'air était frais, il décida de ne pas s'enfermer à nouveau. Il laissa encore une fois les passants pressés s'engouffrer dans le métro, et poursuivit son chemin. Au détour d'une rue, il fut presque surpris de voir la lune. Lui qui vivait cerné d'immeubles, traversait chaque jour des cités de verre et d'acier se reflétant les unes dans les autres, il s'était habitué à n'apercevoir souvent qu'un coin de ciel gris.

Entourée de son halo de pollution, la lune formait un croissant mince et flou, qui débordait un peu, comme peint par un enfant. Oui, Ziad la dessinait exactement de cette façon quand il avait cinq ans. *La lune est en train de croître puisqu'elle forme un D.* Son père le répétait souvent, la lune est une menteuse… La tête projetée en arrière, essayant de distinguer quelques étoiles, bien que la nuit ne fût pas encore tombée, il se mit à penser à un champ, et puis à la mer. Il s'imagina ensuite traversant une forêt d'arbres immenses, qui le protégeraient. Et il respira mieux, comme si l'air était devenu très pur tout à coup. Une église en brique rouge sonna huit heures du soir, les coups métalliques retentissaient en échos au bout de la rue. La vibration, désagréable, lui donnait l'impression d'entendre les cris désespérés d'une malade. Une antique cloche, au son désaccordé, qu'on cognait depuis trop longtemps. Derrière l'église, un homme d'une trentaine d'années était allongé dans un vrai lit, équipé d'un sommier à lattes et d'un matelas épais, l'équivalent d'une petite table de nuit à portée de main. L'installation tranchait avec les bouts de carton étalés plus loin, sur lesquels s'entassaient des couvertures tachées, des sacs en plastique remplis de fripes, et une dizaine de bouteilles vides éclatées tout autour. Dans la lumière du crépuscule, les débris brillaient comme autant de faux diamants essaimés sur le trottoir, jusque dans le caniveau… Une chambre douillette avec des coussins à fleurs, et un couvre-lit jaune clair, contre un mur sale, une chambre quasi normale, à première vue. Mais sans la maison ou l'appartement qui va avec. Un coquet petit intérieur à l'extérieur.

Il se remit en marche en se disant qu'il pourrait bien être le sien, un jour. *Personne n'est à l'abri.* Il se surprit à envier le SDF, lui au moins était libre. On n'exigeait plus rien de lui, plus aucune nécessité de travailler, de courir derrière sa vie, *quelques euros dans la poche, pour boire et manger, devaient suffire.*

Le ciel était bleu foncé, les nuages encore très blancs, et les arbres avec leurs feuilles de printemps lui donnaient l'impression d'habiter un tableau de Magritte. Il pensa un instant revenir sur ses pas pour aller lui parler, s'asseoir à ses côtés et le questionner sur la vie. Il y avait certainement une explication, une leçon à en tirer, mais il passa son chemin, comme tout le monde, en faisant semblant d'ignorer aussi les clochards endormis plus loin.

Lui qui avait toujours prétendu être un homme d'action, à l'esprit pratique, cartésien, le voilà qui marchait en essayant de décrypter toute sorte de messages codés, cette peinture au pochoir sur une porte cochère, la conversation d'un passant au téléphone : « Écoute, il faut qu'on change, peut-être qu'on devrait tout arrêter… » Cela lui était-il adressé ? Une petite dame, toute ratatinée, qui traversait au ralenti le passage piéton, le fixait avec insistance. Cherchait-elle également à lui délivrer un message, un conseil ou un avertissement ? Si on y prêtait attention, on croisait partout des signes au moment opportun, comme ces marques sur les arbres de randonnée pour indiquer la route à suivre, un trait rouge et un trait blanc dans les virages, pour repartir dans la bonne direction.

C'était précisément ce qui l'amenait à revenir en arrière, dans les endroits où il avait vécu, espérant y trouver un écho de son passage. Restait-il quelque part un souvenir de lui ? Ces lieux le connaissaient, l'avaient vu naître, ils ne le laisseraient pas partir sans un indice, ils le guideraient vers la sortie du labyrinthe en lui glissant la solution. Certaines périodes de sa vie s'apparentaient à un dédale hermétique, ses méandres ne menaient nulle part. Des années d'inertie à perdre courage, et soudain, un événement inattendu redonnait un grand coup d'accélérateur, balayant toutes ses craintes. Un avenir meilleur se dessinait, tout redevenait possible.

Après cette rencontre inopinée dans l'ascenseur, son existence avait bel et bien pris un nouvel essor.

Inutile de faire un détour dans les vieux quartiers de son enfance, les bras chauds de Muriel l'attendaient.

Peut-être n'y avait-il d'ailleurs rien d'autre à chercher ? Regarder les enfants jouer, partager leur joie tranquille, se sentir aimé un instant, et surtout ne pas penser qu'ailleurs tant de choses restaient encore à accomplir, sous peine de devenir fou. Avec ou sans anévrisme, le temps manquerait toujours. Il pressa le pas. Muriel devait être là. Peut-être qu'elle s'impatientait déjà. Il courait presque. Il imagina une seconde s'arrêter chez le fleuriste qui faisait l'angle, mais il aurait perdu un précieux quart d'heure. Et chaque minute comptait. Tant pis s'il arrivait les mains vides, s'il ne pensait qu'à son plaisir, la serrer contre lui. Son impatience grandissait en se rapprochant. Et l'immeuble grandissait au bout du carrefour. Leur fenêtre, celle du deuxième, était entrebâillée. Il baissa la tête et accéléra derechef. Si son fils le voyait entrer… *Oh, pourvu qu'il n'y ait personne dans l'ascenseur !* Il retint la lourde porte cochère, et la referma très lentement. Le gond était trop vieux, il n'avait jamais fonctionné, soit la porte se maintenait grande ouverte, soit elle claquait en faisant trembler les murs du salon. Il appuya sur la touche du cinquième en soufflant, la route était libre. Il lui sembla entendre une porte s'ouvrir aux étages inférieurs, il crut percevoir la voix timide de son fils qui l'appelait : « Papa ! Papa ! » Sans doute un effet de son imagination… D'ailleurs Muriel l'attendait sur le palier, et son sourire effaçait tous les doutes. Il entrait dans un espace de consolation, plus de pensées obscures sur le temps qui reste. Son regard, ses gestes fluides, ses caresses glissaient sur sa peau, comme si elle s'appliquait à le nettoyer des souillures extérieures, à réparer les blessures. Il se sentait jeune à nouveau, beau même, il considérait avec stupéfaction son propre corps sous un autre angle, sans détestation, son embonpoint avait quasiment disparu, ses cheveux crépus n'étaient plus si gris, son crâne si dégarni. Elle lui servit un verre de vin, ils parlèrent un peu, et s'allongèrent l'un sur l'autre dans le canapé du salon, comme ils en avaient pris l'habitude. Combien de temps cela dura-t-il ? Peut-être plusieurs heures, sa joue collée contre la sienne, à échanger des baisers. Inlassablement, ils s'en recouvraient le visage, comme deux adolescents.

Il n'en revenait pas de toute cette douceur retrouvée.

Amazonie

Une supernova vient d'exploser dans sa tête. L'effondrement de son cerveau, comme celui d'une étoile, se produit par couches successives. Au centre, un noyau de plus en plus dur tourne de plus en plus vite, tandis qu'autour de lui ne subsiste qu'un amas de poussières. Cette nébuleuse n'en finit pas de se disperser partout à l'intérieur de son crâne. Un sang noir, épais comme de la lave, se propage lentement à travers les parois spongieuses de son cerveau, pendant que sa vision continue de se fragmenter. Et tout devient flou.

Dans ses cauchemars, l'accident se présentait toujours de cette manière, une sorte de collusion interstellaire massive. Dans la réalité, il n'y eut aucune déflagration, pas le moindre feu d'artifice, aucune décharge ne vint frapper sa boîte crânienne comme de la foudre. Ce qui se produisit, ce jour-là, ne ressemblait en rien à ce qu'il s'était représenté jusqu'alors. Il n'arrivait tout simplement pas à couper une feuille de papier. Il suivait les pointillés d'un document administratif avec une paire de ciseaux, sauf qu'il découpait dans le vide. Sa main visait à côté.

Curieusement, au début, il n'en fut pas surpris outre mesure. Il s'acharna un long moment à trouver le geste adéquat. Autant essayer de diriger un rêve. Un enfant de trois ans serait capable d'accomplir cette tâche, se répétait-il en souriant, d'abord amusé par la cocasserie de la situation, puis atterré par sa soudaine maladresse. Lorsqu'il fut obligé de constater qu'une action si simple s'était mystérieusement métamorphosée en un exploit impossible – au point que s'il continuait la journée entière, il échouerait sans cesse –, il prit peur et cria à l'aide, avant de s'évanouir en franchissant la porte du bureau voisin.

Ces dernières semaines, il avait mal, ses tempes battaient douloureusement, parfois d'un seul côté, plus fréquemment des deux. Une pression derrière l'œil droit – une sorte de pincement, comme une décharge électrique – l'empêchait de travailler, de sortir, de rester lui-même.

Dans ces phases douloureuses, les élancements revenaient presque tous les quarts d'heure, telle une lame s'enfonçant au travers de la paupière. Il s'évertuait à n'y voir aucun symptôme, à surtout ne pas prendre peur. Mais l'angoisse le réveillait souvent en pleine nuit. Le temps filait, lui semblait-il, à une allure vertigineuse, les jours, les mois, les années, tout allait trop vite. Subitement, son garçon lui manquait, il regrettait ces nuits d'insomnie à calmer ses pleurs, ces nuits à le nourrir, hypnotisé par son sourire édenté de nouveau-né, sur lequel s'accrochait encore une goutte de lait… Ces courses, jambes tremblantes, qui finissaient toujours par une chute, et puis les devoirs le week-end sur la table de la cuisine. Il se reprochait de ne pas être assez présent, ni en mesure de profiter de chaque instant. Il enviait la légèreté de ses amis, leur capacité à s'amuser, faire la fête, à rire dans les dîners, jalousait tous ceux qui possédaient encore ce don précieux, qu'il avait perdu. Seules ses visites au cinquième étage lui avaient momentanément redonné un peu d'assurance. Jamais il n'avait trompé sa femme auparavant, l'idée ne lui serait même pas venue à l'esprit. Seulement, aujourd'hui, il fallait se dépêcher de vivre, et d'accomplir ce qui paraissait inachevé.

Mais Muriel l'avait quitté, depuis un mois déjà, abandonné. *Abandonné*… On aurait dit qu'un élastique lui enserrait la tête, l'obligeait à répéter la phrase, encore et encore, dans l'espoir que la pression se relâche, *abandonné*, comme un mot de passe, une clé.

S'il était parvenu à les ordonner, ses pensées dans l'ambulance auraient ressemblé à celles-ci, les images, les associations d'idées, se seraient probablement déroulées ainsi, mais il ne restait plus que des sons, des sons qui le traversaient, amplifiés et confus, comme des cris d'oiseaux. La fourgonnette du SAMU était une jungle surpeuplée, envahie d'animaux louches, inconnus. Sous ses yeux passaient à toute allure des ailes bleues, puis rouges. Il sentait l'air se déplacer dans leur sillage, au gré de ces allées et venues. Il aurait tant aimé les rejoindre…

Il volerait déjà si sa tête n'était devenue si lourde, le double ou le triple de son poids, si son bras droit et ses jambes répondaient encore. Il lui restait juste assez de lucidité pour se rendre compte que ses organes, ses muscles, ses globules, le moindre de ses atomes, avaient déserté son corps.

Son être tout entier ressemblait à une tour abandonnée qui vient de basculer – ses factionnaires jugeant sans doute préférable, face à l'étendue du désastre, de s'en aller le plus vite possible, avant que la faute ne leur retombe dessus.

Elle s'était effritée au moment de s'écraser au sol, une tour de Pise construite sur du sable, transformée aussitôt en poussière. Ashes to ashes… « C'est à la sueur de ton visage que tu mangeras ton pain, jusqu'à ce que tu retournes dans la terre, d'où tu as été pris ; car tu es poussière… »

Déroutant d'être allongé là, immobile comme jamais, et, simultanément, de se déplacer à toute allure. L'ambulance continuait de traverser la ville en grillant tous les feux.

« Monsieur ? Monsieur, vous m'entendez ? Sur une échelle de 1 à 10 pourriez-vous évaluer votre vitesse ? »

Le brancardier lui donnait envie de rire. Depuis longtemps, ces chiffres-là n'avaient plus cours, sa trajectoire était équivalente à 299 792 458 m/s avec une incertitude de mesure d'environ 1 m/s, d'autant plus qu'il ne tenait pas compte de l'indice de réfraction. Et qu'allait-il se passer une fois qu'il aurait franchi le mur du son ? Il attendait le bang supersonique, peut-être même y aurait-il un double bang entraînant plusieurs ondes de choc, jusqu'au décrochage…

La grimace

Lorsque Ziad rentra de l'école, il trouva un mot sur la table :

Il est arrivé quelque chose à papa, je suis à l'hôpital, tout va bien maintenant.

Il y avait aussi un message sur le répondeur : « Chéri, je te rappelle dans une heure, ne t'inquiète pas, tout va bien se passer, les médecins sont très bien, prends ton goûter, à tout de suite. » Il avait appris à se méfier des « tout va bien » et « ne t'inquiète pas » qui la plupart du temps signifiaient juste le contraire. La voix de sa mère était confiante, se voulait rassurante, mais un léger tremblement surgissait à la fin de l'enregistrement, après le « prends ton goûter… » qui foutait tout par terre. Impossible, en réécoutant ce « prends ton goûter » avec cette énorme boule dans la gorge, cette émotion qui débordait et que sa mère prenait soin de ravaler, de croire au reste.

Il ne lui restait plus qu'à attendre le prochain appel. Il aurait aimé se réfugier quelques minutes chez Muriel, le temps de lui apprendre la nouvelle. Mais que s'était-il réellement passé ? Il l'ignorait, un accident, un « burn-out », le père d'un copain en avait fait un. D'un autre côté, il ne voulait surtout pas prendre le risque de rater le coup de fil attendu en désertant l'appartement. Et, bien que Muriel ait sagement tourné la page, peut-être aimait-elle encore son père, oui, peut-être valait-il mieux la ménager, elle aussi ?

Trop conscient de leurs fragilités, Ziad cherchait d'abord et avant tout à protéger les adultes. La plupart des grandes personnes qu'il connaissait ou qu'il avait rencontrées étaient des êtres inquiets, tourmentés, embarqués dans des vies qui exigeaient toujours plus d'eux-mêmes, on leur demandait de s'investir corps et âme dans un travail qu'ils étaient susceptibles de quitter du jour au lendemain, mutés, renvoyés, avec un gros chèque pour les plus chanceux, on achetait leur départ et leur silence, c'était arrivé au père de son copain… La majorité essayait courageusement de faire bonne figure, mais il aurait fallu être aveugle pour ne pas percevoir leur détresse. Les sujets d'angoisse étaient si nombreux, presque inépuisables. Les mauvaises nouvelles se multipliaient à l'infini, impossible de les ignorer : c'était comme recevoir des décharges électriques toutes les quinze secondes, ou une sirène de pompiers hurlant au coin de la rue en permanence… Impuissants, ils regardaient en couverture de journaux les glaciers fondre, les forêts brûler et les enfants s'échouer sur des plages. Pas un jour sans voir des centaines d'hommes coincés dans des bateaux crevés, ou des paquebots dont personne ne voulait. Pas un hiver sans lutter contre un nouveau virus, pas une semaine sans découvrir qu'un médicament, un insecticide, un additif ou un conservateur donnait le cancer. Des microparticules de plastique circulaient partout dans l'eau et dans l'air, « Ce que tu jettes, tu le manges » pouvait-on lire sur des tracts distribués aux carrefours, à la sortie du métro, l'accumulation des déchets plastifiés venait tout juste d'atteindre les neuf milliards de tonnes… Ziad avait compris depuis longtemps que c'était à lui d'être fort, de prendre sur lui, de ne pas les inquiéter davantage. Parfois, quand il découvrait ses parents devant la télé, les yeux cernés, fixant les images comme s'ils cherchaient désespérément à capter autre chose derrière l'écran, il se disait que son rôle était de les rassurer, s'il le pouvait. De ne pas peser en plus sur leurs épaules fatiguées, de les porter même, s'il en était capable.

Sa mère n'appela pas, elle rentra trois heures plus tard, le visage défait, essayant de se recomposer devant son fils, sans y parvenir. Elle avait dû répéter dans l'ascenseur, trouver la concentration nécessaire pour se forger une contenance, mais son sourire était tendu, pire qu'une grimace.

« Il va mieux, il est à l'hôpital pour quelques semaines, je pense.

— Maman, qu'est-ce qu'il a ?

— Il a eu un accident cérébral… Mais, chéri, je t'en prie, ne regarde pas sur Internet. Il va bien, et tu pourras venir le voir bientôt. Ne regarde pas, d'accord ? Promis ? »

Face à son silence, elle ajouta : « Et si vraiment tu ne peux pas t'en empêcher, ne les crois pas, ils disent n'importe quoi ! »

Demandez le programme

Trois jours plus tard, il le découvrit, allongé sur un lit gris modulable, accroché à de nombreux tubes, dans une chambre blanche, totalement vide, exception faite des appareils électroniques et d'un fauteuil, beaucoup trop bas. Il prit donc l'habitude de s'asseoir au bord du lit.

Lors des premières visites, il ne parvint pas à dire un seul mot, même si chacun lui conseillait de le faire : « Il t'entend, tu sais ? Je suis sûr que ta voix lui fait du bien. Raconte-lui une histoire si tu peux, ce sera mieux que tous les traitements. Et si tu n'arrives pas à lui parler, ne t'inquiète pas, il sent que tu es là… »

Ziad essayait, se creusait la cervelle, mais chaque fois qu'il commençait une phrase ou une petite histoire qu'il avait retournée vingt fois dans sa tête, le bip d'une machine l'interrompait, et il ne pouvait s'empêcher d'écouter la respiration de son père résonner dans les tuyaux.

Anne le laissait toujours seul une demi-heure, parfois plus, imaginant sans doute qu'il s'exprimerait plus librement si personne ne l'observait, à moins qu'elle ne soit trop émue par la situation, et se refuse à assister aux efforts désespérés de son fils pour aligner trois mots.

Pour projeter sa voix fluette, anxieuse, étouffée, Ziad s'y prenait souvent à plusieurs reprises. Il s'efforçait de parler le plus fort possible, afin que son père l'entende, puisque tel était le but de l'opération. Sa parole-médicament, il le comprit très vite, allait le réveiller, ils pourraient ensuite rentrer à la maison tous ensemble. Il avait donc intérêt à trouver les bons mots. Mais rien ne venait. Les habituels « Tu vas bien ? » « As-tu passé une bonne journée ? » ne marchaient pas, les « Moi, ça va… » étaient limite, il avait le sentiment cuisant qu'entre son père et lui, tout, absolument tout, était à réinventer.

Après une longue semaine d'hésitation, il grimpa chez Muriel. À peine remarqua-t-il dans ses yeux une larme grossir, avant de se rétracter, quand il lui annonça la nouvelle.

Il tourna longtemps autour du pot. Comment lui avouer qu'il ne trouvait rien à dire à son propre père, qu'il ne le connaissait pas, tout simplement. Il serait d'ailleurs bien incapable de le décrire à quelqu'un. Malgré ces dix bonnes années de vie commune, son père restait un parfait inconnu.

« Qu'est-ce qu'il aime ?

— Je sais pas…

— Comment ça, tu sais pas ? Il suit le foot à la télé, il va au théâtre, il écoute de la musique, j'en sais rien moi, il regarde le patin à glace, le Tour de France ? Vous discutez de quoi ensemble ?

— On discute pas. »

Ziad repensa à ce soir terrible où il s'était mis à pleurer dans son lit parce qu'il se sentait seul. Il aurait tant aimé se confier, parler avec lui à l'heure du coucher. La veille, il avait été malade, et à l'école, une petite frappe en avait profité pour l'insulter toute la journée, occupant ses récréations à lui chanter : « La tapette chie dans son froc, le sale pédé a la diarrhée ! » Il avait plus que jamais besoin d'entendre la voix grave de son père le rassurer, lui raconter quelque chose, peu importe le sujet, l'essentiel était qu'il s'attarde un peu dans sa chambre, s'installe confortablement sur le bord de son lit, qu'il prenne le temps de faire ce détour, avant de retourner s'endormir devant la télé. Il l'attendait, comme tous les soirs. Il l'attendait en vain. Et le garçon d'à peine sept ans alors restait inconsolable. Son père ne s'absentait jamais, rentrait plus tôt du travail à cette époque, et ne sortait que le week-end pour se balader ou lire le journal au bar du coin, avant de revenir à huit heures tapantes pour le dîner, pourtant il lui manquait.

Beaucoup de ses camarades l'enviaient – ceux dont les parents partaient en mission, s'absentaient pour des colloques, des stages de formation, sans parler des éternels débordés qui couraient toujours à un rendez-vous quand on avait besoin d'eux. Comment leur expliquer que, malgré son apparente disponibilité, sa présence quotidienne, indéfectible, son père lui échappait de la pire des façons ?

Décontenancée par le chagrin de Ziad, ce soir-là, sa mère s'était ruée dans le salon pour chasser Bertrand du canapé :

« Lève-toi ! Va le voir, s'il te plaît ! Il te réclame, il voudrait bavarder avec toi… »

Vu de son lit, son père paraissait plus grand encore. En entrant dans sa chambre, il s'était presque penché pour franchir la porte. Puis, tel un géant épuisé, il s'était assis près de lui, et avait demandé, d'un air contrarié : « Alors, comme ça, tu veux qu'on discute ? Très bien, je t'écoute… De quoi veux-tu parler ? » Surpris par le tour que prenait « l'échange » tant espéré, l'enfant ne trouva pas les mots. Subitement, il n'avait plus rien à raconter, pas la moindre petite histoire à partager. Son père était reparti en se grattant la tête, et lui souhaitant bonne nuit.

À dix ans révolus, il était persuadé de mieux comprendre : si certaines personnes parlent plus au chien qu'à leurs enfants, ce n'est pas tant qu'ils préfèrent les animaux de compagnie, les labradors ou les chats à n'importe quel être humain, c'est seulement qu'ils ont peur qu'on leur réponde… Oui, peut-être ne veulent-ils pas prendre le risque qu'on les contredise ? À moins qu'ils n'aient juste rien à dire.

Rien à dire. Son père n'avait aucun commentaire à faire, il se contentait de respirer, tout simplement. Prendre les choses comme elles viennent.

Et Ziad se demanda si ce n'était pas une force, après tout.

« Je crois qu'il aime le cinéma !

— C'est bien, ça. Il t'en parle souvent ? Tu connais son acteur préféré ?

— Il n'en a pas vraiment, mais je pense que ça lui plaît d'aller voir des films.

— Ah ? Et pourquoi ? Comment peux-tu en être sûr, s'il n'en parle pas ?

— À chaque fois qu'on y va ensemble, avec ma mère, je vois bien sur son visage qu'il est heureux.

— Plus heureux que d'habitude ?

— Oui, comme jamais !

— Tu es certain que ce n'est pas toi plutôt que ça rend joyeux ?

— Non, il se frotte les mains en regardant le programme, il vérifie son choix en visionnant les bandes-annonces, il est toujours prêt avant tout le monde, et puis il sourit à ma mère, lui caresse le dos, les fesses aussi parfois… » Ziad s'interrompit, regrettant aussitôt sa maladresse. Comment pouvait-on manquer de tact à ce point ? Il aurait aimé dire que cela ne lui ressemblait pas, qu'il n'avait rien à voir avec les boloss de sa classe qui répétaient des blagues de cul à la moindre occasion, et passaient leur temps à balancer des conneries, ce genre de réflexions pachydermiques… mais il allait bientôt rentrer au collège, il commençait donc à se connaître un peu, et il avait malheureusement constaté que ces dérapages chez lui étaient fréquents. Muriel ne parut pas en être affectée. C'était comme si on parlait d'un autre homme.

Et sans doute en était-il réellement ainsi, au cinquième étage, son père devait être bien différent de celui qu'il connaissait, *à des années-lumière du personnage fatigué qui déambulait dans l'appartement en traînant les pieds*. Une fois de plus, il imagina sa façon de lui dire bonjour, de se tenir devant elle, de l'embrasser…

« Nous tenons la solution à notre problème, lança Muriel d'une voix enjouée. Tu vas lui lire le programme !

— Comment ça ?

— Ce qui compte, c'est qu'il entende ta voix, n'est-ce pas ? Tu dis qu'il aime aller au cinéma. Alors tu vas lui lire le programme ! Je t'achèterai les essais de Serge Daney – c'est un critique célèbre qui allait au cinéma pour "partager du temps avec des personnages qui partagent l'image… et aussi pour passer le temps à le voir passer". Tu comprendras plus tard. Mais, de ton côté, commence déjà par emporter là-bas ce que tu trouveras, n'importe quelles revues de cinéma, les *Cahiers*, *Première*, *Positif*… Regarde si ton père réagit d'une façon ou d'une autre. Il a sans doute un genre préféré, comédies populaires, thrillers, westerns, chefs-d'œuvre classiques, comédies dramatiques… ? À toi de le découvrir. »

Dans le point presse en bas de l'hôpital, il demanda à sa mère, étonnée, d'acheter une demi-douzaine de magazines spécialisés. Il les déploya en éventail sur le lit, en prit un au hasard, et se mit à lire d'une voix forte. Il commença par un article sur « Woody Allen et les femmes », il passa ensuite au « Renouveau du cinéma africain », puis s'attela au « Retour du cinéma chanté à Hollywood », avant de terminer par un dossier sur les actrices italiennes : Monica Vitti, Anna Magnani, Giulietta Masina. Et, tandis qu'il continuait de déchiffrer les lignes serrées, s'arrêtant par instants pour regarder les photos des actrices sur papier glacé, en robes longues ou bikinis… il se mit à penser à tous ces soirs où il avait attendu, anxieux, sur le palier, le retour de son papa. Après une longue journée de travail, il n'allait pas tarder à les rejoindre enfin… Mais l'ascenseur continuait sa course jusqu'au dernier étage, et Ziad écoutait là-haut leurs joyeuses retrouvailles, puis refermait doucement la porte de l'appartement pour que sa mère ne puisse pas les entendre. Si la voisine avait été Monica Bellucci, il y serait peut-être allé lui aussi. Mon Dieu ! Cette bouche, cette poitrine qui débordait, ses cheveux noirs, sa peau dorée qui semblait si douce, et son regard triste l'aidaient enfin à comprendre son père. *Comme ce serait agréable de disparaître entre ses seins…* Il se surprit à parler tout haut des nichons de Bellucci, et se mit à rigoler. Quand une infirmière entra faire sa ronde, l'enfant était hilare. Elle s'arrêta, gênée, est-ce qu'il était devenu fou ? Il n'y avait vraiment pas de quoi rire ! Pas de quoi se réjouir, ni se tenir les côtes… ou bien est-ce qu'il se moquait d'elle ? Elle se pencha pour changer les poches de perfusions, ses fesses n'étaient pas si grosses, mais elles tressautaient sous sa blouse blanche, au rythme des mouvements que lui imprimait son corps rebondi. Ses hanches robustes et ses épaules massives ne collaient pas avec sa tête d'oiseau, étroite et fine, comme si un gamin s'était trompé dans ses collages, et avait associé le mauvais corps à la mauvaise tête. Pour la première fois, elle quitta la pièce sans lui passer la main dans les cheveux, ne se retourna pas non plus pour lui dire au revoir avec ce regard débordant de compassion qui avait le don de le rendre si nerveux, et ce fut un vrai soulagement. Ces gestes condescendants n'avaient pas cours entre adultes, pour quelle raison les réservait-on aux enfants, qui les avaient pourtant en horreur ?

Par la fenêtre de la chambre, il pouvait voir les arbres du parc commencer à bourgeonner. Hier encore, seules leurs branches noueuses s'étiraient craintivement vers le ciel.

« … Le prochain *Spiderman* promet d'être une vraie surprise esthétiquement et technologiquement parlant, le scénario moins mani… manichéen que d'habitude… C'est un bon programme pour nous, ça, Papa ! Inutile de voir la bande-annonce. Qu'est-ce que tu en penses ? »

Le visage de son père n'avait pas bougé d'un micromillimètre, aucun mouvement ne semblait susceptible de l'animer. Il avait l'air d'être en cire, brillant et jaune. S'il n'y avait ces minuscules veines éclatées sur sa peau mate, ces tout petits points rouges autour du nez – dus à l'alcool ? – pour colorer ses traits, on aurait pu croire qu'il était mort. Une reproduction parfaite de cet artiste australien qui s'ingéniait à créer des sculptures humaines hyperréalistes en résine et silicone, monumentales ou bien étonnamment petites, plus de deux tiers en dessous de la réalité. Il avait vu l'exposition l'année précédente lors d'une sortie scolaire, et voilà qu'à présent la sculpture qu'il prenait soin de détailler, c'était son père. Il ne l'avait jamais regardé d'aussi près. Penché au-dessus de sa tête, il pouvait voir comment ses cheveux étaient plantés, combien de poils sortaient de ses oreilles, les gerçures de ses lèvres, le dessin des rides autour des yeux, qui lui donnaient toujours cette expression navrée, fatiguée. Est-ce qu'il apprécierait que son fils l'observe ainsi, à la loupe, centimètre par centimètre ? Pourquoi Ziad agissait-il de cette manière, cherchait-il à enregistrer le plus de détails possible ? Par crainte de le voir disparaître ? Ou voulait-il seulement profiter de cette situation inédite : avoir son père à portée de main, immobile, enfin disponible ? Il posa sa joue contre son bras, imaginant qu'ils étaient dans le canapé du salon en train de regarder des actrices italiennes à la télé. Il réalisa que, sans leur ressembler, le pouvoir d'attraction de Muriel devait être au moins aussi grand, si tous les hommes de l'immeuble – lui y compris – prenaient plaisir à faire un détour au cinquième. Sa mère entra sans frapper et il se redressa, gêné, pressé de revenir le lendemain pour parler avec lui de cinéma.

Le fantôme de Natalie Wood

De *Happy Land* à *Brainstorm*, en passant par *La Fureur de vivre*, *West Side Story*, ou encore *La Prisonnière du désert* et *La Chatte sur un toit brûlant*... La petite Natalie commença, poussée sur les plateaux par sa mère, à l'âge de quatre ans. Sur un tournage, elle se brisa les poignets après une chute, lors d'une scène où elle devait courir sous une fausse pluie antédiluvienne, sa mère l'obligea à ne rien dire et à continuer de jouer, par peur qu'elle ne fût remplacée. La comédienne en gardera toujours la marque physique, des os légèrement déformés qu'elle cachera sous des bracelets volumineux. Et pour satisfaire le metteur en scène qui réclamait que sa fille pleure dans une scène, sa mère, derrière la caméra, déchira des ailes de papillon.

Dans *West Side Story*, elle est une Maria pleine de légèreté, avec son inoubliable « I feel pretty », avant de se transformer en un triste personnage entouré par la mort, une jeune femme au destin brisé. Nombre de ses rôles semblent d'ailleurs annoncer sa fin tragique.

L'actrice, qui avait peur de l'eau et ne savait pas nager, s'embarqua de nuit pour Thanksgiving sur un yacht baptisé le *Splendour*, avec son mari, l'acteur de séries Robert Wagner, et la star Christopher Walken, avec qui elle venait de tourner. Tous passablement avinés, la dispute éclata rapidement entre les deux hommes. « Tu veux baiser ma femme ! » aurait hurlé Robert, selon le témoignage du capitaine Regis Davern, sorti de sa cabine en entendant des bouteilles cassées et des cris dans la nuit… Natalie fut retrouvée quelques jours plus tard, échouée sur une plage, en manteau de flanelle rouge, vêtue d'une chemise de nuit et de grosses chaussettes de laine, le corps marqué par de multiples ecchymoses. Le dossier fut d'abord classé sans suite, considérant la noyade de l'actrice de quarante-trois ans et mère de deux petites filles comme un accident, avant d'être rouvert à plusieurs reprises…

Il suspendit sa lecture un moment pour observer par la fenêtre la multitude de bourgeons éclos qui s'accrochaient à l'extrémité des branches comme des guirlandes de Noël. Ziad nageait chaque été dans la mer depuis ses six ans, et pensait maîtriser le crawl avant la fin de l'année. Il se disait donc, pour se rassurer, que si d'aventure le gros dur de sa classe le poussait lui aussi, il s'en tirerait probablement. On ne le retrouverait pas des dizaines de kilomètres plus loin, le corps gonflé d'eau, en manteau rouge et pyjama.

Il déchira une photo d'elle dans *Chicken Every Sunday*, âgée comme lui de dix ans au moment du tournage. Elle portait un chapeau de paille entouré d'un mince ruban noir, elle avait la raie au milieu, et du chapeau sortaient des boucles brunes à l'anglaise. Ses cheveux brillaient, éclairés par la lumière puissante des projecteurs. Sa robe, blanche avec un col sombre agrémenté d'un joli nœud, lui donnait un air d'enfant sage, sur l'épaule droite glissait la lanière d'un sac miniature qu'elle retenait d'une main. Elle regardait ailleurs, un peu plus haut sur le côté, comme le photographe lui en avait sans doute intimé l'ordre. Elle souriait légèrement, entourée d'ombres. Des branches se découpaient derrière elle, des décors en carton selon toute apparence, des idées d'arbres. Natalie se tenait bien droite, adossée contre un mur sur lequel dansaient ces ombres de pacotille, enfant star d'un théâtre de marionnettes. *On dirait un ange*, songea Ziad, *un ange triste, au regard vide, mon petit fantôme blanc*... Il glissa la photo dans sa poche, il la ressortirait souvent, avant d'aller voir tous les films de Natalie Wood, et de tomber amoureux plus tard d'une fille qui porterait son nom.

Son père avait l'air bouleversé, comme lui, par cette histoire effrayante, car son front s'était considérablement crispé durant sa lecture, une humidité suintait au bord des yeux, et de sa bouche aussi. Mais ce n'étaient peut-être que les conséquences de son profond sommeil. Ziad rêvait de l'en faire sortir avec ses articles, revenant toujours inconsciemment à la beauté des actrices, aux aventures, mariages, divorces et remariages qui, invariablement, accompagnaient leurs carrières tumultueuses. Sans doute imaginait-il créer, avec ces récits, une réaction comparable à celle du conte, « un effet Belle au bois dormant » ? Et si c'était une femme qui réveillait son père, lui qui partait toujours se réfugier au cinquième étage, il devait les aimer, les désirer ? En dehors de Muriel, avait-il souvent recherché leur présence ? Pour la première fois, il se représenta Bertrand comme un tombeur, collectionnant les flirts... Et il fut bien obligé de reconnaître que c'était exaltant de considérer son père sous cet angle. Qui aurait cru que cet homme timide, réservé, possédait un tel tableau de chasse, composé presque exclusivement de créatures hollywoodiennes ? Ou était-ce sa propre obsession d'adolescent prépubère qui le conduisait vers ces pages, ignorant volontairement toutes celles qui concernaient les sorties, les polars et même les films d'action ?

Alors, comment expliquer sa préférence pour les actrices des années soixante-dix, si ce n'est parce qu'elles incarnaient son époque à lui, celle dans laquelle son père avait grandi ? Peut-être parviendrait-il à trouver quelle star l'avait fait rêver dans sa jeunesse ? Et à coup sûr, ce serait le déclic ! Anouk Aimé, Claudia Cardinale, Jacqueline Bisset, Faye Dunaway… Ces longs mois de lectures, à la recherche du bon article, n'avaient qu'un seul but : provoquer ce déclic salvateur. Ce vœu balayait tous les doutes, à commencer par le plus pénible, celui qui l'étreignait chaque fois qu'il poussait la porte de la chambre.

Dans un accès de superstition incontrôlable, Ziad s'était mis à embrasser régulièrement la photo de *Chicken Every Sunday* imaginant qu'elle lui portait bonheur. « Bonne nuit », murmurait-il tous les soirs à Natalie, gêné par ce rituel qui s'était installé peu à peu, malgré lui. Il aurait tellement aimé pouvoir en dire plus à la jeune fille pâle, dont il tenait précieusement la photo entre les mains, lui parler vraiment, ainsi qu'à son propre père, à qui il rendait visite trois fois par semaine, s'appliquant à lire ces portraits durant plus d'une heure – et pour lui c'était déjà beaucoup. Après chaque visite, il sortait de sa chambre, ému, heureux et tourmenté à la fois, son paquet de revues sous le bras.

Ce ne fut pas une actrice qui le ranima avec ses drames et sa beauté, mais une infirmière, qui eut la surprise de découvrir le patient hémiplégique de la « 132 » parfaitement éveillé, à deux heures trente-sept du matin. Bertrand avait réussi à attraper la petite poire à côté de son lit, on ne sait comment, et cela resterait un mystère. Il s'y accrochait de toutes ses forces, si fermement, que l'infirmière de garde eut un mal fou à desserrer son poing pour la lui reprendre… Il était tellement agité qu'elle dut lui administrer un anxiolytique et un léger sédatif. Elle prit ensuite l'initiative d'appeler sa famille pour lui annoncer la nouvelle. Anne réveilla Ziad à son tour, et ils crièrent une bonne partie de la nuit en se tenant dans les bras, ils dansèrent, sautèrent en hurlant dans tout l'appartement. *Personne*, pensait l'enfant, *personne ne connaîtra jamais une telle joie !*

Ziad tourna longtemps dans le salon, répétant inlassablement : « Réveillé ! Il s'est réveillé ! Réveillé ! Réveillé, il s'est réveillé… ! » et ainsi de suite, jusqu'à ce que sa mère, inquiète de ce trop-plein d'émotion, ne l'oblige à se taire et à aller se coucher.

Dans le noir de sa chambre, la phrase continua d'exploser dans sa tête jusqu'au petit matin.

Ils décidèrent de se précipiter à l'hôpital sans attendre l'heure des visites, sans appeler non plus, au préalable, l'institut de beauté ou l'école pour prévenir de leur absence. Aujourd'hui, aucune sorte d'obligation n'avait cours, ils se sentaient autorisés à tout.

Les rues étaient désertes, et à l'accueil, un interne les laissa passer en râlant. La mauvaise humeur de l'infirmière de service, à l'étage, ne les affecta pas davantage. Rien ni personne, en ce jour béni, ne pouvait les atteindre. Ils retrouvèrent Bertrand, les yeux grands ouverts, tendu dans son lit, débordant d'énergie, et pourtant figé, de nouveau incapable du moindre mouvement. Les efforts démesurés qu'il faisait pour parler ne l'aidaient d'aucune façon, les mots sortaient en vrac, dans un désordre et une confusion impressionnants. Un médecin vint leur expliquer que le temps serait leur meilleur allié, le temps seulement aiderait Bertrand à récupérer. On ne vivait pas dans un conte de fées où les personnages recouvraient leur santé aussitôt après avoir avalé des pommes empoisonnées. Au pays des merveilles, Alice pouvait bien grandir et rapetisser, pour reprendre ensuite son ancienne apparence comme si de rien n'était. Mais dans cette vie-là, il fallait des mois de patience avant de regagner ses facultés et de pouvoir marcher à nouveau, peut-être. Après des semaines de tortures, d'interminables séances de rééducation, on rentrait chez soi, vidé, épuisé, soulagé cependant à l'idée de ne plus faire partie des meubles gris de la chambre d'hôpital, de ne plus croiser de blouses vertes aux regards fuyants, et, par-dessus tout, de ne plus respirer les effluves de Bétadine et autres désinfectants chargés d'éther et d'alcool, mêlés au parfum synthétique des détergents. Comme les produits utilisés dans les cantines d'école ou les métros parisiens, ils dégageaient une odeur tenace, mais ne parvenaient pas à couvrir celle des draps imprégnés de transpiration rance, ni le remugle des urines récoltées dans les poches ou les bassins.

Chaque fois que Bertrand reviendrait faire ses contrôles, ces senteurs âcres, si reconnaissables, lui sauteraient au visage et lui donneraient envie de vomir. Dès que la voiture passerait le porche pour s'engager dans l'allée principale menant au bâtiment Babinski, son corps tout entier anticiperait leurs apparitions, et avec elles, la résurgence des mauvais souvenirs.

Les Heures Blanches

Au fil des mois, la constance avec laquelle Anne venait chaque jour lui rendre visite le surprit. *Au-delà des désillusions, des trahisons, serait-ce possible que le lien soit resté le même, inconditionnel, indéfectible ? Malgré les apparences, se pourrait-il qu'il ait gardé la force des premiers jours ?*

Au moment de leur rencontre, il venait d'avoir quarante ans, mais il se sentait déjà vieux. Le temps restant, Bertrand pensait le vivre pour lui seul, il l'imaginait en voyages, rencontres et découvertes, et quand viendrait l'heure de la retraite, il pourrait enfin aller où bon lui semblerait, traverser la moitié du globe sur un coup de tête. Il passerait sa vie comme ça, à décoller au gré de ses envies, sans rendre de comptes à personne. Il avait tiré un trait sur l'idée d'une relation durable, rien ne pourrait le retenir, aucune attache, pas le moindre engagement. Ce qui supposait un certain renoncement, mais aussi une bonne dose d'humilité. Accepter de n'avoir eu que des amours fragiles, plutôt décevantes, et terminer le voyage dans un compartiment vide, à regarder par la vitre le paysage défiler au-dehors. S'en aller vers la suite, une suite faite de contemplations et de petits plaisirs volés.

Bien sûr, s'il avait eu le choix, il aurait préféré le grand amour, avec coup de foudre réciproque. C'était rare, bien entendu, mais pas exclu, une lune de miel sans fin, un désir partagé qui ne s'éteindrait jamais… *Pourquoi certains y avaient droit, le méritaient-ils plus que d'autres ?* Au fond de lui, il se sentait digne et disponible pour une affection sincère, plus modeste peut-être que celles qu'il aimait voir au cinéma, mais qui posséderait, en quantité raisonnable, les braises prêtes à s'enflammer pour réchauffer son cœur d'éternel adolescent. Il avait assez joué. Plusieurs histoires en même temps, c'était flatteur évidemment ; il avait presque le sentiment d'être devenu un séducteur, lui qui n'était pas très beau. À défaut d'être idéale, sa vie lui paraissait agréable. Toutes ces femmes qui insistaient pour le voir, pour partir avec lui en week-end, le rassuraient. Il n'hésitait jamais à les faire attendre, à les repousser, sans donner d'explication. Il aimait leur dire non, les savoir déçues, et malgré tout enthousiastes à chaque nouvel appel. Les posséder quelques heures, c'était bien suffisant. Et puis rentrer chez lui. Mettre de la musique, ou alors s'abrutir devant la télé en repensant à leur corps, se laisser aller un verre à la main, en tee-shirt et caleçon, sans subir leur présence embarrassante, choisir de rester ou de partir sans pression aucune, les règles du jeu étant connues d'avance. Ses maîtresses lui prouvaient avec leur éternelle jeunesse qu'il n'était pas complètement mort. C'était une vie comme une autre, même s'il y avait parfois des trous d'air. Un soir, alors qu'il était en train de se brosser les dents, il leva le nez du lavabo, et s'entendit prononcer cette drôle de phrase : « Je suis en miettes… » C'était aussi désespéré qu'inattendu. De fait, son visage dans la glace s'était fissuré, comme s'il n'était composé que de morceaux brisés, plus rien ne tenait. Il n'était qu'une énorme blessure, comment les autres pouvaient-ils l'ignorer ? Trouvaient-ils rassurant de fermer les yeux là-dessus ? Il s'était bien voilé la face sur son propre compte pendant des années, si des étrangers ne s'intéressaient pas à lui, devait-il les en blâmer ?

Mais que dire du fait qu'il n'ait jamais porté attention à celui qu'il était devenu, au point d'ignorer si longtemps ses propres déchirures ? *Je suis en miettes… en miettes.* Il avait fallu qu'il s'entende prononcer cette phrase ce jour-là, pour y regarder de plus près.

Quelques mois plus tard, Anne fit son apparition. Ses caresses sur sa peau meurtrie… Elle seule avait vu les cicatrices, cherchait à réparer, avait pitié de lui. Tout ce que le temps avait détruit, les morceaux épars, elle les avait recollés ensemble, en douceur, sans même s'apercevoir du miracle qu'elle opérait.

Après cette double révélation, Bertrand avait compulsé l'annuaire, et trouvé un psychologue comportemental, lui qui les avait toujours fuis. Dans sa bibliothèque, on pouvait trouver de nombreux livres qui l'attestaient : *Éviter le divan*, *Thérapie, en as-tu vraiment besoin ?*, *Sauvez votre peau, devenez narcissique !*, et d'autres plus classiques, comme *Apaiser seul son angoisse*… Perdu dans les pages jaunes, puis sur les sites proposés par Google ou Yahoo, il se décida finalement pour un certain *Monsieur Veille, TCC, psychologue cognitif et comportemental.* Son nom lui semblait de bon augure. Dans un encadré à côté, il y avait une publicité pour une marque de *chaussures tout cuir*, et l'homme qui les portait avait l'air heureux. Il souriait gentiment à cet Olivier Veille, reconnaissant. Les derbys « Crockett and Jones » sur la photo paraissaient certes confortables, mais quand on les portait toute la journée, difficile d'échapper à la sensation d'avoir des pieds en bois. Le bien-être affiché du mannequin revenait davantage à ce voisin providentiel, Bertrand en était convaincu, et il l'envia d'être ainsi à l'abri ; *près de lui, quelqu'un ouvrait l'œil !*

Il téléphona, annula deux fois, et enfin, un matin pluvieux, il entra dans un cabinet conforme en tout point à celui d'un médecin traditionnel, ce qui le rassura aussitôt. Il raconta son histoire de « miettes », mais eut beaucoup de mal à poursuivre. Rien ne venait.

Il passerait ainsi de nombreuses séances entièrement muettes, se demandant souvent ce qui le poussait à perdre son temps et son argent d'une façon aussi inutile. « On appelle ça les Heures Blanches, avait expliqué le thérapeute, cela ne veut pas dire que vous ne progressez pas. Peut-être êtes-vous justement en train de résoudre inconsciemment, dans le silence, vos plus grandes difficultés intérieures, laissez-vous porter par ces heures blanches, elles ont leur part dans le processus de guérison. » Alors Bertrand se taisait, regardait le plafond ou la peinture sur le mur d'en face : un tableau avec des formes géométriques aux couleurs vives, dont certaines s'imbriquaient les unes dans les autres. Puis, il entendait une voix au loin lui signifier que la séance était terminée. La voix lui donnait quelques exercices à appliquer durant la semaine, des mouvements associés à de profondes respirations, des phrases à prononcer tout haut et de façon régulière, des sortes de mantras censés l'encourager, qu'il ne récitait pratiquement jamais, même s'il prenait soin, à chaque séance, de les noter dans son carnet sous la dictée du psychologue. Leur naïveté, leur trop grande simplicité l'empêchaient d'y avoir recours. On aurait dit des mots d'enfant, ou les gros titres de la rubrique santé d'un magazine féminin, il avait horreur de ces formules pleines de bon sens, enfonceuses de portes ouvertes. Comme son père, il parlait peu, y compris en lui-même. Dans sa tête, il préférait se taire.

Un après-midi, pourtant, il évoqua la question du mariage, juste après celle des fiançailles. Et l'idée folle – encore impensable quelques mois auparavant – de s'unir à cette femme qu'il venait à peine de rencontrer devint, bien malgré lui, un but, un rêve étrange qu'il devenait urgent de réaliser. Anne était entrée dans sa vie par effraction, et plus il apprenait à la connaître, plus il était effrayé, obsédé à l'idée qu'elle puisse lui échapper. Il avait conscience de ne la mériter qu'en partie, et il savait que ce cadeau inattendu ne se représenterait pas. Comment la retenir ? Il aurait beau essayer de tout mettre en œuvre pour qu'elle s'attache à son cœur comme lui s'était accroché au sien, cela risquait d'être insuffisant. Il en tremblait, la peur lui donnait des maux d'estomac. D'un autre côté, dès qu'il se projetait à son bras devant le maire ou son suppléant, il songeait à tous les voyages qu'il n'entreprendrait jamais, toutes les femmes qu'il se contenterait de croiser dans la rue sans oser lever les yeux, et puis ces soirées de douce solitude sur lesquelles il faudrait tirer un trait, ces paisibles soirées sans la moindre compromission… Son thérapeute accordait peu de place à ces appréhensions et l'incitait semaine après semaine à dire oui à cette femme, et à tant d'autres choses, y compris de se mettre en colère, s'il en avait envie. « Cessez d'enfouir vos émotions. Vous avez les moyens d'être heureux. Bien sûr, vous avez commis des erreurs, comme chacun d'entre nous. Alors je vous pose la question : Est-ce que le droit de se pardonner à soi-même n'existe pas ? »

Il restait à la convaincre. Il lui offrit une bague de fiançailles, avec la plus grande maladresse possible. Et Anne se retrouva dans la position de Bertrand durant ces séances, à écouter ses arguments en faveur de l'engagement. Il sut être aussi persuasif que le praticien, reprenant parfois mot pour mot ses propres formules, puisqu'ils se marièrent et eurent bientôt un enfant, un garçon.

Il n'y eut plus d'heures blanches, ni dans le cabinet du psy – dont il renonça aux séances peu après la naissance de Ziad – ni dans l'appartement qu'ils habiteraient ensemble de longues et belles années. Plus d'heures blanches, mais des rouges, des jaune vif, des bleues, des heures de joie, d'inquiétudes, de disputes à voix basse, tellement chargées de vie, qu'il en regrettait parfois le silence et la solitude des jours passés.

Happy end

Il est rentré aujourd'hui. C'est étrange de le voir marcher dans le salon, il se déplace lentement, avec précaution. D'après les médecins, il avait « presque complètement récupéré », ils étaient satisfaits, fiers du travail accompli. Ziad s'en étonnait, son père parlait encore avec difficulté, malgré toutes les leçons d'orthophonie, la rééducation en salle d'ergothérapie et les nombreux exercices de réadaptation à reprendre seul : des gestes simples, saisir une tasse, la reposer, souffler dans une paille, attraper une balle, froisser un papier, le jeter, le ramasser, marcher à quatre pattes, se rouler par terre, pénétrer dans un cerceau… difficile d'imaginer que tout cela ait un sens. Lors de ces séances, Ziad avait toujours l'impression tragi-comique que son père était retourné au jardin d'enfants. Serait-il seulement capable aujourd'hui de grimper sur le toboggan, et une fois arrivé là-haut, de se lancer ? Prêt à parier qu'il s'accrocherait à l'échelle de toutes ses forces, celles du désespoir. Pour le déloger, il faudrait probablement scier la branche.

Chacun de ses gestes restait fragile, approximatif. *Et comment expliquer que sa démarche soit celle d'un vieillard ?* Le chemin avait été long, spectaculaire même, si on repensait à l'immobilité mortifère des premières semaines, pourtant Ziad était déçu. Il gardait bien entendu ce sentiment pour lui. Sa mère en souffrait probablement tout autant, peut-être même davantage, mais si Anne jugeait préférable de ne pas aborder le sujet, ils seraient deux à faire semblant que rien n'avait changé...

Bertrand aspirait juste à une vie plus calme, une douce ataraxie, qu'on lui épargne les émotions fortes, il ne voulait pas de fêtes, de grand huit, surtout pas de drames, qu'on laisse chaque jour s'écouler pour qu'un autre lui succède à la manière d'un long fleuve tranquille. Grâce à un clip sur le collet de l'anévrisme, sa veine était soignée. Les dernières IRM l'attestaient, il possédait un cerveau neuf. Réparé par la main de l'homme, une main faillible certes, on l'avait prévenu, il n'était pas à l'abri d'une rechute, d'un nouvel accident. Mais bizarrement il n'avait plus peur, il s'en était sorti ce coup-ci, il s'en sortirait la prochaine fois. D'ailleurs, il n'y aurait pas de prochaine fois, la vie l'avait gardé dans ses filets, elle le retiendrait jusqu'au bout.

Malgré les efforts qu'il faisait pour s'exprimer, le silence entre eux s'était encore épaissi. Jamais pourtant Ziad ne s'était senti aussi proche de lui, persuadé qu'ils partageaient désormais autre chose que la passion du cinéma, rien de moins qu'un premier amour : Natalie Wood, alias Susan, Helen, Maria, Alva, Judy, Debbie, Deanie, Maggie, Jenny, Penny, Seely,

Lucy… trônait tout en haut de leur panthéon. À ses côtés, Anne résistait vaillamment à la seconde place du podium. Malheureusement, cela ne semblait plus être le cas pour Bertrand : il caressait encore parfois le dos de sa femme, mais jamais ses fesses, même en passant. Ces derniers mois l'avaient transformé, il boitait, une partie de son visage demeurait figée, une infime partie de sa lèvre pendait sur le côté, comme s'il fumait en permanence une pipe imaginaire. Il ne trouvait pas ses mots, hésitait à prendre la parole, ne terminait jamais ses phrases…

Pourtant Ziad ne pouvait s'empêcher d'espérer. Dans un avenir proche, ce père remarcherait normalement, et se métamorphoserait du même coup en homme amoureux, éperdu de son épouse. Enfin réunis, ils partageraient de nombreuses soirées ensemble au cinéma, en reconnaissance de ces centaines d'heures de lecture, dont le convalescent devait certainement garder la trace, même s'il n'en parlait jamais.

De son côté, Bertrand avait remarqué les nombreux changements survenus depuis son accident. Son garçon avait encore pris quatre ou cinq centimètres, son visage s'était allongé, il relançait lui-même la conversation, resservait du dessert à son père, débarrassait la table spontanément. Durant son absence, il avait endossé le rôle de l'homme de la maison, et il continuait à se comporter comme tel, si bien que son père avait parfois du mal à le reconnaître. Ziad était seulement devenu un enfant de son temps. À l'exemple d'autres familles autour de lui où s'inversaient les rôles, il avait pris les choses en main, comme si, dès le départ, cette place lui était échue.

Quelquefois, pourtant, il se mettait à douter : Et lui, qui le rassurait ? Qui lui répétait que tout se passerait au mieux, qu'il n'y avait pas de quoi s'inquiéter ? Tout n'était pas si fragile, on pouvait croire au happy end, en tout cas pour cette fois.

Muriel restait son point fixe dans la tempête. En souriant, elle l'accueillait après l'école. Au dernier étage de l'immeuble, il savait qu'il avait toujours sa place, ne dérangeait jamais. Alors, à la fin de l'année, quand la voisine lui annonça qu'elle projetait de déménager, ces belles certitudes s'écroulèrent.

Elle en avait assez de la banlieue parisienne. Après tout, elle avait grandi dans un village de Saône-et-Loire, c'était là qu'elle respirait le mieux. Depuis qu'elle était « montée » à Paris, elle ne s'attardait jamais longtemps dans le même appartement, c'était l'avantage d'être locataire, on pouvait plus facilement changer de crémerie. Elle fixerait bientôt leur soirée d'adieu. Un petit dîner en tête à tête, Ziad pourrait ensuite dormir dans le canapé du salon ; ainsi ils se retrouveraient pour le petit déjeuner, le commencement de la journée. Un début, et non une fin.

Pour profiter pleinement de cette dernière visite, Muriel suggéra avec délicatesse d'en informer les adultes. « Tu t'en charges ? »

Bertrand sut cacher sa stupéfaction. Anne, livide, s'apprêtait à refuser. Face à l'émotion de son fils, elle accepta. Ziad avait bien essayé de masquer son trouble, de prendre un air naturel, détaché, de poser sa question comme s'il s'agissait d'une simple formalité… Seule sa voix l'avait trahi. Devant sa mère, il avait toujours l'impression de marcher sur un fil, une maladresse, une parole inappropriée, et tout risquait de s'effondrer. *Mais, Dieu merci, elle avait dit oui !* La voie était libre.

Dans son cartable, il glissa une brosse à dents et un pyjama. La jolie table que Muriel avait dressée pour l'occasion l'intimida, et lui fit penser à son père. L'automne passé, c'était Bertrand qui dînait là.

Ziad se dépêcha de chasser cette drôle d'image, sans plus de réalité, pour écouter Muriel lui parler de ses projets, des films qui l'attendaient à Lyon, beaucoup de productions se déplaçaient dans la région, elle pourrait louer un appartement plus grand, et qui sait si ce n'était pas là-bas qu'elle rencontrerait le grand amour, au moins quelqu'un avec qui passer du temps, peut-être même avoir des enfants… Il n'était pas trop tard pour rêver.

Le repas s'acheva bien vite, Ziad avait du mal à fixer son attention sur la conversation. Il observait Muriel, soucieux de garder en mémoire le plus de détails possible, ses longs cils clairs recourbés, ses yeux immenses, qui le regardaient d'un air égaré, son sourire forcé, comme un masque collé sur son visage tout au long du dîner. Excité par cette soirée si différente des autres, Ziad suggéra un jeu, un petit jeu pour gagner du temps, repousser la courte séparation de la nuit et celle définitive du lendemain. « C'est toi qui choisis, n'importe lequel ! » Muriel proposa un ni Oui ni Non. Les « Peut-être », les « Je n'en suis pas sûre » n'avaient pas de secret pour elle. Les « Sans doute » et « C'est vous qui voyez » l'accompagnaient depuis toujours. Dans la vie courante, chez le médecin ou à la boulangerie, elle préférait un vague « Je ne pense pas » au simple Non, blessant, trop sec. À la rigueur, comme Bartleby, elle « Préférait ne pas », bien qu'elle fût incapable d'appliquer la formule avec la même détermination que le personnage de Melville. Non Non Non Non Non Non Non Non Non… Des heures d'entraînement, mais non, le Non ne venait jamais. Face à tous les coups tordus, les propositions embarrassantes, les culs-de-sac, aucun Non disponible. Comme l'âne de Zarathoustra qui disait toujours Oui, sa porte restait grande ouverte. « Mais, bien sûr, entrez donc. » Et chacun se servait. Comment les en blâmer ? Ils auraient été ridicules de ne pas le faire.

Il fallut à Ziad de nombreuses tentatives avant de marquer le point, le dernier assaut fut décisif.

« Tu es triste de partir ?

— Pas complètement.

— Je te manquerai ?

— C'est certain !

— Est-ce que tu reviendras de temps en temps ?

— Ce n'est pas prévu pour le moment, mais je vais y penser. Il est fort probable qu'un tournage me ramène dans le coin un jour ou l'autre, pour quelques mois ou quelques semaines…

— Tu me feras signe ?

— Évidemment !

— Promis ?

— Oui.

— Perdu ! C'était vraiment dur de te piéger.

— Je t'avais prévenu !

— À moi !

— D'accord ! Tu es prêt ?

— Oui. Ah, putain ! Pardon.

— Je te laisse une chance. Tu seras pas trop fatigué à l'école demain ?

— Pas du tout !

— Tu as aimé mon gratin dauphinois ?

— Tout à fait !

— Menteur ! Je sais pas faire la cuisine. Il manquait de crème, on aurait dit du plâtre, et le dessus était cramé.

— C'est pas vrai ! J'ai aimé, wallah, regarde j'ai tout mangé !

— Quand tu deviendras réalisateur, tu me prendras comme scripte dans ton équipe ?

— Pourquoi pas.

— Alors dépêche-toi ! Hé, avoue, dans le cinéma, c'est surtout les actrices qui t'intéressent !

— Non !!!

— Tu as encore perdu, mais on va dire que tu as gagné. C'est trop facile pour moi, j'ai aucun mérite… »

Ziad s'allongea sur le divan déplié, et demanda qu'on laisse une petite lumière, le noir continuait de l'inquiéter malgré ses onze ans bien sonnés, et son entrée en sixième l'année prochaine. Muriel aurait aimé lui montrer sa collection de peluches, peut-être serait-elle parvenue à le rassurer, mais les ours étaient dans une caisse à la cave, avec les habits qu'elle ne mettait plus, les vinyles d'une autre époque, et deux ou trois bouteilles de vin précieux qu'elle se refusait à boire seule.

Il s'endormit aussitôt. Muriel avait laissé la porte ouverte, et pouvait presque entendre sa respiration. La nuit entière, elle se tint à l'affût, comme s'il s'agissait d'un nouveau-né à protéger, et qu'elle en était la mère. Son anxiété ne l'empêchait pas de savourer l'instant. La sensation inédite de partager sa maison avec un enfant, la satisfaction de le savoir à l'abri sous son toit, sentir la chaleur de sa présence, le plaisir de veiller sur lui, tout cela était incroyablement nouveau, exaltant. À seulement quelques mètres de sa chambre, cette existence fragile l'empêchait de dormir. Les yeux écarquillés dans le noir, fixant le plafond, tandis que ses mains s'accrochaient au revers des draps, elle souriait sans s'en rendre compte. Étendue dans son grand lit, le corps en alerte, elle avait pourtant l'impression d'être debout. Quel pouvoir possédaient donc les enfants pour distiller dans tout l'appartement cette étrange vibration, cette atmosphère si particulière, cette drôle de paix, curieusement frémissante, où rien d'autre ne comptait que leur bien-être, leur tranquillité ? Comme s'ils tissaient dans l'air une toile invisible dont les fils délicats, d'où qu'ils partent, ne conduisaient qu'à eux. Face aux possibilités du dehors, le centre n'avait jamais été aussi près, il était là, juste à côté, et le monde tout autour pouvait bien s'effondrer, si leur respiration restait calme et régulière, tout irait bien. Elle se leva plusieurs fois, demeura un long moment face à lui, à l'observer sans bouger… Les mèches de ses cheveux collées sur son front, sa bouche entrouverte, ses paupières qui tremblaient sous l'impulsion d'un rêve, sa main serrée, pouce à l'intérieur, comme un boxeur, l'autre au contraire gracieuse et légère, arrêtée sur la joue dans une caresse... Elle était incapable de bouger, éblouie, hypnotisée par le prodige de sa présence, par la confiance qui s'en dégageait. Comment pouvait-on trahir cette confiance ? L'impensable la torturait toujours. Le visage brun doré, si délicat, écrasé sur l'oreiller, la ramenait des années en arrière. La scène au bord de la rivière revint de nouveau la hanter, et se rejoua lentement sous ses yeux.

Mais ce soir-là, la jeune femme lui inventa une autre fin. Cette fois, Muriel n'était plus une enfant, ou alors une enfant qui possédait la force d'un adulte, celle qui était la sienne aujourd'hui. Elle était donc capable de se lever, de crier, de prendre la défense de sa cousine. Dans ce nouveau film de son enfance, Muriel devenait un personnage quasi héroïque, qui arrachait la fillette aux griffes de la perversité. Elle disposait enfin des bons réflexes et savait confondre le coupable. Le satyre, à terre, reconnaissait les faits. C'en était fini de lui, THE END pouvait enfin s'inscrire sur l'écran.

Elle savoura quelques instants encore son triomphe imaginaire, puis la triste réalité explosa brutalement sa bulle de rêve. La vérité était moins reluisante, elle n'avait pas bougé d'une semelle, n'avait pas appelé à l'aide, ni aux alentours de la rivière, ni plus tard en rentrant chez elle, ni jamais. Elle n'avait rien dit.

Cette histoire serait d'ailleurs tombée dans l'oubli si elle n'avait continué à lui faire si mal. La douleur était sourde, invisible, mais son empreinte restait vivace, comme un membre fantôme.

La petite lampe solitaire, posée par terre près de Ziad, éclairait faiblement la pièce, créant sur les murs des ombres douces, qui s'élargissaient au plafond. Les voitures passaient dans un bruit de pluie, Muriel craignait qu'elles ne le réveillent. Surpris dans son sommeil, il pourrait ne pas reconnaître où il se trouvait et prendre peur. Elle se recoucha en laissant la porte grande ouverte, s'appliquant à saisir la moindre variation sonore, le mouvement le plus infime. Il n'oserait sans doute pas la réveiller, même après un cauchemar. S'il se trouvait soudain désorienté, c'était à elle d'être prête, disponible pour l'apaiser.

Mais le garçon dormit paisiblement d'une seule traite. Pour ne pas être en retard à l'école, il préféra partir dès son réveil, en laissant un mot sur la table de la cuisine.

En trouvant l'appartement vide au petit matin, Muriel regretta d'avoir finalement sombré dans un sommeil aussi lourd et profond que celui de Ziad. Le silence du petit déjeuner lui sembla plus dense que d'ordinaire. Elle mesura combien, la veille au soir, l'enfant avait rempli chaque millimètre de l'appartement, habité tout l'espace.

Les verres, les couverts et les bols à emballer étaient rassemblés dans un coin, exposés comme des objets trouvés. Elle lut et relut son mot, sourit aux fautes d'orthographe, puis termina ses cartons, le camion serait là dans quelques heures. Tout était déjà trié, classé, rangé, ne restaient que deux étagères au bout du couloir. C'est là, dans une vieille boîte remplie de lettres qu'elle n'avait pas ouverte depuis des années, que le Cahier de tournage choisit de resurgir. Muriel ne l'avait pas jeté en fin de compte. Elle ne l'avait brûlé ou noyé que dans ses rêves. Elle le feuilleta un moment et l'enveloppa avec soin, avant de le faire disparaître à nouveau sous une pile de vêtements.

Pour aller plus vite, elle avait pris la mauvaise habitude de découper le scotch avec ses dents. À la fin de la matinée, elle avait un horrible goût de colle dans la bouche, mais tout était empaqueté, bien entassé dans l'entrée, les cartons notés au marqueur : CHAMBRE, CUISINE, SALON, HAUT ET BAS, FRAGILE.

Elle embrassa un mur de la maison, comme elle avait embrassé chaque soir vingt ans plus tôt le décor de *La Cerisaie* de Tchekhov. Elle retrouva même l'intonation du personnage, Ania, qui s'exclamait : « Adieu la vie ancienne… Bonjour la vie nouvelle ! » Puis elle ouvrit tranquillement la porte aux déménageurs.

Numéro vert

Le retour au bureau fut moins pénible qu'il ne l'avait imaginé. Il se savait moins rapide, certainement moins rentable et efficace qu'auparavant, mais ses collègues s'efforçaient de ne pas le remarquer, du moins en sa présence. Au début, dès qu'une simple migraine faisait son apparition, Bertrand paniquait, persuadé que si ses yeux se brouillaient un court instant, si ses jambes flanchaient, entraînant un léger déséquilibre, cela présageait de graves rechutes. Le moindre signe de faiblesse représentait la menace d'une récidive.

Puis, contre toute attente, il oublia. Avec le temps, il aurait presque douté que cette histoire lui fût arrivée. Celui qui avait souffert était un autre, un double moins chanceux, plus fragile, qu'il préférait ignorer. Lorsque cet épisode se rappelait à son souvenir, que le passé lui tirait la manche, réclamant son attention, il ne l'évitait pas, bien sûr, mais l'écoutait distraitement, comme une vague connaissance dont il aurait appris à se méfier.

On l'avait déplacé dans un open space, lui offrant le privilège d'une vue panoramique sur la Seine et les nouveaux quartiers. Il se perdait souvent dans la contemplation de ce paysage, qu'aucune poussette, aucune famille nombreuse n'arpentait jamais, seulement des gens comme lui, courant après le bus, ou se précipitant dans une bouche de RER, soulagés de terminer leur journée. Sur les kilomètres de vitres lavées en rappel tous les trimestres par des spécialistes de l'escalade, il croisait parfois, à la faveur d'un reflet, son double qui l'interrogeait, l'œil égaré ; il en était toujours surpris. L'image, l'une des plus remarquables représentations du doute qu'il ait vues de sa vie, lui fichait un coup. Il s'évertuait à rassurer l'autre, d'un sourire engageant. Mais certains jours, il avait le sentiment qu'il aurait beau faire, il n'y arriverait pas. Ses efforts étaient inutiles, jamais plus il ne parviendrait à surnager avec l'aisance d'autrefois, il subirait dorénavant son intranquillité, comme tout le monde.

Il s'apitoyait cependant rarement sur lui-même, s'estimant épargné. Il suffisait de regarder autour de soi.

Un soir de juin, il retrouva l'occupant de la « chambre-à-ciel-ouvert », mais sans chambre. L'homme était devenu un SDF semblable à tous les autres, il se cachait derrière un poteau, à côté d'énormes fils électriques arrachés aux entrailles d'un mur sale. Il se tenait assis par terre, la tête enfermée dans les bras. Le matelas avec ses jolies couvertures s'était volatilisé, son corps ne dissimulait qu'un maigre sac à dos. L'homme se redressa un instant, mais garda le visage baissé, impossible de savoir s'il était simplement endormi, pensif ou bien préoccupé.

Le mot juste, que Bertrand avait du mal à saisir – accablé, vaincu –, lui donnait envie de hurler, pourquoi lui avoir refusé ce petit espace, ce confort dérisoire ? Ces restes d'une vie meilleure, c'était déjà trop ?

Quelqu'un, certainement, s'était plaint, *le propriétaire du magasin d'à côté sans doute*. Près de sa belle vitrine, le lit gênait. Sa devanture, nettoyée chaque semaine par un étudiant grattant des heures durant les « Joyeuses Fêtes », « Soldes privés » et autres « Vive la Rentrée ! », ne s'accommodait pas de ce triste voisinage. Le vendeur avait dû appeler le numéro vert des encombrants : « Dégagez-moi tout ça ! »

Transformé en homme invisible, dissimulé derrière son rideau de fils électriques, il ne gênerait plus personne.

Le mois d'août arriva. En quelques semaines de vacances, Bertrand oublia l'homme et sa chambre. Face à la mer, qui le laissait ouvert, poreux, plus calme encore que l'étendue sans vagues qu'il aimait contempler à l'ombre des bruyères, les maux de tête s'atténuèrent. Armés de leurs épuisettes, Anne et Ziad ramassaient des crabes microscopiques, avant de les rejeter à l'eau. Il ne se lassait pas de les voir s'aventurer dans les rochers, gratter le sable, les pieds dans l'eau, pour brandir une étoile ou un couteau, fiers d'avoir réussi à capturer un peu de cette mer sauvage et mystérieuse.

Cet été-là, Ziad refusa de se baigner. Il craignait, disait-il, qu'une méduse le frôle et le brûle, ou pire, qu'une pieuvre puisse se saisir de lui… N'était-il pas préférable de se mettre à l'abri de tout ce qui pourrait surgir ?

Les adultes l'écoutaient avec curiosité, ces explications saugrenues suffisaient la plupart du temps. De toute façon, ils pourraient bien insister, le questionner autant qu'ils le voulaient, Ziad s'en tiendrait là. Ignorant les encouragements tout autant que les moqueries, jamais il ne parlerait du manteau rouge de Natalie Wood.

En septembre, lorsque Bertrand reprit le chemin du bureau, le SDF avait disparu pour de bon. Il ne pouvait s'empêcher de vérifier, chaque jour, à chaque trajet… la place restait vide, comme un trou. Et il en ressentait un échec personnel. Là, il y avait de la vie, avant.

Même le propriétaire du magasin ne pouvait le nier, derrière ce poteau, quelque chose était mort.

La petite table de nuit fabriquée avec deux caisses de supermarché, le napperon posé dessus, les deux ou trois livres empilés à côté d'un cendrier doré et d'une grosse montre – ou d'une petite horloge, il ne se souvenait pas précisément – et sur le lit, la couverture jaune égayée de coussins à fleurs couleur pastel… tous ces objets, Bertrand les voyait, il voyait « la chambre en plein air » comme si elle n'avait pas été détruite, que le décor se trouvait toujours dans la rue, à quelques pas de l'église.

Il pouvait même agrandir sa vision, visiter la chambre mais aussi l'appartement tout entier : la cuisine d'où provenait le cendrier, le salon abritant les quatre coussins, le canapé et sa couverture jaune pâle, en face d'une cheminée sobrement décorée de la petite horloge, qui avait maintenu ensuite les livres sur la cagette… Mais il avait beau scruter, interroger sa mémoire jusqu'à en avoir mal au crâne, il ne parvenait pas à reconstituer le visage de l'homme qu'il avait croisé chaque soir, durant des mois, et qui hier encore habitait là.

La cicatrice

Après le départ de Muriel, c'est un couple de retraités qui s'installa au cinquième étage. Elle était discrète et sortait peu, une petite dame aux bras maigres, les yeux étonnés, deux cailloux brillants et noirs, enfoncés dans un visage d'une pâleur extrême. Les autres locataires la voyaient rarement. Son mari était sa réplique opposée. Il souriait continuellement, s'exprimait d'une voix forte. Il adorait discuter dans le hall ou sur le palier d'un voisin, alpaguant indifféremment les uns et les autres. Résignée, sa victime savait qu'elle ne trouverait aucune échappatoire. Il riait à ses propres blagues, n'hésitait pas à les répéter s'il s'apercevait que son interlocuteur ne partageait pas son enthousiasme. Il insistait jusqu'à ce que l'autre cède, adhère à son humour un brin décalé : il donnait toujours la chute avant d'avoir terminé son récit, puis revenait en arrière et, hilare, balançait de nouveau la fin. Il connaissait pourtant toutes ces histoires par cœur, son répertoire n'était pas si vaste, même s'il lui arrivait quelquefois d'ajouter des variantes, de changer de version… pourquoi ne parvenait-il jamais à les raconter dans l'ordre ? Il dansait d'une jambe sur l'autre, impatient, comme un enfant qui n'arrive pas à garder un secret. Il était parfaitement informé des problèmes des uns et des autres – au point qu'on aurait pu penser qu'il tenait un registre sur la vie de l'immeuble – se montrant disponible dès que quelqu'un rencontrait des difficultés, un dépanneur à attendre la moitié de la journée, un obscur papier administratif à traduire, un soutien scolaire la veille d'un contrôle…

Quand Ziad lut le *Journal* d'Anne Frank au collège, il pensa aussitôt à Monsieur et Madame Buchvald, avec leur drôle d'accent, si léger que personne n'aurait su en déterminer la provenance. S'étaient-ils eux aussi échappés, enfants, de cet enfer ? Ensuite, il verrait *Nuit et Brouillard* au lycée, puis découvrirait *Les Partisans*, *Histoire d'une vie*, et plus tard *Si c'est un homme*. Loin de l'aider, de l'éclairer, la sidération ne ferait que croître de lecture en lecture. L'opération Reinhard et le Zyklon B l'obséderaient de longues années.

Il lui semblait qu'Odette en tremblait encore, tandis que son mari préférait raconter ses drôles d'histoires, pour tenter d'oublier, sans y parvenir, ce « traitement spécial » d'où ses parents n'étaient pas revenus.

Une fleur arrachée au parterre d'un jardin public, un dessin coloré qu'il trouvait particulièrement réussi, un film qu'il aimait… Il prit l'habitude de déposer sur leur paillasson, comme un chat dépose aux pieds de ses maîtres une souris, un papillon, des témoignages de son affection. Il reçut rapidement devant sa porte de nombreux équivalents :

des gâteaux au yaourt, des paquets de cartes de foot Panini, des billes – personne n'avait dû prévenir Odette qu'on n'y jouait plus depuis des lustres, dans aucune cour de récréation –, toutes sortes de friandises, le plus souvent une espèce de nougat qu'il dévorait en cachette, pour n'avoir à le partager avec personne. Le soir de Noël, il reçut même le maillot bleu du PSG. Ils avaient dû le voir jouer au ballon derrière l'immeuble. Odette l'avait sans doute admiré du balcon plantant ses buts entre la poubelle et le poteau « INTERDIT DE STATIONNER ».

Il la croisait parfois dans le hall d'entrée, disparaissant aussitôt, comme une ombre, comme Muriel le faisait avant elle. C'est à peine si on gardait un souvenir de son visage. On finissait par douter de l'avoir vue, petite forme grise, inquiète, qui laissait son mari parler, préférant s'éclipser, la tête dans les épaules, soucieuse de ne pas déranger. L'imaginer déposant le paquet à toute vitesse devant sa porte le remplissait d'excitation.

Il porta le tee-shirt de foot tout l'hiver, sans pull-over, pour qu'elle puisse le voir de sa fenêtre. Il n'enfilait son blouson qu'après avoir rejoint le carrefour, et tourné à gauche.

Le mari d'Odette continuait d'accaparer les uns et les autres, sans montrer le moindre signe d'intérêt pour les cadeaux. Ziad se sentait donc autorisé à recevoir et déposer librement ces menus présents. Il remettait l'assiette vide d'Odette sur le tapis, observant depuis l'œilleton les parties communes, la porte de l'ascenseur…

Mais la dame avait un sixième sens, et arrivait toujours de nulle part, comme une magicienne ayant par discrétion pris l'apparence d'une petite vieille. Cachée à l'intérieur de ce corps chétif, la créature céleste pouvait commettre incognito toutes ses bonnes actions. Une fois seulement, il la vit débarquer de l'ascenseur, vérifiant avant de s'en extraire que personne ne se trouvait sur le palier ou n'était en train de gravir les marches du deuxième. Aux aguets, tendue comme l'élastique tubulaire d'un lance-pierre, elle avait couru pour attraper l'assiette et s'engouffrer à nouveau dans la cabine juste avant que la porte ne se referme. L'opération n'avait duré que quelques secondes, mais Ziad avait eu le temps de voir la satisfaction briller dans ses yeux, celle qu'il décelait parfois dans le regard de sa mère quand il se resservait à table, ou qu'il trempait son pain dans la sauce, pour ne rien perdre.

Ce soir-là, il décida qu'il devait lui rendre la pareille, et se mit pour la première fois à cuisiner sans l'aide de sa mère. Il confectionna un gâteau au chocolat, tout en essayant de résoudre un devoir de mathématiques, « étant donné que le propriétaire d'un terrain de 41,2 dam de périmètre décide de poser une clôture, en choisissant de garder deux ouvertures : une de 9,75 m et une autre de 245 cm, quelle sera en mètres la longueur de la clôture ? » *Pourquoi avait-il besoin de faire deux entrées dans sa clôture ? Elle n'était pas si grande, une seule devait suffire…* Il en oublia le temps de cuisson. Le gâteau dans le four lui était complètement sorti de la tête, les trous de la barrière avaient pris toute la place.

Malgré une croûte trop cuite – qu'il tenta habilement de dissimuler sous un glaçage –, Ziad déposa sa création devant la porte d'Odette. Le lendemain, il fut surpris de constater que l'assiette se trouvait à la même place, intacte. En apparence seulement, car en inspectant le dessert, il découvrit qu'un minuscule bout avait été proprement découpé au couteau, une fine lamelle, qui avait très certainement décidé de son abandon sur le paillasson. Ziad en fut meurtri, blessé. *Cette première tentative serait aussi la dernière !*

Une fois remis de sa déception, il réalisa que grâce à l'histoire du fondant brûlé, il en savait un peu plus sur sa mystérieuse voisine. *Chacun sa spécialité,* semblait-elle lui dire, *toi les fleurs, les coquillages et les galets ramenés de vacances, moi les gâteaux au yaourt.* Odette était honnête, le dessert était raté, il ne pouvait pas dire le contraire.

Cette leçon serait suivie de beaucoup d'autres, sans que soit jamais prononcé un seul mot. S'il l'on pensait à la quantité de salive que dépensaient ses parents et ses professeurs pour un résultat médiocre, la méthode exclusivement silencieuse d'Odette forçait le respect.

Plusieurs mois s'écoulèrent, et les voisins du cinquième furent obligés de partir à leur tour. Ils avaient décidé d'aller vivre au soleil. C'est du moins ce que M. Buchvald racontait à tout le monde dans la cage d'escalier.

Ziad n'apprit la véritable raison de ce déménagement que bien après leur départ. La peur était revenue. Ils n'avaient rien décidé du tout, ils fuyaient, tout simplement. Dans Paris, des vitrines de restaurants venaient d'être marquées de Juden, tandis que le portrait de Simone Veil était barré d'une croix gammée. L'année précédente, la poussette d'un rabbin avait été aspergée d'acide et une vieille femme brûlée chez elle, à cause de la mezouzah qui se trouvait sur le chambranle de sa porte. Sans parler des attentats commis plus tôt à l'Hyper Cacher et devant des écoles juives. Durant cette misérable période, leur boîte aux lettres avait été taguée, couverte d'inscriptions qu'Odette prit soin de nettoyer du mieux qu'elle put, mais des traces subsistaient, comme une cicatrice qu'il fallait regarder chaque matin en allant chercher son courrier.

En attendant que leur nom soit gravé sur la boîte aux lettres, les nouveaux arrivants s'étaient contentés de coller une étiquette. Juste en dessous, on pouvait encore lire celui d'Odette et de Didier, son mari. La peinture blanche sur le tag commençait à s'effriter, et tous les efforts d'Odette pour cacher les insultes furent bientôt réduits à néant, l'inscription réapparaissait peu à peu, comme un corps mort rejaillit à la surface. On avait transformé le v en w, et deux autres lettres avaient été ajoutées en rouge, rebaptisant ainsi les retraités du nom du camp de concentration dans lequel ils avaient tous deux perdu leurs proches, le camp de la colline d'Ettersberg, dont la grille d'entrée annonçait cyniquement « JEDEM DAS SEINE » : « À chacun son dû ».

Sans demander l'accord du syndic, ni celui des nouveaux locataires, Ziad entreprit de peindre à nouveau l'inscription. Son père avait commandé une peinture spéciale, microporeuse, hyperrésistante, une peinture en acrylique « lutte contre la déformation des matériaux, ne craque pas et ne se fissure pas » disait la notice. L'enfant restait sceptique. Il se doutait bien qu'un jour les inscriptions finiraient par réapparaître, mieux valait être lucide. Aucune peinture, aucun stratagème, pas même le temps qui passe, ne pourrait l'empêcher.

Une semaine plus tard, dans un roman appelé *Amour*, de David Grossman, que Bertrand avait abandonné sur la table du petit déjeuner, Ziad releva une page cornée sur laquelle son père avait souligné cette phrase : « Je veux être prêt pour la prochaine fois que cela arrivera. Pas seulement pour pouvoir me séparer des autres sans trop souffrir, mais pour pouvoir aussi me séparer de moi-même. Je voudrais être capable d'effacer tout ce qui, en moi, menacé d'annihilation, d'avilissement, pourrait provoquer une douleur intolérable. »

3 déc 1998 à 6 : 53

— Tu devrais remettre le magnétoscope à jour, et à l'heure aussi.

— Ah oui… 1998 ! Mais on ne l'utilise plus depuis des années ! Il y a que toi, chérie, pour te servir encore de ce vieil appareil.

— J'ai envie d'un western.

— Celui-là ? La fin est terrible, je te préviens, apocalyptique.

— Ça fait rien.

— Je croyais que tu ne supportais pas la vue du sang. Les cow-boys se font tous massacrer dans la dernière scène.

— Ça m'est égal. J'ai toujours été du côté des Indiens.

— Ah bon, et John Wayne alors ! Mitchum, Taylor…

— Désolée, mais je préfère Akawanush, Dan Slaholt, ou Chief Yellow Robe, à la limite Burt Lancaster et son turban rouge dans *Bronco Apache*…

— Pourquoi ?

— Parce qu'ils vont perdre ! Quoi qu'il arrive, ce sont eux qui vont disparaître. »

Le générique commençait à peine, le titre s'étalait en jaune dans le paysage, accompagné d'une musique entraînante – un dialogue entre une guitare sèche et une flûte de Pan –, les stars se succédaient en lettres majuscules, sans qu'un nom s'imprime dans ma tête. À la vue de ces étendues désertiques, mon esprit s'était aussitôt mis à dériver. Face à ces hommes courant dans la poussière, je pensais à d'autres duels. J'étais de nouveau en 2014, au milieu des spectateurs applaudissant le joueur espagnol. Le court central plein à craquer exultait, et je revivais la défaite de Djoković contre Nadal… Plus de dix mille personnes se tenaient debout, tournées vers le vainqueur, certains spectateurs escaladaient leur siège pour l'apercevoir soulevant son trophée. Pas un visage n'échappait à l'attraction de la victoire, j'étais seule à le regarder, lui. Je cherchais autour de moi, un homme, une femme, ou même un enfant qui s'intéresserait encore au perdant. Mais tous, fascinés, regardaient dans la direction opposée.

Novak Djoković était assis, les yeux dans le vague, il n'avait pas l'air fatigué, un brin songeur. Il a dû sentir mon regard – je me situais à quelques mètres de lui, dans la tribune de l'autre côté du court. Il a levé la tête et nous nous sommes regardés, longtemps. Il n'était pas triste, son visage au contraire semblait paisible, lavé. À quelques points près, sans cette double faute, c'était lui qu'on aurait fêté, photographié. Tout l'après-midi, des milliers de fans avaient crié son nom et, brusquement, avant que le jour ne commence à tomber, le monde entier l'avait oublié.

Il ne s'est pas dépêché d'en finir, ne s'est pas précipité vers la sortie. Il a pris le temps de ranger sa raquette, de ramasser sa serviette, de s'essuyer le front encore une fois. Le ciel était complètement dégagé, d'un bleu immaculé, très pâle, bleu layette, de la couleur du sweat-shirt qu'il venait d'enfiler. Durant tout le match, il n'y avait pas eu un seul nuage, pas une ombre pour accorder aux joueurs un peu de fraîcheur. À peine un souffle d'air. Et voilà que le vent se levait, offrant à chacun la sensation de respirer à nouveau plus librement. Mes cheveux volaient devant mes yeux, s'emmêlaient dans mes lunettes. Je l'aperçus au travers me lancer un dernier coup d'œil, puis se lever pour recevoir à son tour sa récompense, un second prix en forme de petit plateau. Cette fois-ci, il ne brandirait pas la coupe, mais, je suis sûre qu'il s'en foutait, SAVOIR PERDRE COMME DJOKOVIĆ. Avant de quitter le stade, j'écrivis sur mon ticket cette injonction en lettres majuscules, dans l'espoir de m'en souvenir, en cas de besoin.

J'ai gardé longtemps ce petit bout de papier au fond de ma poche, pour ne pas oublier le fil tendu entre nous, et ces milliers de têtes projetées dans la même direction. L'image me rappelait une photo prise lors d'une éclipse totale, un champ de visages équipés de lunettes noires, attendant avec anxiété de voir l'ombre de la lune se dissiper. Pour saisir l'événement, le photographe s'était perché sur un poteau télégraphique, et il les regardait d'en haut, comme autant de petits héliotropes assoiffés de soleil, ou d'insectes nocturnes irrésistiblement attirés vers la lumière.

La force décuplée des perdants

Anne avait l'impression d'avoir remonté le temps. Depuis qu'elle était passée responsable, elle entrait rarement en cabine. Elle prenait les rendez-vous, gérait les stocks de crèmes, de produits pour les soins, s'occupait des comptes, contrôlait le planning, les absences. En ce début de semaine, une esthéticienne avait téléphoné pour dire qu'elle ne viendrait pas, qu'elle était malade, la deuxième était en retard. Anne enregistra un nouveau message : « Bonjour, vous êtes bien chez Beauty Clean, le salon est ouvert, désolée de ne pouvoir vous répondre pour le moment. Pour toute demande de rendez-vous ou désistement, n'oubliez pas de laisser vos coordonnées, nous vous rappellerons dans les plus brefs délais… »

Une fine pellicule de givre recouvrait encore la vitrine du magasin. Anne monta le chauffage, les températures avoisinaient le zéro, la radio l'avait annoncé ce matin, l'hiver promettait d'être aussi rigoureux que ceux de son enfance. Elle enfila la blouse d'une collègue, et pénétra dans la cabine. Une petite femme maigre, aux traits tirés, l'attendait sur une chaise. « Ça fait longtemps, s'excusa-t-elle en s'allongeant maladroitement sur la table, que je ne suis pas entrée dans un salon comme le vôtre, tout est beau ici. » Les bras raides, sagement posés le long du corps, elle fixait les flacons de parfum exposés sur une étagère de marbre rose. « Une éternité que je n'ai pas pris soin de moi, mais figurez-vous que j'ai rencontré quelqu'un… », crut-elle bon d'ajouter sur le ton de la confidence. L'espace d'une seconde, elle eut l'air d'hésiter, Anne écoutait, prête à entendre la suite. De toute évidence, malgré sa timidité, la cliente aurait aimé en dire plus. Elle choisit tout de même de s'interrompre, gênée à l'idée d'une telle conversation alors qu'on la palpait, l'enduisait d'huiles essentielles, qu'elle était presque nue, le pubis à peine recouvert d'une serviette minuscule. À moins qu'elle n'ait préféré se taire par superstition. Un large sourire tentait de confirmer ses propos. Elle profita d'une pause pour se recoiffer. Elle jouait les amoureuses énigmatiques, mais une flamme de détresse brillait dans ses yeux. Anne avait l'habitude de déchiffrer les visages et les corps, quelques indices avaient suffi pour reconstituer toute l'histoire. Celle qui se retournait en s'accrochant désespérément à sa serviette n'avait rien d'une femme comblée. Elle devait se remettre d'un divorce ou d'un veuvage, et ne détenait ni l'assurance d'être aimée, ni la promesse de l'être. Pour le moment, ce massage était son seul projet, il rendrait sa peau souple, et lui accorderait un peu de cette aisance qui lui faisait défaut. Elle se savait trop maigre, depuis toujours, avec l'âge ses os saillants asséchaient sa silhouette. La solitude lui pesait, elle imaginait la chasser de ses contours décharnés en s'installant sur ce matelas moelleux d'une blancheur irréprochable.

Quand les mains d'Anne caressèrent son dos avec fermeté pour descendre sur ses jambes, la plante de ses pieds, puis qu'elle les sentit glisser lentement sur ses épaules et sa nuque, elle s'abandonna comme un enfant, oubliant la défiance viscérale qui ne la quittait plus ces dernières années. Un court instant seulement, arrêter d'être sur la défensive, cesser d'avoir peur… Les mains expertes s'appliquèrent ensuite à lisser son visage, recouvrant son front d'un lait soyeux, avant d'envelopper son corps tout entier d'un linge chaud et humide qui sentait la lessive. Emmitouflée ainsi, elle ressemblait à ces gamins transis sur la plage que leurs mères frottent et enroulent. Curieuse momie échouée sur le sable dans son grand drap de bain.

Anne la laissa seule plusieurs minutes, lui offrant la possibilité d'apprécier les bienfaits de ce contact luxueux, et de reprendre ses esprits. À quoi donc pensait sa cliente dans la lumière tamisée de la cabine surchauffée ? Elle ne fuyait pas, comme tant d'autres, les odeurs de cire parfumée, elle prenait son temps, enfilait ses collants, sa jolie robe, en se disant qu'elle avait bien fait. L'homme qu'elle rencontrerait dans quelques heures ou quelques jours aurait envie de caresser sa peau, lui aussi, maintenant qu'elle s'était préparée au combat, recouverte d'une armure dont son corps allait certainement garder la trace, ou du moins les effluves subtils jusqu'au soir.

Anne la raccompagna jusqu'à la porte et la regarda s'éloigner d'un pas mal assuré. La femme s'arrêta au bout de la rue. Les passants traversaient tous sans attendre leur tour. À cette heure, le quartier était calme, les routes désertes. Elle se tenait pourtant immobile sur le bord du trottoir guettant le signal, telle une petite fille consciencieuse appliquant à la lettre les recommandations de ses parents.

Juste après elle, Anne eut affaire à un client dont l'embonpoint nécessitait une énergie et une poigne conséquentes. En entrant dans la boutique, l'homme avait aussitôt réclamé « qu'on le traite d'une main de fer ». Lucide, il reconnaissait que son ostéopathe lui-même le trouvait coriace. On pouvait lui sauter dessus, il ne sentait rien, se plaignait-il en se déshabillant. Il avait tout essayé, le massage shiatsu, l'ayurvédique, et aussi le cachemirien… Une fois allongé, il fut moins bavard. Son corps était compact, sa chair glissante, un peu moite, et de fait, Anne avait du mal à y enfoncer ses doigts, comme s'il portait une combinaison de plongée, totalement hermétique. Très vite, il ferma les yeux et se mit à ronfler. Au bout d'une dizaine de minutes à peine, l'homme dormait profondément. Il ne s'aperçut même pas que le soin était terminé. Qu'espérait-il trouver dans ce salon de beauté ? Une petite brèche dans sa carapace trop étanche ? Peut-être rêvait-il seulement de mettre sa vie sur pause un moment ? Anne le laissa plus d'une heure profiter de cette parenthèse, avant de le raccompagner, le livrant aux bousculades des sorties d'école, au bruit des travaux sur la chaussée. Au milieu des enfants excités, de leurs disputes et leurs cris joyeux, le bonhomme avait l'air de flotter, de glisser comme un ballon rempli d'hélium. Elle observa son corps fendre l'air et la foule, sans effort, jusqu'à disparaître dans un ultime rebond, derrière un immeuble.

La dernière cliente de l'après-midi était une jeune femme aux cheveux clairs, belle et pressée, qui souhaitait une épilation brésilienne. Malgré l'expérience, Anne continuait parfois d'être embarrassée, et préférait proposer une culotte en papier, large, adaptable au degré de pilosité souhaité par la cliente. La fille avait un corps mince, élancé, et ne ressentait visiblement aucune gêne. Elle mit le slip, mais l'écarta plus que nécessaire. Elle semblait se distraire de la situation, de cette pudeur plutôt surprenante de la part d'une professionnelle. Dans ses yeux, qu'Anne prenait soin d'éviter, brillait un air de défi, comme un appel, à moins que ce ne fût de la moquerie.

Anne ne se lassait jamais d'observer ses clients. Avec les années, elle avait appris à les faire parler. La majorité d'entre eux attendaient à peine d'être allongés pour se confier ; mais si elle avait affaire à des taiseux, elle se concentrait sur leurs gestes, l'expression de leurs visages, espérant déchiffrer leurs pensées… Pour échapper à l'ennui, à la routine du métier, elle se racontait leurs histoires. Elle parvenait toujours à un scénario plausible, sauf lorsque quelqu'un la troublait et s'amusait à mélanger les cartes.

La blonde s'en alla, son mystère en bandoulière, lui effleurant le bras au passage. Au moment de payer, elle s'approcha si près, qu'Anne crut un instant qu'elle allait l'embrasser… Ses cheveux cendrés avaient balayé sa joue et Anne s'était figée, tout en bafouillant quelques mots de remerciement dans l'espoir de se donner une contenance.

Se pourrait-il qu'elle ait mal interprété son geste ? Sa bouche, elle en était certaine, avait presque frôlé la sienne. Elle pouvait encore respirer son haleine, l'odeur de thé qui s'en échappait, comme un nuage tiède sur son visage et jusque dans son cou.

Ces derniers temps, elle se faisait de drôles d'idées. Elle n'aurait su dire quand ce changement avait commencé d'opérer en elle, ni pourquoi sa sensibilité exacerbée grossissait les faits les plus anodins, mais c'était une réalité qu'il fallait prendre en compte. Le moindre incident devenait signifiant, lourd de sens, ses émotions décuplées prenaient toute la place. Le plus souvent, elle en avait conscience, et s'obligeait à revoir son jugement. Elle mettait ça sur le compte de la fatigue, de l'alcool surtout, car il fallait bien l'admettre, sa consommation ne cessait d'augmenter, et elle ne faisait rien pour se restreindre. Elle créait l'illusion en ne buvant que des fonds de verre, à peine deux, trois gorgées. Ils étaient aussi beaucoup plus nombreux. Qui prétendait-elle duper ? Elle-même évitait de compter les bouteilles, s'arrangeant pour les faire disparaître aussitôt bues, dans la poubelle de tri. Elle justifiait son empressement en répétant qu'on manquait de place dans la cuisine, les cadavres de bouteilles la déprimaient, presque autant qu'un lendemain de fête…

« Chacun son péché, chacun son petit vice ! » aimait-elle dire à ses amis dans les dîners, le vin la détendait si bien, après avoir tant donné aux uns et aux autres, comment s'en passer ?

Après la fermeture, Anne resta plus longtemps que d'habitude afin de rattraper son travail habituel, les factures, les commandes de produits, avant de rentrer, vidée, les mains engourdies et les articulations douloureuses, probablement à cause de l'homme-ballon.

Plus jeune, elle avait nourri d'autres ambitions ; avec un bac scientifique en poche, jamais elle n'aurait imaginé passer sa vie dans un institut de beauté. Aujourd'hui pourtant, elle en était heureuse. Cette place lui convenait, un rideau de fer à ouvrir chaque matin et à refermer tous les soirs, dont elle seule détenait la clé. Le désir de réussite tel qu'on l'entendait en général – un poste prestigieux, une carrière, un salaire enviable, peut-être même du pouvoir – ne l'avait jamais attirée. Face à l'insistance de ses proches, elle avait un temps envisagé le métier d'avocate, l'idée de défendre des hommes et des femmes lui plaisait. Mais sa mère était morte le jour de son inscription à l'université, et Anne avait préféré trouver refuge dans le monde du travail. Accomplir des tâches simples, huit à dix heures par jour, pour ne plus y penser.

Et, au fil du temps, essayer de l'oublier.

Son garçon était sans doute en train de finir ses devoirs dans sa chambre, ou bien il jouait encore sur sa console. Un autre jour, elle serait venue contrôler qu'il ne s'abrutisse pas plus d'une demi-heure devant Battlefield, War Thunder, Black Ops… un de ces jeux de guerre, troublants de réalisme, qu'il empruntait à ses copains. Aujourd'hui, elle s'en fichait. Elle pensait à la voisine du cinquième, à son sourire quand elle la croisait dans le hall, à sa gentillesse apparente, ses gestes obséquieux, et à Bertrand dans ses bras.

Au début, elle avait eu des doutes, qu'elle avait chassés aussitôt. Elle se trouvait mesquine, jamais elle n'aurait imaginé être assez puérile pour vérifier sur son portable qu'il ne recevait aucun message équivoque. Elle cherchait en vain, et finissait par remettre le téléphone dans la poche de sa veste, bredouille. Il y avait pourtant des signes qui ne trompaient pas. Son silence, quand il rentrait, son odeur de transpiration âcre, sa peau chaude et moite quand on la touchait, ses yeux fuyants, et sa présence dans l'appartement, maladroite, presque timide, suffisait à la convaincre qu'il vivait bien une autre histoire, quelque part. Elle ignorait seulement que cela se passait aussi près, à moins d'une quarantaine de marches au-dessus de chez eux.

Et puis un soir, ils s'étaient retrouvés tous les trois dans le hall, et Anne avait surpris les regards qu'ils échangeaient, leur nervosité, deux visages blêmes qui transpiraient de culpabilité et d'embarras. Bertrand s'était précipité dans l'escalier, prétendant par galanterie laisser la place aux dames. *Mais de la place, il y en avait largement pour trois !* Il était monté en courant, *il fuyait, tout simplement*. Les deux étages qui séparaient Anne de son palier lui parurent interminables, impossible de trouver la moindre phrase de circonstance, un mot qui allégerait la situation… Tout était clair à présent. Inutile de consulter à nouveau son téléphone, de fouiller ses poches quand il dormirait, ou de s'interroger sur ce long cheveu roux enroulé sur le col de sa veste bleu foncé.

Cette nuit-là, Anne avait rêvé d'une forêt où elle allait enfant. Ses parents marchaient devant, à la recherche d'une clairière ensoleillée, pour y installer la nappe et le pique-nique.

Après le repas, tout le monde s'était allongé sur les couvertures, son père somnolait, sa mère regardait le ciel, chassant régulièrement les fourmis qui lui grimpaient sur les bras et les jambes. Anne s'amusait à observer les faucheux traverser les reliefs du repas, escalader les corps alanguis. Avec des brins d'herbe, elle jouait à contrarier la progression des araignées, ou chassait d'un coup de feuille les punaises rouges et noires, les coléoptères… Et d'un seul coup, l'image prenait feu, comme une vieille pellicule de cinéma qui brûle.

Lundi

Au fil des semaines, le cauchemar revient de plus en plus souvent, et Anne refuse l'idée que ces arbres couchés, carbonisés, ne soient qu'une triste représentation d'elle-même.

Mais pourquoi s'être encore arrêtée dans le café qui fait l'angle au lieu d'acheter à dîner ? Avoir repris un autre verre, et encore un dernier ? Son visage dans la glace est pâle, presque gris, comme si l'alcool avait décidé de lui enlever toutes ses couleurs.

En croisant son morne reflet dans le miroir de l'entrée, elle doit se rendre à l'évidence. Elle ne reconnaîtra bientôt plus la femme insipide qui lui fait face. Ses yeux rouges et fatigués la fixent, comme un vieil automate. Pour la première fois depuis des mois, elle se dit qu'il faut faire quelque chose, n'importe quoi !... mais surtout ne pas rester plantée là, inerte et plus misérable encore que les débris calcinés qui jonchent la forêt de son rêve. *Bertrand ne rentrera sans doute pas avant deux bonnes heures. On est lundi, il a toujours une réunion au début de la semaine… Lundi,* se répète-t-elle comme si ce jour avait une signification particulière. Elle se dirige vers la cuisine, ouvre un tiroir, celui qui contient les ciseaux et les couteaux à découper, en choisit un, le plus grand, le plus tranchant. Elle attrape son sac, y glisse l'objet, prend sa veste, et quitte l'appartement. Quand ce sera fini, il faudra s'enfuir, revenir au deuxième le plus vite possible, faire semblant de ne pas l'avoir quitté, éteindre la PlayStation, vérifier les devoirs et préparer à manger. Se comporter normalement, comme si on venait juste de sortir les poubelles, ou d'aller chercher le courrier, le visage neutre, relâché, sans expression aucune ; dans ce genre de circonstances, rien, c'est déjà beaucoup. Elle avisera. Pour l'instant, tout est possible, y compris l'hypothèse la plus folle, celle de ne jamais redescendre.

Elle appuie sur le bouton de l'ascenseur, et monte au cinquième. Elle a trop bu, pourtant elle se sent parfaitement sobre. Pour la première fois depuis des mois, elle a le sentiment d'être en pleine possession d'elle-même, plus éveillée qu'elle ne l'a jamais été, de percevoir la vie avec une conscience élargie, supplémentaire – elle n'ose dire infinie. Sa pensée est rapide, ses gestes maîtrisés. Elle voit les êtres et les choses autour d'elle avec une acuité nouvelle. Munie de cette compréhension plus fine, immédiate, elle se sent pousser des ailes. Si on lui en donnait l'occasion, si seulement on voulait l'entendre, elle serait capable de répondre à de grandes questions ! Ces interrogations qui se perdent dans des raisonnements sans fin, qu'on s'empresse en général de remplacer par d'autres, elle saurait en apporter l'explication ; ces problèmes prétendument insolubles, elle parviendrait à les élucider. Elle ne renoncerait pas… ! Mais qui aurait envie de poser la moindre question ? À présent, tout est clair ! Le couteau dans son sac lui donne la certitude d'être devenue extralucide. La solution est à portée de main, il suffit de sonner à cette porte, et d'agir. Anne plonge un bras à l'intérieur, pour toucher le tranchant de la lame, tandis que de l'autre, elle s'accroche à la poignée. Durant quelques secondes, le désir de se blesser avec le couteau, d'y frotter son doigt, de le faire glisser contre sa peau, est si fort qu'elle doit se retenir pour ne pas l'exécuter sur-le-champ. La douleur sourde qui l'habite se matérialiserait enfin. Si profonde que soit l'entaille, Anne se dit que *ce mal-là, tout le monde le comprendrait*. Elle se tient bien droite devant la porte de Muriel Péan, et s'apprête à appuyer sans trembler sur la sonnette du cinquième étage, porte face. Elle a l'impression qu'elle vit dans un film. Le rôle dont on l'a gratifiée est sans conteste un rôle de composition, celui d'un homme en imperméable avec les traits de Lino Ventura. *Le temps de compter jusqu'à dix, et Blier, alias Raoul Volfoni, armé d'un .22 Long Rifle, ne tardera pas à rappliquer :* « Moi, quand on m'en fait trop, je correctionne plus, je dynamite… » *Dès qu'il sera mis au courant de la situation, son frère Paul déboulera avec toute la bande pour lui prêter main-forte.* Elle croit déjà entendre l'échange de tirs dans la cage d'escalier. Le bruit des silencieux, pareil à des bouchons de champagne, qui sautent à un rythme soutenu, ferait presque penser à une fête ! Les balles fusent et se répondent, c'est comme une symphonie…

À moins qu'un blouson noir ne l'arrête, « police, menottes, prison », imitant Galabru dans *Subway*.

Soudain, son propre personnage lui semble ridicule, ou bien c'est la comédienne qui ne sait pas interpréter la scène, même son couteau de cuisine sonne faux. Il est beaucoup trop gros, une arme de dessin animé à la lame brillante et intacte, encore vierge. Bientôt comiquement recouverte de ketchup.

Elle attend d'avoir la force de sonner à cette porte, de s'attaquer enfin à sa rivale, mais Anne sent bien que sa belle détermination est en train de s'évaporer. Elle n'est qu'une héroïne de boulevard, avec ses portes qui claquent et l'inévitable mari jaloux caché dans un placard. Sauf qu'aujourd'hui ce rôle stupide lui échoit. C'est d'elle, cette fois, qu'on va rire ! Qui aurait envie de jouer cette caricature, ce fantoche de femme trompée ?

Alors elle range le couteau au fond de son sac, reprend l'ascenseur, et s'en va.

Rien ne marche. Sur le trottoir, elle manque glisser en se prenant les pieds dans un sac en plastique. Impossible de se rappeler où elle a bien pu se garer. Elle fait plusieurs fois le tour du pâté de maisons, comme si elle était soûle ou quasi dérangée, balançant le bip de ses clés au hasard, espérant que parmi les centaines de véhicules gris et noirs, rangés en file indienne, l'un d'eux lui renverra son signal dans la nuit.

Enfin, elle se souvient qu'elle a tourné plus d'une demi-heure en rentrant du Salon, et s'est résignée à se rendre au parking, trois rues plus loin.

Pour une fois, elle n'a pas peur d'arpenter seule ses allées bétonnées, son couteau, comme un chien fidèle, l'accompagne.

Elle se revoit sous terre, entourée d'instruments de musique, sa voiture doit être au –2 ! Heureusement, l'architecte a multiplié les indices synesthésiques pour les mémoires défaillantes comme la sienne. Au premier, c'est le sport. À cet étage, les peintures murales illustrent toutes des scènes de football et de cyclisme avec la même naïveté criarde. Sa Citroën se trouve juste en dessous, dans l'allée consacrée à la musique, en face d'une énorme guitare jaune et marron.

De la musique classique jaillit de petites enceintes disséminées un peu partout, à côté des nombreuses caméras de surveillance. Une sorte d'imitation pompeuse des *Quatre Saisons* de Vivaldi se déverse des escaliers jusqu'à la sortie. Devant la caisse automatique, le volume est poussé au maximum, et le violon s'emballe. C'est l'Hiver, la fin du troisième mouvement, auquel on a jugé bon d'ajouter au synthétiseur des nappes et des beats de fausse batterie.

Elle ne sait pas où aller, rouler des heures sur une route dégagée est son seul objectif. Peu importe que son fils soit resté seul à la maison, le tableau de bord affiche 21 h 30, *son père ne va pas tarder à rentrer.* Il se précipitera dans sa chambre, lui demandera pourquoi sa mère n'est pas là… *à moins que Ziad ne soit déjà endormi.* Imaginer son garçon à l'abri des vicissitudes de l'existence, à des années-lumière de ce vaudeville, pelotonné dans un profond sommeil, la rassure. À l'inverse, l'idée que Bertrand puisse s'inquiéter pour elle lui redonne des forces ; Anne appuie nerveusement, à plusieurs reprises, sur l'accélérateur.

Des plaines de l'Oregon

Cela faisait plus d'une heure qu'elle avait quitté Courbevoie, et l'alcool s'était dissipé. Il fallait à tout prix trouver un bar ouvert, dans cette atmosphère passablement surréaliste – car, même s'il ne s'était rien passé, elle agissait exactement comme un tueur en cavale, roulant à 180 sur une route paumée, un couteau de boucher sur le siège passager.

Quelques kilomètres plus loin, elle aperçut un genre de dancing qu'elle imagina rempli de box, avec des types à moustache qui se fantasmaient en héros de film américain. Chemises à carreaux, gilets en cuir ou à franges, Santiags et Stetson… Anne se gara sur le côté, s'interrogeant sur la crédibilité des costumes dont elle les avait affublés – personne ne s'habillait plus comme ça aujourd'hui, sauf chez David Lynch. Elle longea un grand bâtiment plat, insignifiant, éclairé par une énorme enseigne de néons rouges. *Allumé…* La départementale D935 prenait d'un seul coup des allures de Las Vegas. *Allumé, éteint, allumé…* Les lettres clignotaient toutes les deux secondes, rappelant inlassablement aux clients potentiels qu'au lieu de poursuivre leur chemin ils feraient mieux de s'arrêter au *BAR-DANCING : Le Free Fly*. On les y attendait.

Tout autour de la salle, dans des canapés marron, une majorité d'hommes en vestes grises buvaient en priant pour qu'il se passe quelque chose. Deux types collés au comptoir en look total jean correspondaient plutôt bien à l'idée qu'elle se faisait de la clientèle, même s'il leur manquait encore certains détails significatifs, comme les bottes pointues et le chapeau dans le dos, pour prétendre sortir de *Mystères à Twin Peaks*, ou débarquer fraîchement des plaines de l'Oregon. L'un d'eux possédait tout de même un ceinturon suffisamment large pour qu'on le remarque de loin. Son propriétaire devait l'astiquer avec soin, car il brillait dans la lumière du bar comme un rétroviseur au soleil. En s'approchant, Anne découvrit qu'il était en argent, avec une grosse étoile filante gravée au centre. La ceinture, en cuir véritable, disposait aussi d'un genre de holster sur lequel était dessiné un aigle. Ce cow-boy du dimanche aimait sans doute jouer au shérif, au bar du Free Fly, ou au PMU du coin.

En ce soir de semaine, la salle était peu fréquentée, son apparition à cette heure tardive fut remarquée. Elle commanda tout de suite un baby, puis se ravisa pour un double whisky. Et, avant d'avoir le temps de se demander ce qu'elle faisait là, but cul sec plusieurs rasades substantielles. La musique des années quatre-vingt qui passait sur le dance-floor ne semblait inspirer personne. Anne eut pitié du DJ et se dirigea vers la piste. Après l'absurdité de ce qu'elle avait vécu, cette pathétique tentative de vengeance avortée, peu lui importait d'être seule à se déhancher sous la boule à facettes. Elle dansa avec enthousiasme, maintenant son verre à distance. Un des types en jean la suivit, insista pour l'accompagner en s'agrippant à sa main libre. Il était rouge, sentait la transpiration, ses gestes étaient collants, maladroits. Anne essaya de se dégager, mais le cow-boy continuait de la faire tournoyer, n'ayant manifestement pas l'habitude qu'on lui résiste. Elle fut obligée de s'approcher pour lui crier à l'oreille qu'elle n'aimait pas le rock, qu'elle préférait *suivre le rythme à sa façon*. Il avait dû boire une bonne partie de la soirée, peut-être même tout l'après-midi ; sans qu'il ouvre la bouche, son visage puait l'alcool. La cinquantaine, il pensait à tort en faire dix de moins avec ses cheveux longs, qu'il avait dû ramasser plus jeune en catogan.

Il hésitait, devait-il continuer à danser gauchement près d'elle ? Anne l'avait presque oublié, les yeux mi-clos elle essayait de se téléporter ailleurs, de se fondre dans la musique, un vieux tube qui lui rappelait ses premières boums, ses premiers baisers, les déclarations d'amour compliquées…

« Est-ce que tu sortirais avec mon pote ? » hurla brusquement le deuxième type en jean, comme si l'autre ne pouvait pas s'exprimer tout seul. Il lui tordait le bras en désignant son camarade retranché au bar, qui l'attendait maintenant, piteux. La chaleur du whisky descendait dans son ventre, elle souhaitait juste que cette brûlure puisse durer, la prolonger encore un peu. Elle planta le copain moustachu au beau milieu de la salle, et partit réclamer derechef un autre verre au serveur.

Ensuite, tout devint flou, à force d'observer les uns et les autres, la petite vingtaine d'hommes et de femmes prisonniers de la lumière orange et de l'air vicié du *Free Flight ou du Fry Light, peu importe… You see, we're born. Born to be alive !* Hypnotisée par les cercles que les projecteurs dessinaient sur le sol, Anne écoutait la musique qui s'acharnait à lui faire perdre toute notion du temps, de l'époque même dans laquelle elle était censée vivre. Un slow des Scorpions envahit la piste. Son amoureux en jean, celui avec l'étoile filante, en profita pour l'inviter à nouveau. L'alcool avait fait son œuvre, elle se laissa conduire jusqu'au centre. *Try Baby try to trust in my love again… I'm still loving you…* Il la prit contre lui, sa veste était moite, comme une seconde peau jamais lavée. Il serra sa taille, ses mains touchaient le haut de ses fesses. Quand il se décida à l'embrasser, Anne n'eut aucune réaction, elle n'avait plus accès au moindre embranchement de sa volonté… impossible de revenir en arrière, elle ne pouvait que continuer à s'abandonner. Sa langue avait un goût amer de brûlé, un mélange de vodka et de tabac, elle était dure et râpeuse, tournait nerveusement dans sa bouche, se dépêchant de la pénétrer avant d'être rejetée. Comprenant qu'il se pressait pour rien, qu'on ne le repousserait plus, il prit le temps de manger ses lèvres du mieux qu'il put, de toucher ses seins, ses fesses, de mordre son cou, puis il l'entraîna aux toilettes. En passant, elle attrapa son sac, salua le double en jean, le moustachu qui jubilait, et suivit son flirt au son de *Voyage Voyage*. *Qu'est-ce qui me prend ?* se demanda-t-elle en entrant dans les toilettes pour hommes. *Il faut que je me réveille*, lui répétait une voix intérieure, d'abord inaudible, puis de plus en plus forte. Un jeune se versait de l'eau froide sur la figure dans l'espoir de prolonger encore un peu la soirée, avant de sortir en zigzaguant sans même s'apercevoir de leur présence. L'inconnu la poussa alors, sans plus de ménagement, dans une cabine et la plaqua contre un mur. Appuyant fermement d'une main sur son épaule, il la força à s'agenouiller, tandis que de l'autre, il ouvrait son pantalon.

« D'accord, mais déshabille-toi complètement, ordonna-t-elle soudain en essayant de se redresser.

— Arrête, s'agaça le type, surpris, c'est bien comme ça.

— Non, fais ce que je dis ! » hurla-t-elle.

Cette tentative pour reprendre le contrôle de la situation le fit rire, « Tu veux jouer les dominatrices ou quoi ? ».

Son rire l'exaspérait. « Tu te fous à poil, tu as compris ?

— Écoute, m'emmerde pas, t'es pas ma mère ! » L'homme, fier de sa repartie originale, la força à s'agenouiller de nouveau, lui agrippant les cheveux et la nuque, tirant son visage vers son sexe. Anne réussit à se dégager d'un coup de tête, s'arrachant d'épaisses poignées de cheveux, puis s'empara du couteau, et le tendit vers lui : « Tu vas tout enlever, d'accord ? Donne-moi ce que tu as sur toi… »

Cette fois, le type obtempéra. Il se déshabilla maladroitement, manqua de tomber, avant de s'accrocher au distributeur de papier-toilette pour ôter son pantalon et son caleçon. Il gardait son ceinturon serré dans la main, probablement dans l'idée de s'en servir, de se défendre avec, mais rien ne venait. Le cow-boy nu était blême, son fouet pendait lamentablement. Quel genre d'animal espérait-il encore dompter dans sa cage ? Durant quelques secondes, Anne visualisa les possibilités qu'offrirait un combat à la ceinture et à l'arme blanche.

Quand elle essaierait plus tard de retrouver la chronologie des événements, Anne aurait du mal à recoller les morceaux.

Voyage voyage dans l'espace inouï de l'amour... voyage et jamais ne revient... ne t'arrête pas... Les paroles assourdies lui parvenaient derrière la porte, elle pouvait sentir les vibrations des basses résonner dans le mur contre son dos. Elle lutta avec lui le temps que s'achève la chanson, *voyage voyage, éternellement*, puis dans un réflexe emprunté aux romans policiers qu'elle dévorait plus jeune, elle rassembla les vêtements et emballa précipitamment le couteau dans du papier-toilette. Le type avait glissé lourdement sur le sol. Allongé sur le carrelage, il ressemblait à un vieil enfant. Son sexe s'était rétracté, il avait l'air ridiculement petit désormais, un bourgeon fragile. Il faisait aussi glacial dans ces W-C que dans une chambre froide. Elle prit la peine de le regarder – trop longtemps, elle le regretterait par la suite – comme si elle voulait enregistrer le moindre détail. Sa peau sentait toujours aussi fort, elle était rouge écarlate sur le torse, et dans son cou ses veines étaient si gonflées qu'on les voyait battre, turgescentes, comme écorchées, tandis qu'à d'autres endroits son enveloppe paraissait carrément retournée, à vif. Elle sortit en refermant soigneusement la porte, se dirigea vers la sortie, et croisa son jumeau qui rôdait près du bar. Inutile d'accélérer, on n'était pas dans la série *Engrenages*. Les gars ne la poursuivraient pas. Celui qui gelait par terre, coincé contre la cuvette, était à présent aussi inoffensif qu'un baigneur dans la vitrine d'un grand magasin. Quant au copain moustachu, il préférerait certainement reprendre un verre, plutôt que de se lancer derrière elle sur la route à deux cents à l'heure. Une fois découvert le corps transi de son pote, encore rose et violacé, digne d'un portrait de Bacon, aussi tordu et blessé que ses carcasses éventrées, il retournerait gentiment s'asseoir sur son tabouret de bar, et tiserait sans broncher le reste de la soirée. Peut-être même qu'il continuerait à s'enfiler des shots jusqu'au petit matin…

Dehors, elle jeta le paquet de jeans dans une grande poubelle, et courut vers sa voiture. Il s'était mis à neiger des flocons énormes. Elle s'arrêta, étonnée par leur taille, de grosses boules de coton déchiré, aussi douces que les boules à démaquiller de sa grand-mère – les multicolores qu'elle conservait dans un joli récipient en verre. Elle tendit les mains vers le ciel pour en attraper, et fut surprise de les voir fondre si lentement à son contact. Il devait faire froid, pourtant elle suffoquait. Sous son pull, la sueur ruisselait dans son dos. Les flocons dansaient joyeusement autour d'elle, plus légers que des petits papiers emportés par le vent. Serrés les uns contre les autres, de plus en plus nombreux, ils formaient un rideau providentiel qui la séparait du reste du monde. Certains prenaient une teinte rouge à cause de l'enseigne, d'autres gardaient leur blancheur immaculée. *Allumé, éteint, allumé…* Elle faillit glisser, le sol était recouvert d'une épaisse couche de poudreuse qui brillait. Presque autant que du cristal. Il devait neiger comme ça depuis des heures. D'immenses plaques de mica reflétaient la lumière jaune orangé des réverbères de la départementale. Était-ce l'effet de l'alcool, tous les flocons devinrent rouges, et, l'espace d'un instant, elle eut l'impression qu'il neigeait du sang.

Ses pas crissaient dans la neige. *Prendre la voiture, malgré le whisky et la tempête… Voyons, pour toi, c'est un jeu d'enfant !* ricana une drôle de voix dans sa tête… Au souvenir du type nu, coincé dans ces toilettes minables, elle se sentit presque heureuse, toute-puissante.

Le moteur mit du temps à démarrer, Anne insista de façon compulsive sur l'accélérateur, au risque de le noyer. À l'intérieur, son corps brûlait, elle ouvrit la vitre, l'air glacé s'infiltra dans son cou pour l'apaiser, comme une mère apposant un linge mouillé sur le front de son enfant fiévreux. La voiture répondait mal. Elle se rappela soudain les recommandations de son père : « Sur une route gelée, éviter les obstacles et les dangers, ne pas freiner surtout, les contourner seulement. Quoi qu'il arrive, ne pas freiner brutalement ! » Il lui semblait encore l'entendre se vanter d'être le seul banlieusard à savoir conduire sur la neige. Elle se revoyait, petite fille, attendant impatiemment que la voiture tourne, et tourne encore dans la montagne, prenne ces virages en épingle qui donnaient mal au cœur, pour arriver enfin jusqu'aux embouteillages d'une modeste station de sports d'hiver. Et marcher lentement vers les boutiques de location avec des moonboots trop lourds et des collants en laine épaisse qui gratte.

Les poches pleines de pierres

Anne a quitté la grande route. Seuls les phares de la Citroën éclairent la nuit à présent, mais les flocons semblent autant de petites âmes qui l'accompagnent. Aspirés par la voiture, ils s'agitent, hésitent avant de disparaître, tremblent une dernière fois… Sitôt happés, ils sont remplacés par d'autres. Elle en oublie de regarder la ligne blanche et ses pointillés phosphorescents, préférant suivre le déluge de confettis. *Si ça doit arriver, je n'empêcherai rien. Pour une fois, cesser de faire attention, de tout contrôler. Si ça doit arriver,* se répète-t-elle, *si je me retrouve, comme dans une mauvaise série, la voiture retournée sur le capot, face au vide, dans un équilibre précaire, ou au fond du gouffre, peu importe, je laisserai faire. La joie de se sentir partir, de s'en aller. Ils mettront sans doute du temps à me retrouver, je resterai quelques jours engloutie sous la neige… Il faudra attendre qu'elle fonde. Mais avant cela, je ne serai pas vraiment morte, j'aurai seulement disparu. Je ne serai pas vraiment vivante non plus. Une sorte de Blanche-Neige qui attend dans son cercueil de verre ou sa carcasse de tôle.*

Quand Ziad était plus petit, il aimait qu'on lui lise des contes. Il s'installait par terre, fixait sa mère de ses yeux ronds, prêt à embarquer dans chaque nouvelle histoire. Les paysages enchantés, les décors de science-fiction dans lesquels luttaient monstres et magiciens, les sorts qu'on leur jetait, tout était si réel. L'univers fantastique de ces héros lui paraissait plus crédible, ces fables épiques lui racontaient mieux le monde que l'enchaînement absurde et mécanique de ses propres journées.

À l'évocation de son garçon, ses mains cessent de flotter et s'agrippent plus fermement au volant. Sa respiration reprend peu à peu son rythme normal, à mesure que la voiture s'éloigne du lieu de l'accident imaginaire.

Après plusieurs tournants, Anne aperçoit au loin, sur un passage de seconde zone, un pont entouré d'arbres. Un pont étroit en ciment, *sous lequel doit fatalement s'écouler une rivière polluée… Pourvu qu'il y ait assez d'eau. Il faut que je me débarrasse du couteau.* Enroulé dans du papier-toilette, le couteau patiente sur le siège passager. Elle se gare, s'avance à pied jusqu'à la rivière, et jette l'arme dans les remous vert sombre. Un instant, elle se dit qu'elle aimerait subir le même sort, disparaître dans l'eau vive, écumeuse, se laisser porter par le courant comme Ophélie, ou Virginia Woolf, les poches pleines de pierres. À moins que l'ange Clarence ne surgisse à l'autre bout du pont pour la sauver, comme dans *La vie est belle*.

Mais il n'y a jamais eu, il n'y aura jamais personne pour lui montrer à quel point sa présence sur Terre est nécessaire. Elle doit s'en convaincre elle-même, jour après jour.

Elle remonte dans la voiture, imaginant tout de même que la neige est un signe : grâce à elle tout recommence, la glace a tout recouvert, et s'est chargée d'effacer les indices… Après son passage, la vie est une page blanche.

Quand Anne ouvre la porte de l'appartement, le jour commence à se lever. Mais tout le monde dort encore. Et c'est un soulagement de ne pas devoir s'expliquer, elle ne leur montrera pas ce visage ravagé, qu'elle a bien du mal à reconnaître dans le miroir. Ses cheveux sont hirsutes, ses yeux gonflés, injectés de sang. Elle n'a pas répondu aux nombreux messages sur son portable, plus de quinze appels. Peut-être parlera-t-elle d'une soirée arrosée chez une amie, elles se sont endormies devant un film… Elle improvisera. Elle se douche, jette ses vêtements maculés à la poubelle, prend le temps de refermer le sac avec la ficelle, un triple nœud, *plus aucune preuve, pas la moindre trace, comme si rien ne s'était passé*… Elle se couche doucement sur le côté sans faire de bruit, une petite fille que l'on borde, innocente et complètement propre, qui sent le savon. Bertrand ne bouge pas, il dort sans doute depuis longtemps ou alors il fait semblant, il sait bien qu'il serait vain de la questionner maintenant, et préfère sagement remettre ça à plus tard. Elle ferme les yeux et revoit danser les flocons sur le pare-brise. Comment expliquer que la neige garde ce pouvoir sur nous au fil des années, malgré l'indifférence qui gagne obstinément du terrain ? Elle chasse l'homme nu de ses pensées, et remplit ses rêves de montagnes enneigées.

Six mois plus tard

Bertrand était enfin rentré. Il avait changé, au point qu'elle avait parfois du mal à le reconnaître, mais c'était une véritable consolation de le savoir là, sentir son parfum le matin dans la salle de bains, respirer son tee-shirt avant de le replier sur son oreiller, le laisser commenter une émission à la radio, l'aider à préparer le dîner, le voir manger, lire, et même râler. L'entendre rire, après ces interminables semaines d'angoisse et de solitude à l'hôpital, c'était mieux qu'un miracle. Durant des mois, ils s'étaient révoltés contre la brutalité du sort, et voilà qu'en l'espace de quelques jours, la nausée, le sentiment d'impuissance, toutes les craintes et les souffrances s'étaient volatilisées. La présence de Bertrand avait instantanément redonné vie à tout l'appartement, le trio savourait comme jamais le plaisir de se réunir dans le salon, d'être attablé dans la cuisine, de tarder un peu le soir avant de se quitter, pour mieux se retrouver au petit matin. Une famille comme les autres, presque normale.

Pourtant, passé la joie des retrouvailles, Anne ne cessait de penser à sa courte escapade, à cette étrange soirée au Free Fly. Elle avait toujours aimé fuir, dès que les choses se compliquaient. Lorsqu'elle était enfant, c'était son jeu préféré. Très mince, plus petite que les filles de son âge, elle se cachait dans des recoins improbables, et on mettait des heures à la retrouver. Était-ce de voir Bertrand diminué, reprendre des forces si lentement : dans les embouteillages, au retour du travail, après sa longue journée au Salon, elle imaginait se tromper de route. Suivre volontairement un autre embranchement. Un simple coup de volant… Il fallait juste trouver la force, l'audace nécessaire. Choisir le bon moment pour s'échapper à nouveau. Mais pas question, cette fois, d'échouer dans une boîte de nuit sinistre, elle saurait s'organiser, se dénicher un endroit loin de tout, un vieil hôtel où personne ne risquait de venir la chercher. Peut-être laisserait-elle un type lui faire l'amour, si elle en rencontrait un qui lui plaisait ? Depuis combien d'années, elle n'avait pas baisé avec un inconnu ? Ça lui arrivait parfois quand elle était plus jeune, c'était excitant de ne rien savoir de l'autre, puis de le voir disparaître pour toujours. Du néant, il retournait au néant, après avoir partagé le plus intime. Découvrir sa peau, son odeur, trouver sa bouche, mélanger sa salive à la sienne, et laisser son sexe pénétrer son ventre, au plus profond. Lorsqu'elle l'entendait gémir, Anne, emportée par son souffle et son plaisir, s'abandonnait à son tour. Parfois, le pauvre n'y arrivait pas, il avait trop bu. Ou c'était elle qui, subitement, n'avait plus envie, refroidie par une peau à l'odeur âcre, à la transpiration acide. Un détail suffisait à briser le charme de la rencontre. Un baiser maladroit, un geste trop rapide, intrusif, une haleine imprégnée d'alcool, des cheveux qui sentaient la cigarette, un vêtement couvert de taches suspectes, et l'inconnu si excitant lui donnait soudain envie de vomir.

Six mois après sa courte virée au Free Fly, elle décida donc de reprendre la route, de fuguer quelques jours. Sa nervosité, la veille du départ, lui rappela l'été de ses seize ans, lorsqu'elle faisait le mur pour un nouveau flirt, persuadée de rejoindre l'homme de sa vie. Est-ce que l'approche de la cinquantaine lui faisait perdre la tête ? L'insupportable pression de ces derniers mois était-elle seule responsable ? Son sac était déjà prêt, au fond du placard, caché sous une couverture. Bertrand ronflait à intervalles réguliers, la bouche ouverte, les joues gonflées comme s'il faisait des bulles. Elle traversa l'appartement, poussa doucement la porte de Ziad, elle voulait seulement le regarder un peu, du seuil de la chambre, lui envoyer un baiser volant sur le front, et un autre dans les cheveux… Elle préférait ne pas s'approcher, ne pas courir le risque de le réveiller ou d'être prise de remords face à son corps roulé en boule, son visage paisible, sa peau dorée sur laquelle brillaient de minuscules gouttes de transpiration, comme de la rosée.

L'être humain rivalise de cruauté, il détruit, torture… pourtant, devant tant de perfection, on pourrait si facilement se persuader du contraire. Ce front large et clair était fait pour accomplir des merveilles. Ses sourcils qu'on aurait dit tracés au crayon, la frange des cils, les ailes du nez, la bouche si bien dessinée, le contour de l'oreille… Elle avança à petits pas, mais Ziad se retourna brusquement dans son sommeil. Comme prise en faute, Anne s'immobilisa, avec la drôle d'impression de jouer avec lui à un, deux, trois, Soleil… Elle regarda le profil de son fils encore une fois, et referma la porte de la chambre.

Ce jour-là, elle avait trouvé par miracle une place dans le quartier, elle avait tourné longtemps avant de l'obtenir. L'idée de descendre au parking aurait pu suffire à abandonner toute tentative d'escapade. Dans ses allées sinistres, Anne sursautait dès qu'un moteur démarrait, elle tremblait au passage d'une voiture, s'enfuyait au moindre bruit de pas. Elle regagnait toujours son immeuble en courant, convaincue d'avoir échappé à un grand danger. Dans sa main, la clé était déjà prête. Elle ouvrait la porte à toute allure, et la repoussait derrière elle, reconnaissante. Depuis toujours, elle se sentait vulnérable dès que la lumière du jour tombait, il suffisait que le ciel s'obscurcisse pour que, instantanément, tout courage l'abandonne, que son corps devienne une proie.

À l'abri dans sa voiture, les portes soigneusement verrouillées, elle sentit la tension se relâcher aussitôt. Anne se redressa sur son siège, enivrée par la vitesse de la C4 Picasso, achetée d'occasion mais qui, si l'on en croyait la fiche technique du concessionnaire, lui garantissait avec son Pack Ambiance « les meilleurs équipements orientés confort ». Le volume poussé au maximum afin de ne pas s'endormir sur l'autoroute déserte, elle était presque heureuse de savoir qu'elle avait un endroit où aller.

À proximité d'une nationale, et à moins de trois heures de Courbevoie, l'hôtel Ibiscus l'avait intriguée ; sur les photos du site Internet, il avait l'air si calme, d'une autre époque, un lieu oublié, comme dans le feuilleton de son enfance, *La Quatrième Dimension*. « Apprêtez-vous à entrer dans une nouvelle dimension, qui ne se conçoit pas seulement en termes d'espace, mais où les portes entrebâillées du temps peuvent se refermer sur vous, à tout jamais… » Un bâtiment surgi de nulle part, au milieu d'un champs de colza. Il y avait aussi des coquelicots sur la photo, qu'on aurait crus ajoutés à la palette graphique. Toutes ces couleurs vives contrastaient avec l'interminable hiver de la banlieue parisienne, le ciel bas et lourd de Baudelaire. Et s'il ne lui convenait pas, elle pourrait toujours rouler jusqu'en Belgique, ou même passer par Calais pour traverser la Manche. Elle n'avait rien réservé. Pas de vacances scolaires, aucun pont en perspective, de toute façon les colloques et les mariages avaient lieu ailleurs, dans les Novotel, les Mercure, les Relais et Châteaux pour les plus aisés, épargnant aux organisateurs les mauvaises surprises. Les mariés choisissaient de jolies villes touristiques, de préférence en bord de mer, qui aurait envie de venir faire la fête ici ? Elle dormirait une nuit ou deux dans sa voiture, si cela s'avérait nécessaire. Il convenait juste d'éviter les stations-service, où s'agglutinaient les camions. Mieux valait rester en rase campagne, prendre une petite route, se garer derrière un arbre, et se faire oublier. Elle était fébrile, excitée comme une gamine qui s'apprête à commettre une grosse bêtise, imaginant que personne ne lui en voudrait, ils l'aimaient trop pour ça.

Il avait plu, et la route déroulait son tapis brillant derrière la vitre en écran panoramique. La musique, un genre de jazz fusion, lui donna subitement le cafard, elle chercha, sur le tableau de bord, une autre station, une radio qu'écoutaient les jeunes, au son saturé de graves, elle avait envie de danser.

Sur la route, il se remit à pleuvoir, et les essuie-glaces avaient beau balayer la vitre, s'agiter aussi frénétiquement que possible, c'était une course perdue d'avance, une pluie dense, acharnée, ruisselait sans discontinuer sur le pare-brise pour l'inonder. Un énorme 4 × 4 la dépassa à plus de 180 à l'heure. Anne se serra sur le côté. Ce devait être un jeu, elle imagina le visage et la satisfaction perverse du conducteur, rabattant dans le fossé, à grands coups d'appels de phares, tous ceux qui lui faisaient obstacle, jouant avec les nerfs de ses victimes, comme un adolescent perdu flirte avec la mort. Par chance, plus elle s'éloignait, moins la route était fréquentée. Elle avait l'impression de partir pour un long voyage. Pour se tenir éveillée, elle commença à composer une chanson dans sa tête – sur la bande FM, elles étaient toutes en anglais. La sienne disait :

« Quand la nuit tombe, il faut partir,
partir, tout quitter…
Garder pour soi le désir de s'enfuir
Oh s'en aller… »

Avec la voix de Jacques Higelin. Dans son rêve éveillé, il était toujours vivant, ils étaient amants et se voyaient souvent.

Mais il n'y avait personne à côté d'elle, sur le siège passager, et le chanteur, qu'elle avait seulement admiré à deux reprises depuis la fosse d'orchestre, était mort un matin d'avril. De toute façon, son couplet était bancal, huit pieds, puis dix... Son attention commençait à décliner, ses paupières étaient lourdes, elle décida d'inventer un nouveau jeu, de compter d'autres mots, mieux valait tuer dans l'œuf toute velléité musicale. Elle adorait compter. Elle le faisait discrètement, en silence, sans quoi les gens auraient pensé qu'elle était bizarre, qu'elle dénombrait les choses par ennui, mais non, c'était juste rassurant de compter les bus, les gens habillés en rouge, ceux qui faisaient la queue à la boulangerie, combien d'entre eux prenaient une baguette, les passants en baskets, les comparer avec les femmes en talons, en bottes... Elle compta donc consciencieusement tous les verbes annonçant un départ : déguerpir, fuir, se casser, cavaler, s'en aller, s'envoler, s'effacer, s'échapper, s'éloigner, s'éclipser, disparaître, détaler, filer, décamper, déménager, prendre congé, ses jambes à son cou, ses cliques et ses claques, s'absenter, crapahuter, se débiner, se tirer, se tailler, voyager...

Jamais elle n'aurait pensé en trouver autant, c'était une comptabilité exaltante, elle en était déjà à 57, mais, arrivée aux 58 et 59e, respectivement les verbes déserter et abandonner, elle s'arrêta. Sous les mots, en transparence, venait se superposer une autre réalité : son fils qui l'attendait.

Pour chasser l'inquiétude, elle se mit à compter les panneaux indicateurs sans les différencier. La route était joliment décorée, il y avait toutes sortes de signaux, même les plus rares, celui avec la manche à air et la biche qui traverse, et puis les flèches, triangles de priorité, triangles à bosses… Une aubaine pour réviser son code de la route, ne plus penser à rien. Que signifiaient ces flèches bleues en angle droit ? Se concentrer sur des choses simples et laisser les maisons endormies derrière soi.

Lorsqu'elle se gara devant l'hôtel, l'horloge sur le tableau de bord affichait un peu plus de cinq heures. La réception était fermée. Jamais elle n'aurait dû dîner dans ce relais routier. Elle avait fait un long détour et s'était perdue. Elle inclina le siège à fond, recouvrit ses jambes avec sa veste, et s'endormit en scrutant, dans la lumière du jour naissant, un champ de colza d'un jaune très pâle, triste et détrempé. Elle songea de nouveau à son garçon qui se réveillerait deux heures plus tard, la chercherait et découvrirait son mot, posé sur la table de la cuisine : « Je suis partie pour quelques jours. Je serai bientôt de retour, je ne peux pas vous dire quand exactement, mais ne vous inquiétez pas, j'ai prévenu le Salon, et trouvé quelqu'un pour me remplacer. Profitez de ce tête-à-tête tous les deux. Je reviens vite, je pense à vous. »

Que venait-elle chercher sur cette nationale paumée et dans cet hôtel vieillot, presque aussi isolé que celui de Jack Nicholson dans *Shinning* ? À l'exception de deux voitures se partageant une quinzaine de places de parking sur la droite du bâtiment, tout était désert. Un hangar sur le côté paraissait depuis longtemps laissé à l'abandon. Près de l'entrée, il y avait une carcasse de voiture rouillée, renversée contre un arbre, entourée d'une dizaine de pneus crevés. Sur une branche épaisse, flottait un reste de balançoire en plastique jaune. Anne se projeta un demi-siècle en arrière, du temps où les clients affluaient encore, lorsque les mères regardaient leurs enfants s'envoler dessus, à tour de rôle, et se dépêchaient ensuite de rejoindre la grande salle du restaurant, juste avant qu'il n'affiche complet.

À Louvroil, comme partout dans la région, les usines avaient fermé les unes après les autres : Fonderie Le…ois et Bouillo, Briqueterie Rambaux, L'Espérance… Anne les avait observées depuis la route, au moins trois hauts-fourneaux de brique rouge, mangés par la végétation.

Il n'y avait guère que le dimanche, désormais, où les retraités du coin se bousculaient à la recherche d'une bonne table, en quête de chaleur humaine. Le patron ne manquerait pas de s'étonner de sa présence : qui, par ici, débarquait sans prévenir ? *Pourvu qu'il ne pose pas de trop de questions*. Anne s'approcha timidement de l'immense baie vitrée. Dans la lumière douce du petit matin, l'atmosphère de la réception et de la salle à manger avait l'air lugubre, les meubles style rustique étaient recouverts de poussière. Les nappes à carreaux rouges et les bouquets en plastique sur les tables ne suffisaient pas à égayer l'endroit. Pourquoi venir s'échouer dans ce coin perdu, comme un animal blessé ?

Une femme très brune apparut au rez-de-chaussée et vint lui ouvrir, il devait être un peu moins de sept heures. Dans le hall, tout était sale, désuet. Anne posa, puis retira sa main du comptoir recouvert d'une fine pellicule de graisse. La réceptionniste qui s'abritait derrière la dévisagea quelques secondes, et lui indiqua brièvement où se trouvait sa chambre, n'échangeant que le strict minimum. Anne fut rassurée de ne pas avoir de fiche de renseignements à remplir, qu'on n'exige d'elle ni empreinte de carte bleue, ni le moindre acompte.

Elle allait enfin poser ses clés sur la table de chevet en bois orange, s'allonger sur le couvre-lit usé, attendre que le désir revienne et qu'un peu d'enthousiasme remonte à la surface.

National Geographic

La chambre, petite mais très claire, donnait sur les colzas. Anne ouvrit la fenêtre, et le rideau transparent, jauni par le soleil, se mit à flotter doucement au gré des courants d'air. Les voitures passaient en sifflant. De son lit, Anne les apercevait, traversant l'horizon au bout du champ comme des insectes énervés.

Enfin la pluie s'arrêta. Des effluves de terre humide, d'écorces moisies et même d'algues, remontaient de la fenêtre entrouverte. Le vent frais laissait une drôle d'impression iodée sur son visage, qui rappelait l'enfance, l'odeur des seaux remplis de coquillages mis à sécher sur la terrasse, qu'on garde comme un trésor durant des semaines, parfois même des années, et qu'on finit par jeter.

Pourquoi ne pas avoir roulé jusqu'en Normandie, ou en Bretagne ? Non, c'était ici qu'elle pourrait se mettre entre parenthèses, sans se laisser distraire. D'ailleurs, le calme était revenu. Son cœur cognait moins fort dans sa poitrine. Il avait cessé de battre à distance, comme s'il appartenait à quelqu'un d'autre. Ici tout l'apaisait, les bruits de l'hôtel, sa vie lointaine, une conversation dans le couloir, à peine étouffée par le tissu ancien qui recouvrait les murs. Elle somnolait en écoutant les camions défiler en face sur la nationale quand, venu de la salle à manger, le bruit de l'aspirateur la surprit. *Avait-on décidé, pour son arrivée, de faire un grand ménage ?* Le téléphone se mit à sonner par intermittence – une sonnerie stridente, celle d'un appareil fixe à vieux cadran et fil à spirale. Bientôt, l'étage entier fut imprégné d'une odeur de cire, elle s'imagina chez sa mère, jouant avec ses patins sur le parquet, parcourant inlassablement les lattes étroites si difficiles à faire briller... Heureusement, quelques pas suffisaient pour traverser le salon, trois petites glissades d'un mur à l'autre. L'appartement était minuscule, un simple deux-pièces, sans compter la cuisine. Toute la famille vivait là, comme dans une maison de poupée. Anne s'endormit, rassurée par ce parfum d'autrefois.

Il s'était sans doute écoulé un peu plus d'une heure, quand elle se réveilla d'un sommeil profond mais fragmenté, un sommeil d'alcoolique – elle avait glissé une bouteille de vin dans son sac avant de s'enfuir, et l'avait bue très vite, en roulant. Depuis quand sa consommation avait-elle augmenté à ce point ? Qu'était devenue la mère de famille équilibrée, si bien organisée ?

À la manière d'un programme de télévision à la réception brouillée, l'image de la voisine du cinquième venait régulièrement occuper ses pensées, et chacune de ses apparitions lui procurait le même sentiment de découragement. Désertait-elle son foyer pour mieux lui céder la place ? Même si Bertrand n'était plus monté au dernier étage depuis fort longtemps, qu'ils avaient cessé de se voir juste avant son accident... rêvait-elle d'une vengeance ? Si c'était ici qu'elle comptait vivre à son tour une liaison, c'était raté d'avance, quel genre de type aurait-elle pu rencontrer dans ce trou ? N'était-ce pas plutôt une sorte de punition qu'elle choisissait délibérément de s'infliger ? Un genre de suicide ?

Mais si Bertrand ou la voisine avait rompu, à quoi bon continuer de se torturer ?

Elle se souvint soudain de ses rêves, deux rêves dont elle venait à peine d'émerger. Une fois reconstitués, ils refusaient de se dissiper, les images s'accrochaient, collaient à chacune de ses pensées comme de la boue sous les chaussures. Dans le premier, elle roulait, plus lentement que la nuit précédente, et croisait sur sa route un champ de tournesols. Des centaines, peut-être des milliers de soleils lui tournaient le dos. Dans son esprit inquiet, paranoïaque, les fleurs manifestaient ostensiblement leur réprobation sur son passage. Le monde entier se détournait d'elle, la nature elle-même la boudait.

Le deuxième rêve était plus confus, il s'agissait d'une méthode divinatoire venue d'Inde, une technique très ancienne, sortie de l'oubli grâce au succès grandissant de la culture New Age. Cet art divinatoire était censé l'aider à décrypter les reproductions d'un livre qu'elle tenait dans ses mains. Mais la méthode paraissait plus complexe, plus délirante encore que les dessins eux-mêmes, et ne l'aidait d'aucune façon.

Quel était le livre qui méritait un tel mode d'emploi ? Elle ne l'avait jamais lu, ni même feuilleté auparavant, n'en possédait aucun qui puisse lui ressembler. Il était rempli d'images cauchemardesques représentant des accidents, des sacrifices, accompagnés d'un nombre incalculable de poignards : des longs, des larges, des canifs miniatures, certains pas plus grands que des aiguilles, mais chaque lame brillait comme si l'illustrateur avait pris soin de l'éclairer d'une lumière particulière, une poursuite de théâtre. Au milieu de tous ces couteaux, elle reconnut le sien, celui qu'elle avait jeté dans le ruisseau, c'était le seul à être recouvert de sang.

Elle avait somnolé toute la matinée, croyant s'abandonner à un sommeil léger de quelques minutes, pour finalement plonger et disparaître dans un trou noir, comme aspirée par une force intérieure. En reprenant conscience, elle s'étonna de se retrouver là. Elle avait tellement cru être encore chez sa mère, dans sa chambre d'enfant si astucieusement aménagée qu'elle n'avait jamais eu la sensation d'y être à l'étroit. Pourtant c'était presque un placard. *Qui l'habitait aujourd'hui ?*

Les draps de l'hôtel sentaient la lessive mal rincée. Elle constata à regret qu'elle ne se trouvait pas dans son petit lit une place, mais allongée dans un lit inconnu. Où était donc la porte de la salle de bains ? Elle la confondait avec celle des toilettes. Que faisait ce mur jaune à sa gauche ? Avant de s'endormir, elle en était certaine, la table n'était pas si près. À présent, il lui suffisait de tendre la main pour la toucher. On aurait dit que l'espace rétrécissait. Les objets, eux-mêmes, s'étaient rapprochés.

Après chaque réveil, elle devait reconstituer le plan de la chambre, et toute l'histoire : son départ dans la nuit, la route sous la pluie, son arrivée au petit matin, dans la brume. Une brume blanche si épaisse qu'on aurait pu la prendre pour de la fumée.

Pour chasser le goût amer que lui avaient laissé ces drôles de rêves, Anne enfila un pull et se décida à descendre. Lorsqu'elle pénétra dans la salle à manger, la réceptionniste l'accueillit avec impatience. Son empressement l'étonna, car il était à peine midi.

D'un geste autoritaire, elle lui désigna une petite table manifestement dressée pour elle, près de la baie vitrée.

En bas, la nappe à carreaux du restaurant l'entraîna très loin des usines de Louvroil, à Naples, ou à Rome, dans une modeste trattoria sur les bords du Tibre… Elle s'assit en silence devant une assiette ornée d'un joli fil doré. Le verre était garni d'une serviette artistiquement roulée, et les couverts aux manches en plastique rouge ressemblaient à des jouets, une dînette pour partir en pique-nique. Un bouquet de fausses fleurs bleues et roses trônait sur toutes les tables dans un vase minuscule, en verre trempé, qui lui faisait penser aux gobelets de cantine d'école. Est-ce qu'ici aussi les pensionnaires s'amusaient à lire les numéros gravés tout au fond ? Pour se distraire, jouaient-ils à deviner, comme autrefois, leur âge dans les verres d'eau Duralex ?

Trois tables seulement étaient dressées, les autres ne possédaient ni nappe ni couverts, pas même de chaise. Un couple de personnes âgées ne tarda pas à venir s'installer, se déplaçant lentement depuis l'entrée. Quel genre de balades pouvait-on espérer faire dans la région ? À part traverser le champ devant l'hôtel, prenaient-ils plaisir à s'aventurer bras dessus, bras dessous jusqu'à la nationale ? S'obligeaient-ils à prendre l'air, à faire un peu d'exercice, pour revenir ensuite au ralenti, agrippés l'un à l'autre, attentifs à ne pas manquer l'heure du déjeuner ?

Tous les matins, Anne les regarderait partir, accomplir leur modeste périple, armés d'un parapluie en guise de canne.

En réalité, ils marchaient bien plus loin, jusqu'au Lac du Paradis – un îlot de verdure encadré de deux départementales saturées du matin au soir d'automobilistes et de gros camions. Anne apprit plus tard qu'on y pêchait des brochets de plus d'un mètre de long, des carpes, dont certaines pouvaient peser jusqu'à vingt kilos, et encore des tanches et des gardons. Peu après neuf heures, indifférent au temps, le couple se rendait chez Parady's Kayak pour louer leurs cannes à pêche, convaincu de ramener le repas des pensionnaires. Curieusement, ils rentraient toujours bredouilles. Malgré les nombreux appâts préparés gracieusement par l'hôtel, Anne ne les verrait jamais revenir avec la moindre prise. Chaque jour, les retraités franchiraient la porte, les mains désespérément vides, et pourtant prêts à recommencer le lendemain.

La vieille lui sourit en passant tout près, s'inclina même, avant de rejoindre sa table. Elle avait de grosses jambes et un petit buste rétréci dans lequel s'enfonçait sa tête, comme s'il lui manquait un cou.

Son mari, au contraire, était très maigre, il portait des lunettes qui se teintaient suivant la luminosité ; comme il venait de l'extérieur, on ne voyait pas ses yeux, mais son teint cireux et son front crispé par l'effort ou la douleur laissaient penser qu'il était malade.

Un autre homme en treillis gagna peu après la dernière table, à l'angle, offrant un point de vue imprenable sur toute la salle. Il semblait plongé dans de profondes réflexions, alors qu'en réalité il observait chacun à la dérobée, avec avidité. La réceptionniste était seule à servir, elle était mince, petite, et n'avait guère plus d'une trentaine d'années. Ses cheveux longs, très sombres, étaient rassemblés dans son cou. Régulièrement elle s'adressait au cuisinier, derrière une porte battante au fond de la pièce, puis elle apportait les plats les uns après les autres. Elle s'approcha tout près… Malgré ses notes entêtantes, son parfum bon marché ne parvenait pas à dissimuler un mélange écœurant de transpiration et de nourriture. Au dessert, le couple et le chasseur s'éclipsèrent d'un seul élan, pressés, sans doute, d'entamer leur sieste quotidienne.

Une fois les tables débarrassées, la serveuse disparut à son tour, avant de revenir s'asseoir à côté d'Anne, pour lui adresser sans préambule la question qui lui brûlait les lèvres : « Alors, qu'est-ce qui vous amène ici ? » Le cuisinier, comme attiré par la réponse, en profita pour surgir de l'arrière-salle. Après un long regard plein de sous-entendus, la femme se releva d'un air coupable. Ils étaient probablement mariés. À la voir si fébrile, inquiète, et lui, le cœur lourd de reproches, Anne imagina que le cahier de doléances devait être bien rempli. Quand s'acheva ce curieux duel de silence, l'homme hésita, puis se dirigea d'un pas décidé vers le hall en enfilant son blouson. Sa femme le regarda s'éloigner par la baie vitrée, il marchait vite, courant presque dans l'allée comme s'il s'enfuyait. Elle l'observa encore démarrer une moto couverte de boue et disparaître dans un bruit de moteur.

Juste après son départ, la jeune femme parut enfin se détendre. Elle s'installa à nouveau près d'Anne, et sortit de sa poche du papier Rizla, puis du tabac brun qu'elle mélangea machinalement avec une herbe à l'odeur douceâtre. Tout en parlant, elle commença à se rouler un joint : « Ne me racontez pas d'histoires, vous n'êtes pas venue là par hasard ! Vous m'avez tout l'air d'avoir fait une grosse bêtise… » Sa façon de l'interroger laissa d'abord Anne interdite. « Vous avez rien sur vous au moins… ? » Convaincue d'avoir affaire à une dangereuse criminelle, ou mieux encore à une déséquilibrée, l'hôtelière continuait de la fixer avec autorité, comme si elle comptait la faire passer aux aveux. Ce motel paumé avait-il déjà servi de planque ? Hébergé des repris de justice, des meurtriers ?

Elle résista à l'envie de lui raconter qu'elle avait effectivement blessé un homme, dans une boîte de nuit, le Free Fly.

Bien que, au bout du compte, elle n'ait rien exigé de lui, seulement qu'il se déshabille, elle savait qu'elle l'avait blessé, profondément. Elle aurait aussi bien pu le tuer, juste pour voir son sang couler et se sentir vivante, telle une stryge qui se régénère de la mort de ses victimes, repoussant d'une simple morsure l'instant fatidique, ou un vampire qui refuse de voir sa vie lui échapper. Elle avait dû mal à l'admettre, mais, depuis plusieurs années, sa vie lui glissait entre les mains. Devait-elle continuer à se laisser emporter comme un bouchon sur l'eau, l'eau d'un ruisseau au débit rapide, semblable à celui qui avait avalé son couteau ? Le temps allait finir par l'avaler, elle aussi.

« Je cherche seulement un peu de calme, pour trois ou quatre jours. J'ai passé un hiver difficile, j'ai juste besoin de me reposer. » La serveuse la scrutait d'un air sceptique. Pour elle, ça ne faisait aucun doute, la nouvelle venue détenait un lourd secret. La femme de cinquante ans qui se tenait devant elle était en cavale, un enfant n'aurait pu s'y tromper. Ses mains qui s'accrochaient nerveusement l'une à l'autre, ses yeux fuyants, comme ils l'étaient si tôt ce matin, lors de son arrivée, ses joues grises et creusées, cette expression tour à tour hébétée et tourmentée sur le visage racontaient mieux sa culpabilité qu'un compte rendu dans le journal.

La réceptionniste essayait vainement de la faire parler. Si on lui en laissait le temps, elle saurait provoquer une confession, elle éluciderait ce mystère, du moins en partie. Elle offrit son pétard, une sorte de calumet de la paix, qu'Anne refusa d'abord en s'excusant, elle avait cessé de fumer depuis longtemps. Mais devant l'insistance de la fille, elle saisit le cône parfait, et l'alluma en toussant.

« Vous vous êtes enfuie, c'est ça, avança la jeune femme, heureuse de voir l'échange se prolonger.

— Oui, répondit Anne pour ne pas la décevoir. Je ne l'avais pas vraiment prémédité, mais les circonstances… j'ai dérapé. Je les ai plantés, tous les deux, les hommes de ma vie, je sais pas comment j'ai pu faire ça.

— Je m'appelle Sofia », lui confia à son tour l'hôtesse exaltée, ravie d'avoir vu juste. Elle fit rapidement le tour des tables pour s'emparer des fonds de bouteille et leur servir deux verres pleins à ras bord, puis trinqua, convaincue du pire, persuadée que désormais, elles se connaissaient, et pouvaient tout se dire.

Anne regagna lentement sa chambre, l'herbe était trop forte, la tête lui tournait. Elle s'allongea sur son lit. Le bruit de la machine à laver à l'étage du dessous prit alors des proportions insensées. Elle se représenta la réceptionniste juchée dessus, en train de faire l'amour avec son mari, revenu de sa petite virée. Le rythme s'emballa, et c'était presque douloureux de la savoir là, prisonnière de la machine et du désir insatiable du motard. L'excitation qu'elle avait à visualiser leurs ébats, un étage plus bas, se transforma peu à peu, sous l'effet du psychotrope, en véritable cauchemar. Anne colla ses deux mains sur ses oreilles pour ne plus entendre le roulement mécanique, les coups rapides, réguliers… Mais l'image continuait d'aller et venir dans sa tête. Dans une cadence infernale, la femme sautait sur le couvercle sous l'impulsion conjuguée du programme essorage intensif et des coups de boutoir du sexe démesuré de son compagnon. Anne attendait les cris libérateurs, la jouissance qui apaiserait tout.

Mais seuls les sifflements du tambour lui parvenaient. Elle trouva donc refuge dans la salle de bains, remplaça le vacarme du moteur par le bruit apaisant de l'eau en ouvrant tous les robinets à fond. Elle s'assit sur le bord de la baignoire, se concentra plusieurs minutes sur la vision d'une cascade en forêt, un torrent jaillissant d'une jungle luxuriante, digne d'un reportage du *National Geographic*…

Et enfin, le couple se sépara.

L'homme de petite taille

Deux jours plus tard, un homme débarqua, trempé, dans le hall de l'hôtel. Un habitué que Sofia avait l'air d'apprécier. Dès qu'elle l'aperçut, au fond du restaurant, elle quitta son service pour aller à sa rencontre. Avec une célérité qu'Anne ne lui avait pas vue jusqu'alors, la jeune femme ôta son imperméable dégoulinant, lui proposa une serviette pour se sécher et l'accompagna, sourire aux lèvres, jusqu'à sa table. Sur la desserte, les plats avaient eu tout le temps de refroidir, mais Sofia s'attarda encore avant de les servir, pour prendre la commande du nouveau venu, s'assurant qu'il était confortablement installé.

Anne apprit plus tard qu'il sillonnait la région depuis des années pour vendre du matériel de jardinage. C'était son dernier tour de piste, dans quelques mois, il raccrocherait. Le métier avait quasiment disparu, même les Jardiland, qui avaient fleuri à chaque rond-point durant des décennies, fermaient les uns après les autres, dorénavant les gens achetaient en ligne. Seuls les femmes divorcées, les veuves et les petits vieux à la retraite, habitants d'une autre époque, étaient encore heureux de le voir. Ils lui servaient une bière, ensuite ils jardinaient ensemble en essayant les dernières cisailleuses, les nouveaux modèles de coupe-bordures… Dans les bons jours, il restait pour le déjeuner, et, entre la poire et le dessert, on lui prenait parfois un désherbeur thermique.

Assis face à elle de l'autre côté de la salle, le représentant se cachait derrière la carte du menu. À la façon dont Sofia s'approchait pour lui parler, prenait le temps de lui décrire les plats, de l'écouter, Anne devinait d'autres complicités. Ces deux-là se connaissaient bien. Combien de fois s'étaient-ils retrouvés en cachette dans une chambre ? Elle les imaginait se précipitant dans les bras l'un de l'autre, dès que le cuisinier avait fini son service et disparaissait sur sa moto.

Aux clins d'œil que sa nouvelle amie lançait dans sa direction, et à ses allusions à peine voilées sur ce précieux client fraîchement débarqué, Anne comprit qu'elle voulait lui en faire cadeau.

Le voyageur mangeait avec appétit ce qu'elle lui apportait. La mâchoire tendue en avant, l'homme mastiquait avec soin, un filet de sauce coula sur son menton. Se sentant observé, il l'essuya délicatement avec sa serviette. Il avait manifestement à cœur de paraître à son avantage. Il se tenait bien droit sur sa chaise. En avait-il pris l'habitude depuis toujours, étant de petite taille, il ne dépassait probablement pas un mètre soixante ? Un mètre cinquante-huit ? Quand il ne savait plus quoi faire de ses yeux, où, ni qui regarder, il faisait semblant de consulter son portable, l'air préoccupé, puis il se remettait à mâcher. Il prenait le temps, dégustait consciencieusement son menu de saison, le dos en équerre, comme suspendu à un fil invisible. Jamais elle n'avait vu quelqu'un s'appliquer autant à garder la tête haute, sauf les danseurs peut-être, les acrobates.

Lorsqu'il s'était avancé, un instant plus tôt, pour rejoindre la table que Sofia lui avait attribuée, Anne s'était étonnée de ses proportions étranges, des jambes trop courtes, pour un buste, au contraire, long et étroit. Malgré le ventre rond qui débordait de sa ceinture, c'était un homme fin et sec, aux bras musclés. Ses rides étaient profondes, pareilles à celles d'un personnage d'animation, une caricature. Ces empreintes exagérées du temps excitaient sa curiosité, la touchaient plus qu'elle n'aurait su le dire. Derrière elles, se cachait sûrement un être au caractère mélancolique, solitaire, ayant accumulé, au cours de sa vie, bon nombre de déconvenues, et, peut-être plus que d'ordinaire, son lot de drames. Conscient des regards insistants qu'on lui portait, il s'interrompit pour la fixer un moment. Ses yeux étaient gris, de petits galets, enfoncés dans leurs orbites, entourés de dizaines de marques, et ces lignes fines, creusées au couteau, tombaient toutes vers le bas, comme un soleil triste, sur le point de s'éteindre.

Soudain, il posa sa serviette, se leva, traversa l'allée qui les séparait, et s'installa à côté d'elle. Sofia rapporta aussitôt son couvert, déposa, complice, sa bouteille sur la table, puis se retira discrètement.

Après avoir remis chaque chose à sa place, couteau à droite, fourchette sur le bord de l'assiette, vérifié que son verre se trouvait bien au centre, l'homme reprit sa mastication sans un mot. Anne entendait chacune de ses déglutitions, et pouvait sentir son after-shave. Trop épicé, une espèce de bois de santal, mêlé à une forte odeur d'essence... Rêvait-il de laisser aux femmes qui l'approchaient cette impression résolument masculine, à l'image des publicités viriles qu'on voyait à la télé ? Était-il séduit par leurs promesses faciles, leurs slogans de cour d'école ? « Plus t'en mets, plus t'en as... » *Performance, dépassement de soi, maîtrise de son existence, pour une séduction encore plus efficace, à prix très abordable,* adhérait-il à la stratégie marketing ? Nourrissait-il, lui aussi, l'espoir de ressembler à un héros grec, ou à une star du football, à moindre coût ?

Elle se retint de poser sa main sur la sienne. Comment le rassurer, l'aider à oublier ces injonctions épuisantes ?

Il attendait certainement qu'elle dise quelque chose, il avait fait le premier pas, c'était à elle de prendre le relais, de l'accueillir d'une façon ou d'une autre. Tandis qu'elle cherchait un thème pour lancer la conversation, une pointe de chaleur traversa son corps, avant de revenir par vagues successives. Ces sensations inédites provoquèrent en elle diverses émotions contradictoires, du plaisir de la découverte au regret cuisant d'avoir si longtemps ignoré un tel désir... L'unique question qui lui vint à l'esprit la fit rougir aussitôt : « On monte ? » À peine l'eut-elle prononcée, qu'Anne prit conscience du ridicule de la situation. Une prostituée invitant son client à grimper dans sa camionnette ne s'y serait pas prise autrement, elle avait juste omis de donner son tarif.

« Non. Pas tout de suite, répondit l'homme d'une voix douce, je n'ai pas terminé. J'attends ma crème brûlée. »

Anne oscilla entre l'envie de rire, les larmes et la consternation. Pourquoi se fourrait-elle toujours dans des situations impossibles ? Le représentant dut percevoir de l'ironie dans son regard, car il crut bon de justifier son manque d'enthousiasme en l'engueulant gentiment : « Vous ne mangez pas ? Si vous ne mangez rien, eh bien… ce sera encore ça de gâché ! » *Bon, je crois que j'ai passé l'âge qu'on m'oblige à finir mon assiette !* Elle se leva pour déguerpir, avant qu'il ne soit trop tard. Avait-il perçu son excitation, la peur sur son visage, ou seulement senti son dépit, sa confusion ?

Elle se retourna juste avant de quitter la salle. L'étranger la regardait partir, étonné, se demandant probablement comment on pouvait changer d'avis aussi facilement. Éprouver du désir, l'inviter à monter, pour le planter là deux secondes plus tard… Son désir à lui n'était pas si versatile, il enflait, tenace. Il arrivait même qu'il s'accroche à lui des semaines entières, des mois durant, s'il le fallait.

Il ne fit rien pour la retenir, il n'était pas pressé, Sofia avait dû le prévenir : « Elle est en planque ici depuis dix jours. La pauvre femme est complètement paumée, si tu veux mon avis, elle est pas près de s'en aller… »

Il valait mieux se méfier de ces oiseaux-là, un nid à emmerdements, se disait-il en pliant sa serviette, le mieux était peut-être de la prendre un jour ou l'autre, si l'occasion s'en présentait – dès qu'elle se laisserait faire –, et de se barrer ensuite, vite fait bien fait. Est-ce ainsi qu'il voyait les choses ?

Une fois dans sa chambre, elle réalisa combien elle était devenue amère. Ce constat l'attrista et Anne eut soudain envie de se prendre elle-même dans les bras. Pendant quelques minutes, elle se tint immobile au milieu de la pièce, curieusement enlacée. *Depuis combien de temps n'avait-elle pas pleuré ?* Elle essaya de faire sortir l'émotion qui s'accrochait comme un os pointu et minuscule en travers de sa gorge, sans y parvenir.

Alors elle fixa la lampe du plafonnier jusqu'à en avoir mal aux yeux, et qu'une larme tiède se décide enfin à couler.

Vers une heure du matin, elle entendit quelqu'un tapoter à sa porte. Sofia l'avait sans doute encouragé toute la soirée. Aidé par le whisky et les digestifs offerts par la maison, il s'était finalement décidé. Anne était étendue sur le lit, à peine vêtue d'une culotte trop petite qui lui serrait le ventre. L'élastique, ainsi qu'il s'en rendrait compte plus tard, laissait d'impressionnantes marques rouges à la naissance des cuisses. *Pourquoi s'obstinait-elle à s'acheter des vêtements une taille au-dessous ? Comme si porter du 36 allait lui rendre sa jeunesse*… Elle ne dormait pas, elle attendait que l'homme se glisse en silence dans la pièce.

L'ombre s'avançait vers elle, Anne ne la quittait pas d'une seconde, curieuse de la voir nue. Ses yeux gris brillaient, comme deux pièces neuves de cinquante centimes, deux petites flammes vives dans l'obscurité.

L'homme s'allongea contre elle. Son visage paraissait plus jeune que dans la lumière crue du restaurant. Les rayons autour de ses yeux s'étoilaient maintenant vers le haut, et lui donnaient presque un air joyeux, un regard d'enfant malicieux, gourmand, décidé à plonger son doigt dans le pot de confiture, il ne résisterait pas, qui le pourrait ? « À cause d'un accident l'année dernière, j'entends mal d'une oreille, lui avoua-t-il en se déshabillant, mais j'ai appris à lire sur les lèvres. Est-ce que je peux ? » questionna-t-il en soulevant le bord de la culotte pour caresser les traces rouges, insistant avec son doigt pour les faire disparaître. Anne se positionna face à lui, et sa bouche s'arrondit pour dessiner un oui.

Les jours se succédèrent étonnamment vite, sans rien pour les remplir. Anne passait le plus clair de son temps allongée sur son lit, à regarder au-dehors, et laisser ses pensées divaguer. Le vent couchait les fleurs jaunes du champ, jusqu'à ce que toutes perdent leurs pétales. La pluie tombait sans faiblir, les gouttes s'écrasaient en résonnant dans les gouttières en fer, et les grêlons se précipitaient contre la vitre comme des oiseaux aveugles, des oiseaux-mouches effrayés, exhalant leur dernier souffle de vie sur la fenêtre. Toute la journée, leurs becs couraient sur le carreau, dans un bruit d'aiguille. « Ô le chant de la pluie, Ô le chant… » La vieille chanson de colonie de vacances revenait tourner dans sa tête, des paroles qu'elle croyait pourtant oubliées. « Pour un cœur amoureux, par terre et sur les toits… »

L'homme prolongea son séjour. Il semblait n'avoir aucune obligation, pas de famille, pas le moindre rendez-vous à honorer. Comme Hans Castorp dans *La Montagne magique*, multiplierait-il ses jours de villégiature pour finir par rester sept mois ou sept ans ? Il venait plusieurs fois par jour, après le déjeuner, en fin d'après-midi ou à la tombée de la nuit. Ils restaient souvent l'un contre l'autre après l'amour, longtemps, sans rien dire, et puis il s'en allait.

Un soir, le ciel se dégagea d'un seul coup pour se remplir de milliers d'étoiles. Anne en profita pour faire quelques pas devant l'hôtel. Aucune lumière, aucune enseigne publicitaire, aucun réverbère ne gâchait la précision enchantée de cette vision. Le vent avait cessé, les tiges se tenaient toutes droites, à présent, victorieuses, fières d'avoir résisté à la fureur des éléments. Anne s'allongea dans l'herbe haute et se laissa emporter. Son corps flotta un moment au-dessus du champ. Lentement, il continua de s'élever dans son rêve éveillé pour rejoindre l'obscurité profonde, de plus en plus haut, jusqu'à toucher la Voie lactée. À mesure qu'elle s'éloignait, les arbres autour de la nationale devenaient des espèces de sapins miniatures, les petites touches de verdure d'une maquette de train électrique. La plupart des fenêtres étaient éteintes, seules deux ou trois maisons s'étaient aperçues de son départ et lui souriaient d'en bas. Les champs, innombrables carrés bien peignés, avaient été cousus ensemble pour créer un immense dessus-de-lit jaune et marron. Une carrière de sable gris creusait plus loin un gouffre énorme, comme si une météorite géante était tombée là. Anne survola ensuite la nationale et plusieurs embranchements d'autoroute. Propulsée dans des mouvements opposés, la circulation s'y démultipliait dans des réseaux distincts, pareils à des veines. Les feux rouges des voitures progressaient dans la nuit à flux constant, avec la régularité du sang qui coule, qui ne s'arrête jamais de s'écouler. Sous le béton et l'asphalte, la terre était bien vivante, Anne entendait clairement battre son cœur à la place du sien. Dans l'atmosphère, la température fraîchissait, l'air se raréfiait. Pourtant, son corps ne se crispait pas sous l'effet du froid, jamais il ne lui avait paru aussi détendu, aussi léger. Les étoiles étaient autant de brèches par lesquelles on respirait, tout s'ouvrait. Ses poumons, serrés l'un contre l'autre, enfermés dans leur cage, flottaient désormais à l'air libre, elle les sentait grandir à chaque respiration. Chacun de ses membres prenait plaisir à se déployer, à s'étirer dans l'éther. Sous la voûte étoilée, Anne était devenue un aigle immense, ou quelque oiseau légendaire à l'envergure jamais égalée, rêvant de voler plus loin, de parcourir des centaines de kilomètres… Les bras en croix, elle fit encore plusieurs tours, de grands cercles majestueux avant de redescendre en piqué. Son dos mouillé la ramena sur Terre, elle grelottait.

Espérant apercevoir une étoile filante, Anne s'attarda encore un peu, il y avait tant de vœux à faire. Mais aucune ne se décidait à tomber pour traverser le ciel, toutes restaient solidement accrochées dans le noir. Elle opta alors pour une prière, et récita un *Je vous salue Marie*. Elle se rappela, amusée, qu'à cinq ou six ans elle n'imaginait la Sainte Vierge qu'avec *un ventre énorme, plein de graisse.* Longtemps, elle s'était interrogée sur cette déesse étrange. Était-elle une femme-arbre, une femme couverte de blessures, sur laquelle poussaient des fruits bénis ? *Je vous salue Marie, pleine de grâce... vous êtes bénie entre toutes les femmes, et Jésus, le fruit de vos entrailles, est béni...* Lorsqu'on lui expliqua, plus tard, que les entrailles ne désignaient pas une blessure, mais plutôt le ventre de Marie, elle se représenta alors un ventre empli de fruits d'où, un soir aussi étoilé que celui-ci, un être bizarre était sorti, un nourrisson doté d'un prénom si rare, que les rois eux-mêmes en étaient jaloux.

Aujourd'hui encore, cette histoire de femme élue continuait de la déconcerter. Elle se contenta donc d'une courte supplique, *mon Dieu aidez-moi, aidez-moi... Si vous préférez ne pas intervenir, ne faites rien, mais dites quelque chose.* « Dis seulement une parole, et je serai guérie... » *Ou bien envoyez un signe. Oh, si seulement quelqu'un écoutait...* C'était exaltant d'être libre, mais Il devait comprendre la nécessité pour l'être humain d'être guidé, de recevoir un encouragement, la voix confiante et assurée d'une âme bienveillante lorsqu'il est à terre, le consoler quand il souffre, le convaincre que tout n'est pas perdu. L'homme pourrait repartir avec de nouvelles forces, et n'aurait plus cette impression épuisante de toujours marcher dans le noir. Des chiens hurlaient de l'autre côté du champ. Ils auraient pu être une centaine, mais ce n'était que l'écho de leur fuite dans la nuit.

Son amant avait dû l'apercevoir depuis sa fenêtre. Il s'approcha doucement. Plongée dans sa discussion avec Dieu, Anne ne s'aperçut pas de sa présence et sursauta quand il se coucha près d'elle.

Ils restèrent allongés là un moment, sans bouger, puis il posa sa tête sur son ventre. Elle lui parut lourde, grosse comme une citrouille, elle se soulevait pourtant au rythme de sa respiration. Cette tête ballottée lui donna envie de rire. Elle aurait tant aimé, enfant, pouvoir se reposer ainsi sur le corps de sa mère. Une seule fois, cela s'était produit. Durant un voyage, elles se tenaient toutes les deux serrées à l'arrière d'un 4 × 4, sur une route caillouteuse, et Anne, épuisée, avait trouvé refuge dans les bras maternels. La douceur, la rondeur de sa poitrine atténuaient les chocs, la soutenaient dans les virages, à la manière d'un oreiller tendre et accueillant... Des années plus tard, elle se souvenait précisément de ce court épisode, rêvant, dans les moments de solitude, qu'il se reproduise encore une fois, juste une fois. Mais en grandissant, enfouir son visage contre le sein de sa mère s'était mué en un désir déplacé, inaccessible. Les caresses étaient rares, rapides. L'adolescente avait l'habitude de rester sur sa faim. Quand elle allait mal, elle pensait seulement à ne plus être là, à dormir.

« Je crois que j'ai perdu mes clés dans le champ ! »

Il était beaucoup trop tard pour réclamer un double à Sofia. Encore incrédules, ils se mirent en quête de la clé dorée parmi les herbes hautes, s'égratignant les mains et les genoux. Sous les tiges immenses, tout était sombre. *À quoi ressemblaient-ils vus du* ciel *? Il devait bien se marrer là-haut, à les voir tâtonner et tourner comme ça maladroitement sur eux-mêmes, ce Dieu qui ne répondait pas.* Après avoir fouillé toute une parcelle de colzas, centimètre par centimètre, la clé accompagnée de son porte-clés en bois gravé d'une fleur étrange – un hibiscus ? – demeurait introuvable. Alors l'homme l'invita dans sa chambre, pour y passer, sans l'avoir décidé, leur première véritable nuit ensemble.

Le lendemain, elle la retrouva en sortant de l'hôtel. La clé brillait au pied de la balançoire jaune. Anne avait bêtement voulu y grimper la veille au soir, mais la corde s'enroulait. Au lieu de s'élancer, elle s'était retrouvée coincée, entortillée – comme si un adepte du bondage était passé par là. Le temps de se libérer, les chutes spectaculaires de Ziad lui revinrent en mémoire, sa maladresse lorsqu'elle lui apprenait à se pousser tout seul. *Ça y est, maman, regarde !* Après des semaines de tentatives infructueuses, il s'était enfin envolé. *Plus haut, toujours plus haut.*

Le jour se levait à peine. Cette lumière rasante, rouge orangé, aurait pu évoquer les derniers instants du crépuscule, si une colonie de martinets qui survolait les fleurs jaunes à toute allure n'annonçait le début d'une longue journée. Anne descendit avec sa valise. L'homme l'attendait près de sa voiture. Sofia, qui commençait juste son service, l'accompagna jusqu'au seuil. La réceptionniste était blême, sa nouvelle amie avait décidé de partir sans avoir pris la peine de la prévenir. Elle allait se retrouver seule, au beau milieu de ce champ triste et détrempé, sur lequel le ciel s'obstinait, depuis plusieurs semaines, à déverser des quantités d'eau invraisemblables, comme si c'était ici, et nulle part ailleurs, que la terre devait subir ce déluge, à cet endroit qu'il fallait tout nettoyer, effacer les traces. Les tiges des fleurs ne résistaient plus, et retombaient lamentablement, résignées. Anne serra son manteau contre elle. L'homme s'approcha, marchant à pas lents pour la rejoindre et lui saisir la taille, il lui arrivait à l'épaule. Elle murmura un merci qu'elle articula sans exagération, en regardant ses yeux. Puis, elle entreprit de le détailler entièrement, ses bras, ses mains, la peau douce de son cou, ses épaules étroites, son corps lisse, comme recouvert de la soie la plus fine, la plus luxueuse. Il l'enveloppait, la serrait contre lui, et elle avait la sensation de plonger dans un bain tiède, un lac de tendresse.

« Au lac de tes yeux très profond
Mon pauvre cœur se noie et fond
Là le défont
Dans l'eau d'amour et de folie
Souvenir et mélancolie »

Il lui faisait penser à ce poème d'Apollinaire. Mieux encore, il était sa représentation la plus fidèle. *Au lac de tes yeux très profond*… C'était la seule poésie qu'elle ait jamais réussi à mémoriser, sa brièveté sans doute. Souvenir et mélancolie. Qui aurait pu imaginer que ses plus grandes jouissances viendraient d'un homme au visage fripé, au corps mal proportionné ? On aurait pu le trouver monstrueux, certaines de ses amies l'auraient probablement qualifié ainsi. Tout en lui était approximatif, un dessin d'enfant raté.

Pourtant Anne ne percevait plus que sa beauté singulière, et l'élégance naturelle qui se dégageait de tout son être. Elle avait le sentiment de le voir, tel qu'il était vraiment. Il se mit à lui parler par signes, certain qu'elle ne comprendrait pas. Qui prenait le temps, qui avait la curiosité d'apprendre la langue des signes ? C'était aussi absurde que de lire encore des poèmes.

Elle se retint d'ôter un ou deux cheveux blancs accrochés au revers de sa veste, et un autre qui brillait sur son épaule. Il s'éloignait déjà, et n'entendit pas Anne l'appeler une dernière fois.

Évidemment, il y eut de nombreuses et pénibles explications, des menaces de divorce, et quelques mots difficiles à oublier, puis chaque membre retrouva progressivement sa place dans la tectonique familiale. Anne se savait aimée, peu importe si Bertrand ne lui demandait pas comment s'était passée sa journée, s'il la regardait rarement dans les yeux, la prenait peu dans ses bras. Bien sûr, il avait toujours l'air ailleurs, préoccupé, certains jours il se comportait même avec hostilité ou se tenait sur ses gardes, prêt à voir s'abattre les reproches, il se plaignait souvent : *On lui en demandait trop, pressé jusqu'à la dernière goutte, que lui restait-il quand tout le monde s'était servi, il était vide de tout, d'énergie autant que de désirs...* Pourtant, aucun doute n'était possible, il l'adorait. Elle surprenait fréquemment son regard dans le miroir de l'entrée, fixant sa nuque longue et étroite, imaginant peut-être glisser son doigt au creux de son cou ou sentir les traces de parfum évaporé derrière l'oreille, il le faisait parfois comme un voleur. D'un geste hésitant, Bertrand passait la main dans son dos, au creux de ses reins, sur ses seins, et lui souriait, ému, puis leur intimité se refermait, comme une porte, un courant d'air, et il fallait attendre des semaines pour que lui échappent d'autres caresses trahissant son désir, un nouvel élan, la preuve que les années n'avaient pas complètement entamé son ardeur.

Elle était belle encore, mince, sans cheveux blancs, alors qu'elle approchait de la cinquantaine. Mais, instruite par son métier, elle savait aussi que la plupart des gens se faisaient une image trompeuse d'eux-mêmes. Pourquoi échapperait-elle à la règle ?

Comme les autres, elle se connaissait mal. Elle ne se regardait jamais longtemps dans la glace. D'ailleurs elle s'attardait rarement dans la salle de bains, il fallait déposer Ziad à l'école, se dépêcher pour ne pas le mettre en retard... Ses gestes étaient mécaniques, toujours les mêmes, elle aurait pu les accomplir dans le noir.

Ce jour-là pourtant – bien qu'il fût très tôt et qu'un dernier rêve s'accrochât, telle une brume nuageuse au sommet d'un col – elle s'arrêta pour détailler ce nouveau visage, si loin de celui qu'elle arborait encore l'an passé, le sien désormais. Cette parenthèse autour de la bouche, ces taches trop larges et trop claires pour ressembler à des grains de beauté, sa peau devenue si fine, s'étirant sans plus de résistance sous les doigts, ces cernes sombres autour des yeux, ces milliers de petites altérations, cette lente métamorphose lui aurait à coup sûr sapé le moral autrefois, mais aujourd'hui, comme on ferait l'état des lieux d'une maison, elle constatait. C'est tout. Malgré le fond de teint qu'elle appliquait en couche épaisse, les plis demeuraient, se creusaient. La fatigue accumulée s'inscrirait dorénavant de façon irréversible. Qu'elle dorme tout son soûl ou se contente d'une nuit blanche, quoi qu'elle fasse ses traits conserveraient leur mollesse, cet aspect flasque.

Anne s'approcha de la glace, scruta ses yeux noisette, qui, Dieu merci, brillaient du même éclat qu'autrefois, pointe de lumière jaune dans l'ocre et le marron strié de noir. Retrouver cette petite flamme, ce léger tremblement au fond de l'œil, les mêmes paillettes de mica, lui redonna un peu d'entrain. Entre les sourcils, un pli net, tracé au couteau, suggérait d'anciennes colères. Mais dans le blanc des yeux, d'innombrables vaisseaux, éclatés, trahissaient l'émergence de contrariétés plus récentes. Les déceptions, d'où qu'elles viennent, resteraient gravées là, en un reproche silencieux, qu'un seul sourire ne parviendrait plus à chasser si facilement.

Sa peau était recouverte d'un duvet presque invisible – peut-être avait-il toujours existé ? – la lumière crue de la salle de bains lui prouvait le contraire. Depuis quelque temps déjà, son menton et son nez possédaient plus de poils, on aurait dit la fourrure d'une framboise, ou celle d'un insecte trop fragile, menacé par toutes sortes d'agressions extérieures, réclamant cette nouvelle couche protectrice, hérissée, transparente.

Aux rides plus profondes s'étaient ajoutées peu à peu d'autres plus fines et plus discrètes, de minuscules nervures, les mêmes qu'on trouve au dos des feuilles de saule, de tilleul, ou dans les lignes de la main, partageant la vie et la chance en milliers de ramifications.

De la chance, elle en avait eu ce matin, elle avait enfin retrouvé l'alliance, qu'elle cherchait depuis des mois. Elle avait fouillé partout, dans chaque tiroir, celui des chaussettes, en particulier, persuadée qu'elle y avait camouflé ses bijoux. Aucune d'elles ne renfermait le précieux anneau. Avait-elle jeté la fameuse paire en laine, la croyant, comme tant d'autres, mangée par les mites ?

C'était sa faute, pourquoi laisser ces poussières d'insectes gagner la partie ?

L'hiver, elles dormaient dans les plis d'une couverture ou d'un pull, et s'envolaient au printemps de placard en placard, pour s'y multiplier avec une constance effrayante.

Mais son alliance et sa bague, retrouvées par hasard derrière une boîte d'épingles à cheveux, lui avaient redonné espoir. En les glissant à son doigt, les pincements douloureux dans sa poitrine avaient aussitôt disparu. *Respirer profondément. Jusqu'à ce que la douleur cesse. Se forcer à respirer calmement.*

Elle n'entendrait plus son mari lui reprocher de ne pas les porter. Lui n'ôtait jamais son anneau. « Tu ne mets plus ton alliance, c'est dommage… Tu ne l'as pas perdue au moins ?

— Bien sûr que non ! C'est pour ne pas l'abîmer, quand je fais la vaisselle, j'ai toujours peur qu'elle tombe… Mais elle est bien rangée, ne t'inquiète pas.

— Ah, comme tu veux… Moi, je ne quitte jamais la mienne. »

À combien de reprises lui avait-il fait cette remarque ? Quand l'avait-il questionnée pour la dernière fois ?

Il lui avait offert la première dans une jolie boîte bleue, timide et hésitant, précisant que ce n'était qu'un simple cadeau, surtout pas une bague de fiançailles, certainement pas la promesse d'un mariage, ils ne se connaissaient que depuis quelques mois. Elle avait longtemps fui cet homme. Son austérité apparente, ses sautes d'humeur, sa timidité l'inquiétaient, et dans le domaine des sentiments, Anne ressemblait à un grand brûlé, la moindre flamme l'effrayait. À trente-cinq ans, elle vivait comme une vieille dame, rentrant tôt le soir pour lire à la lueur d'une bougie parfumée. Elle dînait seule, la plupart du temps d'un plat réchauffé, puis elle s'installait sous d'épaisses couvertures, après avoir pris soin de fermer la porte d'entrée à double tour, et programmé un concert de Bach au piano, sur un antique lecteur CD, qui par miracle fonctionnait encore.

Avait-il deviné son étrange solitude, compris d'instinct qu'elle ne voyait presque personne, en dehors du Salon ?

C'est là qu'il l'avait rencontrée, alors qu'il était entré dans le magasin pour s'acheter un soin, une crème apaisante. Elle s'était penchée sur son visage rougi et irrité par le froid, avait simplement passé sa main sur sa joue, puis elle avait demandé, avant de réitérer son geste : « Vous permettez ? » Mais c'était trop tard, cette caresse sur sa peau… Il y repenserait en se couchant, au réveil, et les jours suivants. Il y retournerait dès le lendemain, prétextant que la crème ne convenait pas, pour voir son air inquiet, concerné, et avoir le privilège d'être caressé encore une fois. Elle s'était excusée : « Je ne comprends pas… nous n'avons que des bons retours, vous permettez ? » La main, sa main si douce qui l'effleurait lentement, cherchait une solution. Son corps tout entier réclamait cette attention. Si seulement il existait une crème pour le cœur, il en était conscient, son cœur, comme sa peau, était trop sec, pouvait-on l'adoucir d'une façon ou d'une autre, l'envelopper, l'attendrir, le pétrir, l'aider à exister ?

Ce client en costume gris la rendait fébrile, avec sa voix détimbrée et pourtant pleine d'autorité. Quoi qu'on fasse, il n'était jamais satisfait. Elle avait presque fini par en avoir peur. Surtout le soir, quand il débarquait cinq minutes avant la fermeture. Lorsque la nuit tombait, le monde se séparait dans son esprit, en deux parties, deux camps opposés. C'était absurde, mais, depuis l'adolescence, elle ne parvenait pas à se représenter les choses autrement. Comme s'il suffisait que le soleil disparaisse pour qu'une majorité d'hommes se transforment en êtres vulnérables et inquiets, tandis que d'autres âmes, moins délicates, se chargeaient de mauvaises intentions et s'autorisaient à commettre leurs méfaits, à commencer par pourchasser les proies faciles, comme elle.

Il sut être patient, distillant sa présence jusqu'à la rendre indispensable. Et puis, il l'invita à passer le week-end dans une ville étrangère et lui tendit cette petite boîte bleue, embarrassé. « Ce n'est pas ton anniversaire, je sais, il n'y a rien à fêter. Je voulais juste t'offrir quelque chose… »

Ce « quelque chose » possédait une rangée de minuscules diamants qui brillaient tellement, qu'elle les crut faux. Mais son regard tendu, affûté, disait le prix qu'il y avait mis. *Peut-être même avait-il dû souscrire un prêt ?* Cette pensée la rendit plus fébrile encore. Elle n'arrêtait pas de faire remonter la bague sur son doigt, ses mains étaient moites, sa nervosité palpable. Il essaya timidement de la rassurer.

« Pour se souvenir de notre première escapade, rien de plus. »

Elle en aurait préféré une plus simple. S'il lui en avait laissé la possibilité, elle aurait choisi un bijou plus commun, un collier, un pendentif…

« Mais on dirait une bague de fiançailles, non ?

— Comme tu veux. Si cela t'effraie qu'elle en soit une, dis-toi que c'est un cadeau comme un autre. J'aurais aussi bien pu t'acheter un bracelet.

— Mais tu aimerais te marier, non ? Tu aimerais qu'on se marie, n'est-ce pas ? »

Pour toute réponse, il lui lança un sourire si tendre et confus, qu'elle se précipita maladroitement dans ses bras pour l'embrasser.

Drôle d'oiseau

Anne le regarda ranger avec précipitation un mouchoir dans sa poche. Les autres spectateurs s'échappaient tous du théâtre les yeux secs, indemnes. Seul Bertrand continuait de pleurer discrètement, en se dirigeant d'un pas hésitant vers la sortie.

Lorsqu'il l'avait invitée à dîner la première fois, jamais elle n'aurait imaginé que cet homme froid et distant se montrerait un jour si enthousiaste à l'idée d'assister à un spectacle de danse, jamais elle n'aurait supposé que la beauté de la musique et des danseurs pourrait le faire pleurer, qu'il lui en parlerait longuement en marchant dans les rues désertes, incapable de prendre le métro, de revenir à la réalité, qu'il aurait besoin, jusque tard dans la nuit, d'évoquer l'émotion qui était la sienne, de détailler les images, la fluidité de la chorégraphie, les pensées auxquelles ces récits le renvoyaient… Anne s'étonnait de découvrir chez lui tant d'impatience enfantine, elle s'amusait de son empressement à en réécouter la musique, de ce désir impérieux de vivre à nouveau toute l'histoire. Remettre une pièce dans la machine, et être traversé autant de fois que nécessaire, par une voix, une mélodie.

Les parents de Bertrand n'allaient jamais au théâtre, personne dans cette famille modeste n'aurait imaginé se rendre un soir à l'Opéra. Aucun d'entre eux n'avait pensé visiter un musée, un monument, même les jours de portes ouvertes. Pourtant, au hasard des sorties scolaires, leur fils tomberait en arrêt devant un tableau de Paul Klee, puis d'un Kandinsky, et quelques années plus tard, serait séduit par la poudre de marbre agglomérée avec de la colle d'un Tàpies. Que penseraient-ils de cet homme découvrant la danse à cinquante ans passés, bouleversé au point de compter les jours jusqu'au prochain ballet ? Pour Anne, c'était une sorte de miracle. Bien sûr, certains rendez-vous n'étaient pas à la hauteur, Bertrand ne retrouvait pas la pureté, la simplicité des gestes, le frisson ressenti lors d'une création précédente. « Chorégraphier, c'est écrire sur de l'eau… », convenait l'artiste dans le programme. Rien de plus incertain, changeant, éphémère que cet art, la partition ne serait jamais écrite noir sur blanc. Plus qu'en musique encore, elle dépendait presque entièrement de l'interprète, et malgré de fréquentes déceptions, Bertrand revenait, attendait, espérait.

Anne l'observait à la dérobée, se questionnait : qu'est-ce qui l'attirait dans cet univers, lui qui paraissait fait d'une étoffe si rigide ? Enfermé dans son costume trois-pièces, prenait-il plaisir à voir d'autres que lui courir et s'envoler, tournoyer dans la lumière, porter et être porté ? Il s'abandonnait dans le noir, sans crainte du jugement – même si, au bureau ou avec ses amis, il préférait garder le secret sur ces rendez-vous hebdomadaires. Une fois la journée de travail achevée, il rentrait vite se changer, ou gardait précieusement une chemise propre dans son sac. C'était presque aussi excitant qu'une double vie. Anne était la seule à connaître sa nouvelle passion, elle en était heureuse et ne s'autorisait aucun commentaire, s'étonnant juste de la fréquence de ses sorties. Elle l'accompagnait de temps en temps, en se faisant discrète. Le visage tendu vers la scène, guettant le lever du rideau, elle sentait grandir son impatience, son corps entier se projetait en avant, crispé dans l'attente. Tout le long du spectacle, il demeurait figé dans cette posture inconfortable, osant à peine respirer. C'était comme une plongée en apnée, d'où il sortait chaque fois aussi émerveillé que s'il avait marché sur la Lune ou visité un fond sous-marin et nagé avec toute sorte de créatures prodigieuses, sirènes, poissons d'or ou ailés… comme s'il sortait d'un bain de mer, rasséréné, lavé, renouvelé. L'homme qu'elle avait épousé treize ans plus tôt était si différent, rien ne les reliait. Plein de certitudes, celui d'autrefois parlait comme il marchait : la tête enfoncée dans les épaules, prêt à en découdre, persuadé que si la vie était un combat, mieux valait la traverser armé jusqu'aux dents. Que s'était-il passé ? L'accident ne pouvait être le seul responsable. Elle s'était mariée à un inconnu, et la main qui serrait la sienne à présent était encore celle d'un étranger. Est-ce qu'avec les années on ne progressait pas un tant soit peu dans la connaissance de l'autre ? Au bout du compte, ceux qu'on appelait avec reconnaissance les intimes n'auraient-ils de familier que le nom ?

Ils avaient décidé de rentrer à pied. En longeant Levallois, il fallait moins d'une heure pour regagner le sud de Courbevoie. Tout en marchant, elle retira sa main de la sienne. De ses doigts nerveux, elle tritura son alliance. Anne était fière de la porter, elle ne l'avait pas retrouvée par hasard, elle en était certaine. Ils allaient reprendre ce qu'il leur restait de vie commune. Elle n'était pas superstitieuse, ne croyait pas aux signes, mais lorsqu'elle avait glissé l'anneau si parfaitement ajusté à son doigt, le poids qui l'oppressait depuis des mois s'était envolé. Ils revivraient ensemble comme avant, ou peut-être autrement, *mais de nouveau ensemble*. Par la force des choses, littéralement, grâce à cette alliance retrouvée.

Plus loin, les rues étaient plongées dans le noir. Le quartier tout entier était privé d'électricité, pas la moindre fenêtre éclairée. Aucune lumière bleutée, aucun poste de télévision ne se reflétait sur les murs et au plafond… On se serait cru dans une cave. Bertrand lui saisit le bras pour la guider, et ils traversèrent la ville à l'aveuglette. Anne ironisa sur les dernières heures du monde. De temps à autre, un éclair de voitures illuminait une rue, pour disparaître aussitôt. Le black-out durait. Leurs pas résonnaient sur les pavés, comme un seul cœur très lent, hésitant. Ils tournaient en rond. Après une succession de rues étroites et deux impasses, ils se sentaient aussi désorientés que s'ils jouaient à colin-maillard et avançaient dans une forêt les yeux bandés. Ils décidèrent de continuer quand même, à la manière d'une équipe de spéléologues débutants ; à tour de rôle, ils trébuchaient en riant sur une poubelle ou un banc. Après avoir tâtonné sur les quais en plein couvre-feu, ils débouchèrent enfin sur une place où tout était illuminé. Contrastant avec l'obscurité, les vitrines et les réverbères ressemblaient à des sapins de Noël, un bal, une fête foraine…

Drôle d'oiseau 2e / C'est fini…

Un oiseau gigantesque vient d'atterrir dans mon jardin. Une grue que j'ai prise de loin pour un aigle, tant ses ailes déployées semblaient immenses. Je m'en réjouis, je crois me souvenir que cet animal porte chance au Japon. Avec la tortue, l'échassier est signe de longévité. Grâce à lui, me voilà centenaire en ce matin d'été. Je me suis approchée très près, la grue n'a pas bougé. L'oiseau reste bien planté sur ses pattes, comme sur des jambes de jeune fille, interminables, et me regarde. Nous restons figés un long moment dans cette contemplation mutuelle. J'aimerais lui témoigner ma reconnaissance, le remercier de m'avoir choisie, moi ou mon jardin, avant de le voir repartir en courant comme sur une piste d'atterrissage. Au ralenti, je l'observe prendre un élan fantastique, gagner peu à peu la vitesse nécessaire pour que ses longues ailes puissent se déplier à nouveau et le porter vers d'autres jardins, d'autres forêts, d'autres montagnes.

Distraite par sa visite providentielle, j'ai laissé mon couple sur un pont de Paris, une veille de fête. Le temps, sans doute, de formuler une deuxième hypothèse.

Anne était fatiguée, ils plongèrent ensemble dans la première bouche de métro. Debout, au milieu de la rame, quelques hommes au regard las fixaient le vide, trois jeunes femmes discutaient, ne cessant de consulter fébrilement leurs portables. Entre deux stations, le métro freina brutalement et s'immobilisa : des gens marchaient sur la voie ferrée. Le conducteur ne voulait pas prendre le risque d'un accident, les usagers devaient attendre que la zone soit évacuée. Qui s'aventurait si dangereusement près des rails, au passage du dernier métro ? Anne imagina qu'un monde parallèle se tenait dissimulé derrière les portes dérobées des tunnels, celles « RÉSERVÉ AU PERSONNEL », presque une ville… Ou peut-être que l'entrée se faisait carrément sous les rails, en s'y jetant. Une chute à la Lewis Carroll. Une fois en bas, il fallait suivre d'interminables couloirs sombres, et, en cherchant bien, on avait une petite chance de trouver cette communauté secrète, une véritable constellation d'oubliés qui vivaient là, s'adonnant à d'autres règles, d'autres modes de vie et cultes souterrains.

Le conducteur fit une nouvelle annonce. Les Zadistes dans le métro arpentaient toujours la voie. Ni les agents de sécurité déployés sur la zone, ni les annonces sur le quai n'achèveraient cette promenade dans la nuit sans fin du métropolitain, personne n'interromprait leur jeu d'équilibre sur les rails glissants du RER. Des jeunes, des fous, un suicidaire ? Bertrand se taisait, la danse était loin déjà, il continuait d'en rêver en silence, et posa doucement sa tête sur l'épaule d'Anne. Aucune lassitude, aucune impatience – lui qui ne tenait pourtant pas en place la plupart du temps –, seulement le désir de se rapprocher d'elle avant que le train ne reparte à toute vitesse dans la bonne direction.

Ou n'était-ce pas plutôt Bertrand qui avait souhaité s'arrêter ? La grue m'a soufflé l'idée fort appréciable d'une pause : à son exemple, Bertrand se figea quelques instants au bord du trottoir, comme pris d'un léger vertige. Le temps de laisser la neige dans ses yeux se dissiper, il proposa de s'asseoir plus loin, sur un banc. La place était tranquille. Un type bourré quémanda une cigarette, et s'éloigna aussitôt. Les cafés alentour étaient en train de fermer, un serveur, pressé de terminer sa journée, finissait de ranger la terrasse d'un restaurant. Anne et Bertrand le regardaient en silence empiler les chaises. Ni l'un ni l'autre n'avaient la force de se remettre en mouvement. Une table en fonte tomba dans un bruit métallique, un bruit semblable à un coup de fusil. Les oiseaux tout autour s'envolèrent à tire-d'aile, effrayés. Anne se demanda si, comme elle, les pigeons pouvaient associer ce claquement sec, assourdissant, à celui si spécifique d'une arme à feu.

L'humanité ne s'accordait sur rien, mais on pouvait d'ores et déjà considérer que les oiseaux seraient les premiers à disparaître. Le matin même, Ziad lui avait lu un article là-dessus, un tiers des volatiles avait quitté les campagnes ces quinze dernières années. Il suffisait de prendre le moindre sentier boisé pour s'en rendre compte. En ville, bien sûr, plus qu'ailleurs, il fallait attendre la fin du printemps, et tendre l'oreille pour avoir le privilège d'écouter leurs chants.

Qui resterait alors pour avoir peur, et s'enfuir au moindre pétard qui claque ?

Les chasseurs neurasthéniques, semblables à des cow-boys privés d'Indiens, se contenteraient de crier « Haut les mains ! » dans le vide. Ou bien à leur reflet dans la glace, comme De Niro dans *Taxi Driver* : « You're talking to me ? But I'm the only one here… »

Cette pensée hélas n'était guère réconfortante, Anne se serra contre son mari.

« Tiens, pourquoi aujourd'hui ? s'étonna Bertrand en saisissant sa main.

— Je me suis dit que tu avais raison, je ne l'enlèverai plus. Et l'alliance non plus. Je vais finir par les perdre… »

Bertrand garda la main avec les bagues et saisit l'autre, pour les frotter dans les siennes, et les réchauffer. Dans le silence de la nuit, la voix d'Anne résonnait dans sa tête : « Je ne l'enlèverai plus… je ne l'enlèverai plus… » Ces quelques mots détenaient pour Bertrand le même pouvoir magique, anesthésiant, que ceux d'une mère à un enfant triste ou blessé : « C'est rien, ça va passer… » Il souriait dans le vide, apaisé. « C'est fini, regarde, je ne l'enlèverai plus… »

Malgré les lumières de la ville, on pouvait apercevoir quelques étoiles. Elles brûlaient très faiblement, à peine une dizaine de points flous dans le ciel. Ils restèrent encore un moment sur ce banc, à attendre qu'un nuage gris les recouvre une par une, et les rende invisibles. Puis ils rentrèrent chez eux, comme des amants épuisés d'avoir trop veillé, bientôt happés par le sommeil.

Du côté des Indiens

Les toasts n'étaient pas assez grillés, Anne enclencha une nouvelle fois le grille-pain, et tourna le minuteur au maximum. Bertrand avait décidé de prendre son temps, il en avait assez de courir toute la journée. Les mois précédents, il avait été contraint de suivre le rythme des rendez-vous à l'hôpital. Curieusement, aujourd'hui, ces moments vides dans les salles d'attente lui manquaient. Depuis quand s'était-il accordé une journée entière à ne rien faire ? Se souvenait-il seulement d'un après-midi où il avait pu errer au gré de son humeur, s'asseoir à une terrasse, regarder les gens passer, goûter les premiers rayons du soleil et l'air frais sur ses joues ?

Depuis son accident, personne n'osait lui reprocher ses retards, et il en profitait. À son étage, aucun de ses collègues n'était dupe, on l'avait mis au placard. Les responsabilités revenaient à un consultant plus jeune qui avait pris l'habitude d'arriver bien avant tout le monde – si, comme lui, on ne tenait pas compte des femmes de ménage : il ne les saluait jamais, ne les voyait jamais se courber, nettoyer les taches sur la moquette, vider les poubelles, il avait les bureaux pour lui seul, il était libre !

Au début, Bertrand en avait souffert, mais aujourd'hui, il ne le regrettait plus. Pendant que l'autre jouissait de débarquer à l'aube dans l'open space glacé, lui s'accordait le droit de traîner encore en pyjama. Il arborait fièrement le rayé rouge et blanc, son préféré, offert par Ziad pour la fête des Pères. Avec ses cheveux en bataille, son air endormi, il ressemblait à un vieil enfant. Face à lui, Ziad n'en paraissait que plus âgé. Concentré à déchiffrer le dos de son paquet de céréales, il n'en finissait pas de lire les inscriptions, détaillant la quantité de fer et de vitamines PP qu'on trouvait dans chaque portion de 30 grammes. En réalité, il engageait une magnifique partie de Brawl Stars dans sa tête, à défaut de pouvoir y jouer sur le téléphone de sa mère. Il en oubliait de boire son chocolat chaud. Un rayon de soleil, timide, essayait de percer la masse blanche des nuages et la bulle de pollution qui émanait de l'usine à papier située cinq kilomètres plus loin.

Au milieu du silence apaisé, de l'atmosphère tiède et ouatée qui régnait dans la cuisine pour le petit déjeuner, on sonna brusquement à la porte d'entrée. Ziad interrogea ses parents du regard, aucun bruit annonciateur en bas ni le claquement de la porte cochère ni le souffle strident de l'ascenseur. Dans l'appartement encore endormi, qui sentait le pain grillé, le beurre et les œufs au plat, l'irruption brutale de l'extérieur, si tôt le matin – il était à peine sept heures et quart –, surprit chacun dans ses rêveries. Bertrand s'arrêta de consulter les nouvelles sur son portable, Ziad avala tout rond le jaune d'œuf qu'il avait patiemment et délicatement découpé avec la pointe de son couteau sans le percer – son plaisir consistait à ne déchirer le précieux jaune qu'une fois dans sa bouche, pour laisser le liquide s'écouler dans sa gorge, comme du miel.

Anne se décida à aller ouvrir, en tremblant, c'était peut-être un voisin en détresse, forcément un drame à une heure pareille, ou alors une erreur. Elle se souvint soudain des huissiers qui avaient surgi un matin comme celui-là, pour répertorier tous les meubles de sa maison d'enfance. Elle devait avoir six ou sept ans, et venait juste d'entrer à l'école primaire. La petite Anne savait écrire son nom, reconnaître les chiffres de un à dix, mais ne comprenait pas ce que signifiait ce remue-ménage. Humiliée, sa mère s'était mise à crier sur les fonctionnaires, puis sur son mari, lui reprochant de jouer au tiercé, plutôt que de payer ses impôts. Par la suite, Anne eut le sentiment que son père sursautait chaque fois que quelqu'un sonnait à leur porte. Puis les années passèrent, et tout le monde oublia. De l'enfance, nous préférons bien souvent ne garder que le meilleur, et Anne n'échappait pas à la règle. Dans les tréfonds de sa mémoire, le tri s'opéra : les images tristes furent peu à peu remplacées par d'autres clichés plus innocents, des dizaines et des dizaines d'irréprochables souvenirs écrans.

Les hommes sur le palier étaient tous habillés de couleurs sombres, un brassard orange autour du bras. Personne ne tenait de registre, pas le moindre recommandé à signer, mais la plupart étaient armés. Ils se tenaient en rang d'oignons, la main droite agrippée à un pistolet de service, dissimulé sous leur blouson. Celui qui devait être le chef entra sans attendre d'y être invité, et proposa à Anne de s'asseoir pour discuter. Il lui montra d'emblée la photo du cow-boy qu'elle avait croisé au Free Fly. Elle le reconnut aussitôt, même s'il avait l'air plus jeune, et moins alcoolisé. Et, l'espace d'un instant, elle le vit à nouveau allongé dans les toilettes, avec ce sang qui n'en finissait pas de couler, et de se répandre autour de lui. Elle se rappela son hésitation lorsqu'il avait fallu lui arracher son couteau des entrailles, ce couteau qui s'était enfoncé dans le ventre mou du cow-boy avec une facilité déconcertante… Il avait été autrement plus difficile de l'en retirer.

Devant son silence, le flic l'interrogea une nouvelle fois en haussant la voix, comme dans un policier allemand mal doublé : « Madame Alaoui ?

— Oui.

— Cet homme vous dit quelque chose ? » Il la regardait fixement, tandis que sa mâchoire se déportait nerveusement sur la gauche. Malgré de visibles efforts pour masquer son tic, et faire preuve de la plus grande autorité possible, sa tête de marionnette fit sourire Anne, qui, du même coup, recouvra son sang-froid. « Je croyais que vous ne posiez ce genre de questions qu'en présence d'un avocat.

— Alors, madame, je vais vous demander de me suivre. On parlera de tout ça en garde à vue. » Dommage pour vous, semblait penser la marionnette, ce n'était visiblement pas la bonne chose à dire. Il lui tendit sa carte, avec son nom et sa photo estampillée du drapeau français, précisant qu'il était enquêteur à la SRPJ de Lille, antenne d'Amiens – ce qui était parfaitement inutile, elle le croyait sur parole, et n'avait rien demandé. C'était le monde à l'envers, c'était aux flics, maintenant, de présenter leurs papiers.

« Maman… qu'est-ce qui se passe ? » demanda Ziad d'une voix blanche en s'approchant, tandis que son père le retenait par le bras, prêt à argumenter : « Vous n'avez pas le droit, c'est certainement une erreur... » Comment imaginer qu'une telle scène puisse se produire dans sa propre maison ? Sa femme était l'être le plus innocent qu'il ait jamais rencontré, incapable de blesser personne, même en pensée… Comment pouvait-on soupçonner, arrêter quelqu'un qui pleurait en regardant les informations à la télé, au point qu'ils avaient décidé un jour de ne plus écouter que certaines émissions de radio ? C'était une blague, une mise en scène ! Ces types étaient peut-être de faux flics, des malfaiteurs qui les intimidaient pour les cambrioler…

« Maman, qu'est-ce qui se passe ? répéta Ziad, les yeux rouges, gonflés de larmes.

— Vous permettez, monsieur, je vais vous suivre sans faire d'histoires, mais laissez-moi prendre un manteau, et embrasser mon garçon. »

Le commissaire la relâcha un court instant, l'œil aux aguets, comme si Anne fomentait une sédition, malgré le groupe d'hommes à la porte, et un autre qui se tenait prêt à intervenir dans l'escalier. Trois d'entre eux possédaient un pistolet automatique – elle avait compté –, un quatrième attendait sur le palier, menottes en main. Discrètement, l'enquêteur lui fit signe de les passer en bas, dans le hall, plutôt que devant l'enfant qui pleurait – la marionnette au costume de Pandore avait un cœur. Anne attrapa une veste chaude suspendue à un crochet dans l'entrée, s'agenouilla près de son fils, et l'entoura de son bras pour lui chuchoter à l'oreille : « Il ne m'arrivera rien, ne t'inquiète pas… Mais j'ai toujours été du côté des Indiens. » Et puis elle s'en alla.

Ziad se demanda combien de temps, cette fois, l'odeur de sa mère allait bien pouvoir tenir sur ses tee-shirts et son foulard.

Il se précipita tout de suite dans son placard, avant qu'il ne soit trop tard.

À peine arrivée, on lui fourra un bâtonnet dans la bouche, que le commissaire glissa ensuite dans une enveloppe blanche dotée d'un code-barres et d'un numéro. L'avocat débarqua au bout d'une petite heure, rouge et transpirant, pour assister au premier interrogatoire qui se déroulerait, précisa-t-il d'une voix essoufflée, dans « la salle d'audition ». L'endroit en question n'avait rien de spécifique, juste une pièce vide, une table, quatre chaises, et un ordinateur sur lequel l'enquêteur clippa une caméra minuscule, qu'il prit soin de diriger aussitôt sur le visage d'Anne. Les meubles étaient sales, vétustes, et les murs encore tapissés de moquette, on se serait cru dans un film américain des années quatre-vingt. Tandis qu'elle détaillait les lieux avec une curiosité teintée de nostalgie, l'homme s'acharnait à revenir sur un passé plus récent. Ce lundi de décembre était son idée fixe : Qui allait-elle retrouver là-bas ? Où s'était-elle garée ? Pouvait-elle lui décrire le parking ? Reconnaissait-elle l'enseigne rouge… ? Il sortit d'un dossier plusieurs photos : une du couteau dans un sachet transparent, une autre avec les habits du cow-boy encore enveloppés de Sopalin – le ceinturon brillait à travers le sac en plastique telle une étoile lointaine, on aurait dit une panoplie de fête foraine pour enfant.

On lui assura aussi que les habits qu'elle portait ce jour-là se trouvaient sous scellés dans une enveloppe de papier kraft qu'un flic déposa sur la table. L'inspecteur l'ouvrit et lui glissa d'un air triomphant le contenu sous le nez, avant de reprendre précautionneusement le paquet, pour ressortir avec, comme s'il venait d'acheter une tarte à la boulangerie. Elle se demanda qui avait bien pu fouiller dans le vide-ordures, et comment le ruisseau s'y était pris pour recracher la lame. Le pont, l'eau sale, elle s'en souvenait, mais le reste… elle l'avait oublié, certains détails revenaient par instants, avec l'impression déroutante qu'on lui avait raconté toute cette histoire, qu'elle était arrivée à quelqu'un d'autre.

« Vous dites ne plus vous rappeler, mais ces habits couverts de sang sont les vôtres, n'est-ce pas ? Ce couteau provient de votre cuisine ? Et la boîte de nuit, vous y étiez déjà passée ? Peut-on considérer que vous êtes une habituée ? » La bouche de l'enquêteur avait l'air fausse ou refaite, une bouche de portrait-robot, trop étroite, presque une blessure. Elle expliqua à cette bouche étrange que c'était la première fois, et qu'elle ne se souvenait de rien. Tout à l'heure, dans l'appartement, elle avait vaguement repris conscience de quelque chose, mais il ne s'agissait que d'une image, probablement une scène de film, oui, un bain de sang… De là à imaginer qu'elle ait tué ce type… Cette histoire ressemblait à un rêve, ou plutôt un cauchemar, elle allait se réveiller, et le cow-boy se relèverait, tartiné de ketchup, ils en riraient ensemble.

« La départementale 935, vous l'empruntez souvent ? On vous a flashée à 3 heures du matin.

— Non, ça ne me dit rien. Je suis désolée.

— Avez-vous l'habitude de boire ? »

Anne hocha la tête.

« Et ce soir-là, vous vous rappelez ce que vous avez consommé ? Les amnésies alcooliques, vous connaissez ? Vous en avez déjà eu auparavant ? Plus jeune, peut-être ? Vos parents buvaient, eux aussi ? Votre mère ? D'après mes informations, elle est morte prématurément. De quoi, exactement ? Vous pouvez préciser ? »

On l'emmena ensuite dans une salle plus étroite, rectangulaire, où on lui demanda de choisir un carton avec un numéro. Depuis toute petite, elle aimait les chiffres, le 3 tout particulièrement, le 7 aussi… Mais ce dernier était déjà pris, elle s'accrocha donc le 3 autour du cou, comme une sorte de talisman. Un flic aux larges épaules, visiblement adepte du sport en salle, l'invita à prendre place dans un groupe de femmes qui lui ressemblaient toutes plus ou moins. Elle se faufila au centre. Personne ne parlait. Elle aurait pourtant aimé engager la conversation avec l'une d'elles, sa voisine de gauche par exemple, qui lui souriait, embarrassée. Une policière leur désigna une vitre sans tain vers laquelle regarder. Il n'y avait rien à voir que leurs propres reflets, mais Anne imagina qu'un homme, en tout point semblable au cow-boy mort, dévisageait chacune d'elles, de l'autre côté de la glace, puis qu'il la désignait.

Est-ce qu'elle l'avait tué ? Gravement blessé ? Même si les circonstances restaient floues, elle devait être coupable puisque tous en étaient si intimement persuadés. La vraie question, celle qui trottait dans sa tête depuis

7 h 15 ce matin, était : *Pourquoi ? À quoi bon ? Il y en aurait toujours un autre… Au détour d'une rue sombre, dans un compartiment de RER, un ascenseur de parking, inutile de s'illusionner, c'était joué d'avance. Game over.* Conscientes des regards qui pesaient sur elles derrière la vitre, les sept femmes commençaient à s'impatienter. Combien de temps allait-on les tenir enfermées là, dans ce couloir sinistre, avec leur carton autour du cou ? Elle se tourna une nouvelle fois vers sa voisine. Malgré son visage avenant, la fille, encombrée de son gros 5 sur la poitrine, avait l'air stupide. Presque autant que ses sœurs rangées en file indienne… Tout dans leur attitude – sans parler de la situation elle-même – s'apparentait à une espèce de jeu. Une élection de miss, ou un exercice d'école pour apprendre à lire et à compter.

La policière pénétra dans la pièce pour leur demander de changer de place. Anne se retrouva au début du rang : 3 - 1 - 6 - 4 - 2 - 5 - 7.

Était-ce mieux dans cet ordre ? Pour celui qui déciderait de sa vie ? Mieux que tout à l'heure, lorsqu'elles se trouvaient en formation : 6 - 3 - 5 - 1 - 4 - 2 - 7 ?

Il y avait tant de combinaisons possibles. Elle en essaya plusieurs dans sa tête. C'était vertigineux, presque infini.

Le commissaire embrouilla ses calculs en entrant à son tour pour en libérer plus de la moitié. De plusieurs milliers, on passait à seulement six possibilités. Après la confusion qui régna un instant, les femmes retenues s'alignèrent docilement, les bras le long du corps, au garde-à-vous, et Anne se retrouva de nouveau au centre. Trois suspectes. Ça simplifiait tout.

Et bientôt, elle serait seule.

Bien sûr, il y avait largement de quoi désespérer, jamais son avenir ne lui avait paru aussi sombre. Le jugement aurait lieu dans quelques mois, et Ziad n'avait aucune idée de ce qu'il adviendrait de sa mère. Bertrand lui avait expliqué qu'il y avait des circonstances atténuantes, Anne, après tout, n'avait fait que se défendre – même si tout le monde ne se promenait pas avec un couteau de cuisine dans son sac. Le recours à l'arme blanche était assurément la partie la plus délicate de l'affaire, mais son père se voulait confiant. L'avocat, dans son plaidoyer, parviendrait bien à justifier sa présence. Toutes leurs économies allaient y passer, et toutes celles qu'ils n'avaient pas encore. Chaque semaine, ils envoyaient aussi des suppliques, des dizaines et des dizaines de lettres au juge, convaincus que grâce à leurs efforts, *Anne sortirait bientôt, il ne pouvait en être autrement.*

Le père et le fils ne faisaient qu'attendre, attendre, et rien d'autre. Rien, d'ici au procès, pour éclairer leur étrange quotidien fait d'angoisses et d'expectatives – si on exceptait la petite nouvelle débarquée dans la classe de Ziad, peu après les vacances de Noël. Blonde, des cheveux presque blancs, la peau transparente, elle venait tout juste d'avoir douze ans, comme lui. Lorsque la prof principale l'avait désignée pour être son binôme afin de l'aider à rattraper son retard, et que son voisin lui avait cédé sa place, Ziad s'était remis à espérer. La chance avait tourné, tout n'était pas perdu. Il n'aurait plus à subir la présence d'un gros balèze qui lui empruntait chaque jour sa gomme pour la lui rendre noire et tachée d'encre. Il passerait désormais son temps près d'une blonde aux yeux verts, qui sentait bon le gâteau au miel. Elle ne venait au collège qu'en robe de coton, même en plein hiver. Elle enfilait par-dessus des pulls aussi doux que de la soie et s'enroulait dans de grands foulards colorés. Ses gestes légers, délicats, le frôlaient comme des plumes d'oiseau et c'était un baume pour son cœur inquiet et meurtri.

Elle était là depuis quelques semaines déjà, lorsqu'un jour son bras gauche se colla accidentellement au sien, au début du cours d'anglais. Ils restèrent soudés jusqu'à la sonnerie annonçant la récréation. Le corps de Ziad tout entier s'en trouva changé, empli d'une conscience supplémentaire, chargé d'une nouvelle sève. Passé la première sensation de décharge électrique, d'explosion pyrotechnique dans son ventre, la peau tendre et lisse de sa voisine l'apaisa mieux qu'aucune parole n'aurait su le faire.

Même s'il gardait par moments la sensation douloureuse qu'une telle révélation était trop grande pour lui, que son corps trop étroit ne pourrait la contenir, jamais il n'aurait imaginé qu'un être humain déclencherait en lui un tel prodige : reléguer, par sa seule présence, toutes ses angoisses et ses incertitudes au second plan.

Quand la nouvelle l'invita à venir goûter chez elle, une semaine plus tard, il se dit qu'elle était au courant de tout, qu'elle détenait en réalité une mission secrète auprès de lui : ni plus ni moins que le sauver du désespoir, redonner un sens à sa vie. Elle accomplissait cet exploit naturellement, sans s'en rendre compte… Son visage d'ange avait quelque chose de surnaturel. Il pouvait se perdre dans sa contemplation pendant des heures, transformant du même coup l'ennui des cours d'algèbre, d'histoire et de géographie en une sorte de ravissement.

Nathalie habitait dans un appartement plus grand que le sien, dans un quartier chic de sa banlieue. Dans sa rue, il n'y avait pratiquement que des maisons avec jardin. Elle vivait quant à elle au troisième étage d'un immeuble moderne blanc et gris, pareil à ceux qu'il construisait sur sa tablette dans Minecraft.

Comme sur des œufs, Ziad marchait sur le parquet qui craquait sous les pieds, rêvant du jour où, habitué à lui rendre visite, il pourrait laisser claquer ses talons sur le bois, sans en être gêné.

Habituellement, il dévorait son goûter d'une traite, mais devant elle, il osa à peine y toucher. Consciente de sa gêne, Nathalie lui proposa alors de se mettre au piano. Il fut heureux de cet intermède qui ne réclamait d'autre effort de sa part que celui d'écouter. Lui qui avait toujours du mal à trouver ses mots, à traduire ses sentiments, lorsqu'on réclamait son attention silencieuse, il l'offrait volontiers, sans se laisser distraire, et son plaisir n'était jamais feint. Les cheveux de la jeune fille étaient relevés en queue-de-cheval. Et de là où il se situait, sur le canapé juste derrière elle, il pouvait contempler sa nuque à loisir, si étroite et si blanche qu'elle en paraissait presque irréelle. Sa main rêvait de capturer cette nuque, de la saisir tout entière comme une tige entre ses doigts. Il imaginait glisser son pouce dans le creux de son cou, caresser les petits cheveux qui le recouvraient d'un duvet soyeux. Des fils d'or s'échappaient de la coiffure, et Ziad se voyait les enroulant doucement autour de son index. Il avait envie de lécher sa peau à cet endroit-là, entre les deux muscles tendus. Son cou devait être tiède, d'une douceur inégalée, comme un nid.

Elle jouait le morceau avec application, les notes résonnaient dans la pièce, autour d'eux, mais Ziad n'entendait plus. C'était comme si une force immense se tenait à l'étroit dans son corps d'adolescent. Brusquement, la réalité ne l'effrayait plus, il était impatient de laisser toute la place à ce sentiment si puissant : pour la première fois depuis des mois, la peur de grandir avait disparu. Il avait, au contraire, une telle hâte de posséder l'envergure nécessaire pour contenir ce désir. Bientôt, il cesserait d'en souffrir, d'en être débordé. Et plus tard, peut-être parviendrait-il à en devenir le maître ?

Merc. 19 juin 2019 à 18 : 21

Les invités sont tous partis. Les rires, les cris, et quelques larmes au moment du départ, ont fait place au silence. L'appartement retrouve peu à peu son aspect ordinaire, même s'il reste encore ici et là des traces de leur passage. J'ai l'impression d'atterrir d'un vol agité, ponctué de turbulences et de trous d'air. Je ramasse des lambeaux de ballons éclatés, des gobelets en carton recouverts de licornes, sous la table et les chaises, des bonbons écrasés… Plusieurs costumes s'entassent dans un coin de la salle à manger, la robe de Raiponce et sa perruque luminescente en polyester, les parures en tissu de Cléopâtre, la cravate et la cape de Harry Potter, un justaucorps rayé jaune et noir étonnamment semblable aux tenues de prisonniers des frères Dalton, avant d'y coller les ailes d'une abeille. En saisissant un masque de *La Guerre des étoiles*, le marteau de Thor tombe à mes pieds, et je repense, amusée, à ce drôle de garçon qui n'a cessé de courir tout l'après-midi en brandissant inlassablement son arme en plastique comme s'il allait finir par s'envoler avec : « Je suis Thor, le fils d'Odin… ! » L'anniversaire s'était bien passé, pas de fâcheries, aucune blessure à déplorer. Le mois précédent, j'avais fêté mon propre anniversaire. Contrairement à la plupart de mes amis, j'étais heureuse de vieillir. Plus aucun anévrisme ne menaçait mon cerveau. Le radiologue débutant s'était trompé, un professeur émérite m'expliqua qu'il s'agissait d'une simple boucle artérielle. Je n'étais pas en colère, j'avais triomphé – d'une menace qui n'avait jamais existé ! Si j'avais de la chance, je n'en étais encore qu'à la moitié de ma vie, ou, plus raisonnablement, il m'en restait au moins un bon tiers. Il était tentant, à ce stade, de regarder en arrière, de s'arrêter avant de reprendre la route. J'ai à peu de chose près l'âge de Ziad à la fin de l'histoire, pensais-je en marchant sur un bout de gâteau qu'un enfant s'était chargé d'émietter dans chaque recoin de l'appartement.

Je savoure cette nouvelle image de Ziad. Il a l'air immense tout à coup, je l'imagine traversant le salon… Dans ses mains, il tient l'affiche d'un film dont il vient de signer la réalisation, une enquête sur l'intégration des migrants. Le titre, *Après l'exil*, s'étale sur toute la surface en lettres rouge sang. Je le précède dans la chambre des enfants, il se penche doucement sur eux pour leur souhaiter bonne nuit. J'aime la façon qu'il a de leur dire bonsoir, sa voix pleine et tendre semble accorder à chacun un sentiment d'apaisement et de profonde sécurité. Quand il leur murmure dans le noir « Faites de beaux rêves », je ne me lasse pas de l'écouter. J'ai déjà passé plus de deux ans à le regarder vivre, entouré de sa famille – si on tend l'oreille, les êtres imaginaires savent se livrer comme personne. Une dernière fois, j'ajuste autour de moi la bulle de fiction pour mieux observer l'homme accompli, le père qu'il est devenu, et je m'interroge : pourquoi continuerait-il à m'obéir ? Pourquoi resterait-il sagement la personne que je croyais voir en lui ?

Je pensais bien le connaître, mais il aura fallu attendre cet après-midi survolté, cette petite fête d'anniversaire, pour découvrir autre chose.

La bleue

Il ouvrit la porte, et aussitôt l'odeur l'enveloppa, recouvrit son visage, sa bouche, se noua dans ses cheveux, autour de son cou. Ses mains, lui semblait-il, en étaient tout imprégnées, et sur ses avant-bras nus, l'effluve parfumé glissait comme une caresse. Ziad s'agenouilla, regarda attentivement chaque robe, avant de les faire défiler sur leurs cintres devant ses yeux émerveillés. Laquelle mettrait-il aujourd'hui ? Il pouvait prendre son temps, personne ne le dérangerait, sa femme était partie depuis plus d'une demi-heure, et ne reviendrait pas avant la nuit. Il y avait le cours de danse, de judo, les courses du dîner à faire… Il avait prétendu avoir un travail urgent à rendre pour le lendemain, laissant à son épouse le soin de traverser en bus tout Paris, courir d'une activité à l'autre, remplir le refrigérateur. Depuis plusieurs jours déjà, Ziad attendait ce moment avec une fébrilité contenue, il se sentait donc résolu à l'abandonner quelques heures au grand tourbillon du mercredi après-midi. Seules son absence et celle des enfants lui permettaient de rejoindre enfin cet espace enchanté, son monde à lui, étrange et coloré. Il n'en éprouvait ni remords, ni culpabilité, il lui était indispensable de préserver ce jardin-là et ses lourds secrets. Il n'en parlait jamais, ni à elle, ni à personne. *S'il continuait à agir de cette façon, à rester suffisamment prudent, à ne pas se laisser aller en leur présence, ses proches l'ignoreraient toujours.*

Pour ne pas se trahir, il attendait patiemment leur départ, s'obligeant même à respecter une marge substantielle dans l'éventualité d'un retour intempestif, d'une écharpe oubliée ou d'un porte-monnaie laissé sur la table de la cuisine. Il stationnait une dizaine de minutes près de l'entrée, faisait les cent pas devant la porte, les guettait du balcon. Puis, le souffle court, il gagnait le fond de l'appartement, et commençait sa drôle de prière.

La bleue accrochait son regard, telle une évidence, la robe bleu clair serait parfaite pour lui faire oublier le ciel uniformément gris de ce juin pluvieux.

Ziad l'enfila avec précaution, inutile de se contorsionner pour remonter la fermeture Éclair. Contrairement à la plupart des hommes de son âge, il restait mince, pas de ventre, de poignées d'amour… aucun dommage collatéral à déplorer. Le temps savait quelquefois se montrer clément, et retarder son œuvre. Il allait rarement à la salle de sport, mais avait l'habitude de marcher à toute vitesse de rendez-vous en rendez-vous, quitte à arriver haletant, le visage brillant de sueur.

Si on ajoutait à cela que Ziad ne prenait plus l'ascenseur depuis des lustres, refusait de se faire livrer les courses, et brûlait le reste grâce à un tempérament anxieux, source de fréquentes nuits d'insomnie, on obtenait cette silhouette élancée qui se reflétait dans la glace, sèche, presque aussi musclée que celle d'un danseur japonais.

La robe était douce, élastique, d'une matière souple, elle moulait son corps, épousait sa taille. Le tissu tirait bien un peu sur les épaules, mais savait s'adapter à ses formes et à son envergure. Comme un oiseau, Ziad pouvait lever les bras sans difficulté. Pas une fois la couture n'avait lâché ! Sa femme ne portait pourtant qu'un petit 38, alors que lui s'habillait en M… et sans aucun doute, cela faisait partie de la magie de l'instant. Pour que s'accomplisse ce miracle, Ziad s'appliquait à comprimer sa respiration tout au long de la séance. Il préférait également les chaussures d'été aux escarpins, qui laissaient à ses pieds la possibilité de s'engouffrer à l'intérieur – à condition d'accepter, bien sûr, que les orteils dépassent. Sa silhouette s'en trouvait aussitôt modifiée, et d'une démarche chaloupée, il se dirigeait à petits pas vers la salle de bains, prenait le temps de choisir le maquillage et la coiffure adéquats. Il appliquait sur ses lèvres charnues un rouge léger, sans déborder, un peu de mascara, une poudre d'une teinte plus claire que sa peau sombre et dorée, qu'il rehaussait ensuite d'un trait de blush sur les pommettes. Après avoir brossé ses cheveux avec application, longtemps, comme s'ils étaient longs, emmêlés, il s'évertuait à leur donner un léger mouvement sur le côté. Une mèche brune finissait par tomber sur son front, lui cachant la moitié du visage. Et quand apparaissait enfin l'image désirée, Ziad retournait chercher un châle dans le placard, puis s'asseyait dans le salon pour penser à Elle. Il était Elle. Complètement Elle… Même s'il ne l'avait pas revue depuis des années.

D'aussi loin qu'il s'en souvienne, il l'avait toujours connue ainsi, sa mère avait toujours eu le désir de partir. Même lorsqu'elle était encore là, qu'ils vivaient sous le même toit, son esprit flottait ailleurs.

Après tous ces mois passés en prison, ce trait enfoui de son caractère s'était mué en véritable obsession, elle ne tenait plus en place. Un temps, elle s'était installée à l'étranger. Aujourd'hui, elle ne cessait de voyager, impossible de suivre sa trace. Elle aurait aussi bien pu être morte.

Une fois déguisé, bizarrement, elle ne lui manquait plus.

Il se revoyait, à douze ans, se parant de ses vêtements, en secret le plus souvent, mais parfois, il lui arrivait de ne pas se cacher. *Personne n'y trouvait à redire alors. Ce n'était qu'un jeu d'enfant.*

Sans qu'il l'ait vraiment décidé, cette habitude s'était instaurée peu après son départ. Ziad se sentait seul et perdu, comme un avion qui dévisse, il en avait la nausée. Il lui semblait que plus jamais il ne se rétablirait pour naviguer avec l'assurance d'autrefois. Désormais, le pilote tenterait seulement de maintenir le fragile équilibre, pour l'emmener aussi loin que possible, avant la chute.

Et voilà que, contre toute attente, il avait su continuer, avancer jusqu'ici. Il continuerait comme ça… Aujourd'hui, mieux qu'hier. À présent, il en avait la force. Comme c'était surprenant de la découvrir sur le tard ! Ces quantités insoupçonnées de force, pourquoi étaient-elles demeurées cachées si longtemps, l'obligeant à manœuvrer comme un forçat durant des années ?

L'idée que tant de forces se soient tenues en réserve, n'attendant que le moment nécessaire pour se révéler, le fit sourire.

Comment avait-il pu les ignorer ainsi, rester aveugle tout ce temps ? Elles étaient si près, en fin de compte, à portée de main, comme un trésor posé sur la table.

Les jambes croisées sur le canapé, le goût amer des montagnes d'efforts qu'il avait dû fournir sa vie entière lui serra le cœur.

Aucun des êtres qu'il chérissait, aucun de ceux qui avaient disparu, ne lui manquerait désormais.

Et même s'il possédait un jour le pouvoir de ressusciter les gens autour de lui, en serait-il plus heureux qu'en cet instant, conscient d'être plein d'eux ?

Qu'est-ce que l'amour, sinon une œuvre d'imagination ?

Et qu'y avait-il de plus réel, de plus fantastique que le vaste univers de sa propre imagination ?

Il se rappela soudain l'intitulé d'une dissertation de terminale, peut-être celle du bac : « À la manière de Spinoza, voyez-vous l'imagination comme une puissance indépendante de la connaissance vraie ? » Qu'avait bien pu écrire le Ziad d'alors ?

Des reflets d'arc-en-ciel dansaient sur la table basse, le soleil s'était enfin décidé à apparaître, la lumière se réfractait sur son collier, des dizaines d'éclats scintillaient sur le fauteuil d'en face. Un rayon tiède caressait son dos et ses épaules, trop timidement pour le réchauffer. Ziad se leva en prenant garde de ne pas marcher sur le tissu. Ses mains étaient gelées. On aurait dit qu'un vent glacé pénétrait dans tout l'appartement. Il se dirigea lentement vers la cuisine pour se préparer un thé.

Tandis que, par bribes, il croyait se souvenir de la conclusion de sa rédaction sur le pouvoir de l'imagination, et même de la note qu'il en avait obtenue, il n'entendit pas la porte d'entrée s'ouvrir. La vapeur d'eau montait en fumée épaisse jusqu'au plafond. Dans un sifflement de plus en plus aigu, la bouilloire semblait presque annoncer le départ d'un train, mais l'esprit de Ziad s'était perdu dans la buée. Le monde réel, autour de lui, était loin, il repensait au visage de sa mère, à la chaleur de sa peau sous ses doigts.

« Lorsque ma sœur et moi » est un poème de Théodore de Banville.

Les descriptions de Raqqa sont tirées d'un article de Jérémy André et Massoud Hamid, « Dans les ruines de Rakka, après l'apocalypse ».

« L'horizon n'est pas fait pour être atteint » est une phrase du roman de Philippe Lançon, *Le Lambeau*.

Le passage sur « l'instant d'avant » est inspiré du documentaire de Rosanna Arquette : *Searching for Debra Winger*.

« Je chante un baiser » est une chanson d'Alain Souchon.

Les pensées de Bertrand sur le management proviennent en partie d'une chronique de Francis Boyer et de Johan Sellitto, « Les quatre piliers du management collaboratif ».

L'article sur Natalie Wood est construit à partir de comptes rendus d'enquêtes relatés par Thomas Durand.

Apprendre à finir est le titre d'un roman de Laurent Mauvignier.

« La lune est une menteuse » est une réplique de *Se souvenir des belles choses*, le film de Zabou Breitman.

Et les Heures Blanches, le titre d'un spectacle de Didier Bezace d'après un roman de Ferdinando Camon.

« Est-ce que le droit de se pardonner à soi-même n'existe pas ? » est une citation de Victor Hugo dans *Quatrevingt-treize*.

« La force décuplée des perdants » est une parole de la chanson « Comme un lego » de Bashung.

« Les dernières minutes du monde » sont inspirées des *Derniers Jours du monde*, un film des frères Larrieu.

« Qu'est-ce que l'amour, sinon une œuvre d'imagination ? » est une citation de Romain Gary.

La photo sur le bandeau[1] est tirée du magnifique *Anna M.* de Michel Spinosa, produit par Patrick Sobelman.

1. Pour l'édition du Livre de Poche, il s'agit de la photo en couverture. *(NdE)*

REMERCIEMENTS

Avant toute chose, merci à Juliette Joste pour son écoute, sa confiance et son exigence. Sans elle, mes Indiens seraient encore dans l'Oregon.

Merci à Laurent Grégoire pour son enthousiasme et sa présence à chaque étape de l'écriture.

Merci à Audrey Petit pour son regard bienveillant, et ses précieux encouragements.

Ainsi qu'à Pauline Perrignon pour ses conseils.

Merci aux premiers lecteurs de ces Indiens : Marie Restoueix, Michel Spinosa, Agnès de Sacy, Caroline Gonce et Irène Jacob.

Merci à Mounir Amamra d'avoir joué à Fortnite avec moi.

Au professeur Clarençon pour les détails techniques sur les anévrismes.

Et à Alain Serra pour toutes ses précisions policières.

À Marie-Eugénie Jullian pour son appui indéfectible au fil des années.

Et enfin, merci à Bruno et à mes trois enfants pour leur amour et leur soutien de chaque jour.

Pardon à Doan Bui si ma réponse s'est fait attendre. Deux ans, c'est bien long… mais c'est le temps qu'il m'a fallu pour écrire ce livre.

DE LA MÊME AUTEURE :

Les Rêveurs, roman, Grasset, 2018
(Grand Prix RTL-*Lire* 2018).

PAPIER À BASE DE
FIBRES CERTIFIÉES

Le Livre de Poche s'engage pour
l'environnement en réduisant
l'empreinte carbone de ses livres.
Celle de cet exemplaire est de :
250 g éq. CO_2
Rendez-vous sur
www.livredepoche-durable.fr

Composition réalisée par PCA

Achevé d'imprimer en France par
CPI BRODARD & TAUPIN (72200 La Flèche)
en août 2021
N° d'impression : 3044439
Dépôt légal 1re publication : août 2021
LIBRAIRIE GÉNÉRALE FRANÇAISE
21, rue du Montparnasse – 75298 Paris Cedex 06

19/4766/0